中公文庫

給仕の室《へや》

日本近代プレＢＬ短篇選

中央公論新社 編

中央公論新社

目次

I

II

給仕の室《へや》　日本近代プレＢＬ短篇選

編集付記

一、本書は、一九〇二～四九年に発表された、「ＢＬ」成立以前の日本の短篇小説を、独自に選定し収録したものです。中公文庫オリジナル。

一、本書の副題に使用した「ＢＬ（ボーイズラブ）」という語は、現在、狭義には、物語ジャンルとしては一九七〇年代に少女漫画から始まり、用語としては一九九〇年代から商業的に使われ始めた、男性同士の恋愛・性愛・親密な関係を描く女性向けのメディア（漫画、小説、アニメ等）、を一般的に意味しています。本書では編集の便宜上、主に男性作家によって書かれた一九〇〇年代前半の小説作品を「プレＢＬ」という語でまとめていますが、この呼称は、（「ＢＬ」に先行する「少年愛」「耽美」「ＪＵＮＥ」「やおい」等も含め多様な）ジャンルの歴史的実態、また収録作品の内容を必ずしも正確に反映しているわけではありません。

一、「Ⅰ」では衆道、小姓・稚児、男色、少年愛などを、「Ⅱ」では友愛をテーマとした作品を中心にまとめました。

一、本文中、今日の人権意識に照らして不適切な語句や表現（未成年者に対する暴力を含む）が見受けられますが、各篇の著者が故人であること、発表当時の時代背景と作品の文化的価値に鑑みて、底本のままとしています。

一、底本中、旧字旧かな遣いのものは新字・新かな遣いに改めました。また、明らかな誤植と考えられる箇所は訂正し、難読と思われる語には新たにルビを付しました。

I

同性の恋

秋田雨雀

■あきた・うじゃく　一八八三～一九六二
青森県生まれ。早稲田大学英文科卒。劇作家。詩人。童話作家。社会運動家。
初出・底本「早稲田文学」一九〇八年六月

私は、五年前に死んだ、この美しい、立派な友達の写真を見るたびに、つくづくと、あの頃の夢のような希望《のぞみ》の世界を思い出す。そして烈しいこの人の心の内に、謙遜な、自分の心を投げ入れた頃の凡《すべ》ての事を思い廻すと、この胸が掻き捲らるる程です――今だから言いますが、私はこの友の為なら、恋も名誉も投げうとうとまでも決心した程です。

何というて宜《い》いでしょう？　やはり恋です、男同士の恋！　これ程不思議なものはない、魂と魂と合する事、昔は肉体の交わりさえあったといわるる男同士の恋より烈しい恋はない。

友はその頃文学士という肩書さえあった人です。世間に立っては、学者の尊称さえ与えられて恥しくない紳士でした。が自分にとっては普通の学生でした。尤も口髭《くちひげ》もなく頭も円《まる》めておったので、どうしても、三十二の文学士とは見えませんでした。

私は学者と名のつく者が必ずしも学者ではないと感じました、今では尚ですが。私達は逢う度毎に議論をしました。多くは人生問題、殊に恋愛の問題で、十劣《おと》りの私は多くは議論に勝った――友は笑って言います。哲学と詩と混同にされちゃ困る。今に分るからといいながら、静かに自分を見て、話頭《わとう》を他に転じては、又静かに説き出すのを習いとしました。一体が大様で、つまらん事にはこせつかぬ性質《たち》でしたが、時に非常に物に激した場合には、丁度《まるで》化石のようになって、太い眉を窪《くぼ》んだ目に寄せて、一時も物を言わぬ事があります。

　しかし、私と話す場合には、その黙《つぐ》んだ口を開くと同時に、何故か、青い頬を挙げて、軽く笑うのでした。この笑いは、全く私にばかり与えらるる苦しい笑いのようでした。なぜなれば、私の友達は、どんな人と話す場合でも、笑うという事は稀有《まれ》で、殊に何か脳を刺激しておる場合なぞは、最も親しい同窓の友達すら、その開いた口を閉じて、怖ろしい友の目を見る程です。私は御小姓のように、友の代りに笑ってやらなければならなかったのが何遍でしたろう。

　人は笑いによって、自分を守るというのは一種の本能でしょう。それで、犬の尾を振って人間に媚びるのは怪しんでも、人の笑いを不思議に思うものはありません。思えば友の不幸は、こういう小さな種子から生れて、あの立派な肉と血を吸い尽したのでしょう。何故、それが、私にばかり笑ってくれるのでしょう。私はこの不思議に、三年の間悩まされました。そして、それが解決《わか》る頃には、私も心から笑う事が出来ぬ、不幸な人間となったのでした。

　ある日、自分は友を巣鴨の下宿に訪《と》うた時、友は例の憂鬱の底に沈んで、私の室《へや》に入ったのも知らぬ程でした。室は丁度秋の弱い光に眠そうに横たわった、赤い煉瓦の監獄の見える、裏向《うらむき》の八畳でした。日当りは好《い》い方ではあるが、植木屋の庭なので、こんもりと繁った植込のために、室の中《うち》は薄暗くなって、床の間に懸った、カントの画像も、あの穏健な顔が、恐ろしく鋭い顔に見られ、金字の美しい洋書も陰影の度が烈しいのでまるで古寺の木仏のように光なく、繊維のぼろぼろになった仏典なぞは、床の間の隅の暗い影の内に、己《おれ》達はここが一番好いというように、無造作に押し込められていました。

　友は頭を擡《もた》げて、さも満足そうに私を見て、

「今日君が来てくれなければ、こっちから押しかけて行くところだった」

というて、机の上に奇麗に重ねられた、原稿を取り上げて、私の耳の処《とこ》へ伸べるようにして、例の通り細い声で読み上げました。これは『懐疑論』というて、近くに出版さるる筈の、友達の著述の草稿です……思えば涙の種です。

「五月蠅《うるさ》いだろうけれど、君に聞いてもらうのが、一番嬉しいような気がしてね……今日の所は五頁しかないけれど、この間の懐疑の価値の続きで、大事なトピックなんだから、注意して聞いてくれ」

　といいながら、例の通り、眉を白い額の下に、辷《すべ》り落ちはしないかと思わるる程、寄せて、一字一句を落すまいと努むる、友の誠実な努力は、震える手にも、顔にも、その証拠を表して、一語は一語より鋭く、一字は一字を追うて烈しく、まるでその文字の内に、友の心と肉と、骨と、凡てが解けて、消え去るのではないかと思わるる程でした。

「読みたければ持って帰って良いよ、大事にさえしてくれれば」

と今読み了《お》えた友は、淋しく私を見て言うのでした。

私はただ「有難う」というて、その原稿を受け取って座った。誰でも、平常《ふだん》はそんなに思わぬ友達に、いつになく、驚き畏るる心地になる時があるもので、私はその頃は詩に熱心な時で、哲学にはトンと趣味がなかった。最もぎりしゃの哲学は、英訳ので、プラトーやアリストートルなぞは喜んで読みましたが、友達の間で最も喜ぶショペンハワー哲学なぞは、どっちかといえば、聞く事もあまり好かなかったのですが、この日ばかりは一種敬畏の念から、とうとうそれを懐《ふところ》にしました。友は、やや爽快《さっぱり》した顔をして、少し俯目勝《ふしめがち》に考え込んでいたが、庭からは、涼しいというよりは寒い風が吹いて、どうだんの赤い葉が、蜘蛛の巣に引っかかっているのが、私には、なんだか危ないような気がしたから、

「僕は凡て蜘蛛の巣に何かひっからまってるのを見ると、嫌な気がしてならん」

といえば友は少し微笑んで、

「僕はそうは思わんが。却って、地球は危ない物にかかっていて、何処か無窮《むきゅう》の奈落にでも落ちて行きそうな気がしてね。どっちにしても、センチメンタルだ――そんなに気になるなら払い落として来たらいいじゃないか」

と言うた。

私は庭下駄――多分友達の来ない前からあったのでしょう――を穿いて、少し冷りとし

た庭へ出た。敷石の際からは、椽先迄、青い苔の衣がしっとりして、触りたいような気を、私の目に与えました。梔《くちなし》の赤く、豊富《ふっく》りした実を結んだ下を通って、その木を淋しく払った。赤い葉が軽い音を立てて地を打った時、自分は、友の苦しそうな咳の音が、庭の小さな葉を、揺《うご》かしたように思うて……嫌な気がしました。

私は、子供らしく、植込の木の枝の間から、書斎の内に小さくなった友を見て、

「栞《しおり》にしようか、美しい葉。こんなに赤くなるものかしら」

と戯《たわむ》るるようにいうと、友も書斎から顔を顰《しか》めて、私の方を一寸見て、笑うともしない、そして窪んだ目を光らして、

「よしたまえ、葉は地《つち》に帰るのが本望だろうよ。詩人にも似合わない……その赤い葉が、春から、どんなに、自然と戦うだろう。考えてみると、ああして軽ろく土に落ちる音は、一種の凱歌《かちどき》のようにも聞かれるじゃないか」

無論叱るのではない。一寸語尾を振わして、人を教えるようにするのは、友の癖だ。自分は思うた。実際葉がこの黒い土におちて腐る、腐れて解けて、冷たい土と同化するのは、葉の身になってみると、どんなに嬉しいかしれぬ……それと同時に、友達がいつぞや、植木屋の主人の庭に来て苔を取るのを、止せというて、それが一寸、主人に誤解されて、口論までしたという事を思い出した。いや、この激しい友達の感情は、愚昧《ぐまい》な人間——多くは己《おの》れの心を以て、人の心を忖度《そんたく》する——には、底意地の悪い、いけ好かない「書生坊」

としか思えなかったろう。実際、その時主人は「書生坊」「しみッたれの生臭坊主《なまぐさぼうず》」というたと友は笑って自分に聞かしたことがあった。

激しい感情と、高い知性とを以て、一段高い所からこの世の中を観る人々は多く世には入れられない。人に好かれない。まして現実的な利己一辺の人々には、土台分ろう筈がないもの。こう思いながら、畑越しに、監獄に通う白い大通りを見下すと、高く聳《そび》えた凱旋門形の門から二台の空車が、丁度凱歌でも挙ぐるように、傾斜の弱い坂道を、護国寺の学者塚の方へやって来るのが手に取るように見える。白い砂は幽《かす》かに塵埃《ほこり》を立てて澄みきった秋の空気に、かすかな曇りを与えた。車が淋しく暫《しば》らく軋《きし》った時、馬は急に止って高い朗らかな空に、何か訴えるかの風に高い鋭い嘶《いななき》を挙げた。馬丁の一人は勇ましく軽ろく後ろの足台から下りて、何かを直す容子《ようす》である。多分それは轡《くつわ》でも取れたためであろう――そしてまあこの馬と車は、いま迄どれだけの罪人を、同じこの道と空とで、監獄へと運んだのだろう。その罪人の内には、小さな赤子を懐《いだ》いて、心では車の破れて自分と子供と荒々しい車の輪の下に引き裂かれてしまうのを祈りながら、涙もいでず、子供の頬に自分の乾いた両の頬を押し当てた、憐れな薄命の女があったかも知れぬと、私は暫く黙想に耽っておりました。

暫くすると友は書斎の内から、

「御茶が入ったよ。内へ入りたまえ」

　というので、自分は吃驚《びっくり》して椽先に腰を下ろしました。その時友は、黄色い熱い茶を私に送って、自分でも一口吸って、目を光らして、青白い頬に新しい元気を復活さして私の頬を、穴の開く程見つめておりました。私は楽しいよりは、なぜか、憐れなような気がしてならなかった。けれども、故意《わざ》と元気を励まして、も一口吸って、ああいい心地だというと、友も一口吸って、ああいい心地だと、申し合わしたようにいいました。室の内は、一種の光に輝いたように見えました。

　しかし、再び私が顔を上げて友を見た時、友は生れ変ったように、例の憂鬱の捕虜《とりこ》となって、自分を淋しそうに、しかし懐かしそうに見るのです。

「山川……」とこの年長《た》けた友は私を呼びかけました。

「山川」と再び言うた時は、涙は冷たい友の目を溢れ出《い》づるのです。

「君は、僕の病気が、非常に、烈しくなったのを知ってるか。今日、岩川が来て、三年は危なかろうというた。あの男は正直でいい人間だ。今時の医者には、ああいう人間は珍しいね」

　といつになく、烈しい口調で友の言うたときは、私は今更のように吃驚《びっくり》しました。そして友の白い額には、悪運の星が、深く印《いん》せられたように思われた。

「僕はね、今はもう絶望の極だ。こうして、三年の生命《いのち》は何のために生きるだろう。思えば、つまらんのは僕の運命だ。両親《ふたおや》には早く別れるし、弟にはああして死なれるしさ、ああ、あの年だった、弟の下宿で君と知り合いになったのは……孤独の僕には、君は全く弟であった。いや母とも、父とも思うたよ。ね、君は全く僕の慰藉《いしゃ》の源だった……それよりそれより、山川、御前は僕の恋人だった。僕が一生詛《のろ》うとした言葉、自分はそのためには愛せらるべき師にも疎《うと》まれ、友にも捨てられた、その言葉を以て、この烈しい、不思議な心の秘密を、開かにゃならんようになったのを悲しむのだ——実はね、山川。僕は、一生黙してこの世を過ごしたいと思うたのだ。いや言うまい——君は僕の沈黙を破った罪人《つみびと》だ！　敵《かたき》だ！　その敵を、自分はどうしてこんなに愛さねばならぬだろう。

　実はね、山川、僕は昔、ああ昔だ、十年になるもの。僕は一人の女を愛しておった。その頃は僕だって、君のようにチーアフルな、愉快な青年であった。女も多分は自分を愛したのだろう——恋した、ああ若かったわい、恋した、恋した上句《あげく》は何だろう。失恋という冷たい石じゃないか。さあこうなると、今迄自分を歓迎した世の中は自分に関係のない白い墓石、いや自分を詛う刑場《しおきば》の、恐ろしい並木道のようなものとなって来た。

　女は、言うまい。今は多分幸福な生活をしておるだろう。『平和な家庭』とか『名誉の夫人』とかいうのは当人らの幸福な生活を、世に誇るための名だが、貧に迫って泣いておる多くの悲惨な婦人らを捉えて、理由《わけ》も分からぬ立派な語《ことば》を以て、自分らのようにせよと強いる程彼らの心は麻痺してるんだ……博士といえば、そりゃ勝《えら》いもののように思うのだからね。

山川、君は、僕はなんの為に生きていると思うか。哲学を研究するから哲学者だと思うか。頭を円めて坊主の家に生れたから坊主だと思うか。詩を読むから詩人だと思うか」

　冷たい風が、友の咽喉《のど》を刺激して、苦しい咳を促した。青い友の顔は、いつにない烈しい言葉との権衡《けんこう》を失しているように見える。それだけ、私の驚きはひどかったのです。

「僕は、世の中と戦うために生きているんだ。女、一人の女の変節は、そんなに、僕は責めない。ただ僕は世を悪《にく》む。友を怨む。凡ての人を悪むのだ。哲学は僕には一つの方便だ。虚偽だ。ただ世を悪む、僕の烈しい力を示す為の偽りだ。これ程明らかな詐欺はあるまい。実際僕に西洋の物語の中《うち》にあるような、魔の力があるなら、凡ての世の人を、半ば鉄のようにして、思う存分笑ってみたい。そして、そうなったら、自分はこの頭を下げて、その人達に一々辞儀しても宜《い》い——しかし、それも出来ず、これも駄目だ。僕は、初めて女に売られた事を感じた。恐らくは永久《とこしえ》に売られたのだ」

　私は、その時涙に咽《むせ》んで、何も云えなかった。ただ、胸の内で「知らなかった知らなかった」と誰かが、言わするように感じました。

「が、山川、不思議じゃないか。笑っちゃいけない、君はその自分が恋した、自分を捨てた、その女とまるで生写しだ」

　と私を見て、友は目を外《そら》した。私は泣いておりましたっけ。

「君は泣いてくれるな。僕は泣くことに飽きた。今迄、僕は独りで、どんなに泣いたろう。

今になって言うが、君は弟の親友で、あれが死ぬ迄看護してくれたのは感謝するが、年の十二、三も違う僕は、求めて君と友になる必要はなかったろう。実際詩人だから、同情して交わりを結ぶというような、温かい心が、哲学者にはあるものじゃない――なぜだろう、この無口な、頑固な、怒りっぽい僕が、君と一日でも逢わねばならぬようになったのは」

友は緊縮《しま》った目鏡《めがね》を緩めて、

「もし、君があの女と似ておらなかったら、君も、多くの友と等しく僕に捨てられたのだろう。出来るなら、僕にそれだけの力があったら、君も亦、世と等しく、この僕の魔力に焼き尽されたかも知れんのだ――あの女は、僕にくれることを拒んだその面影と霊魂《たましい》とを、君という一ツの人間に残して、女自身は腐れた魂と、冷やかな骨とをいだいて、他人の奴隷となっておるのかも知れぬ。ああいやだ、僕は、やはり冷やかな知性の人間だ。こんな事をいうつもりではなかった」

喘《あえ》ぎ喘ぎではあるが、よくもこんなに長く饒舌《しゃべ》りつづけたものと、いつもの友の無口を思うにつけ、心配で心配でたまらなかったのでした。

「わかったわかった、僕は全く知らなかった……僕は、君が、こんな怪しい運命に泣いておる人とは思わなかった……じゃ、僕等二人は、一種異性の関係があったのですね」

「そう、悪縁という事が、男同士にいえるものならば、僕等二人は、この断ち難い悪縁の糸に繋がれておる人だね。こう云うたら、君は僕の様な奴に、支配されて、いまいましいと思うだろうが、しかし恋は支配じゃない。同化だ。今どきの人が、女は弄《もてあそ》ぶ者のように考えているのは、第一気が知れぬ。男がそれだから、女も弄ばれ易い方へ行くというものじゃないか」

と友達は答えました。

私は何だか夢心地な一種の幻怪《まぼろし》の世界に住んでいるおもいで、友の室と、友と、自分とは妖気の内に漂うているような気がした。友は、白いハンケチで、濁った痰を舌からもぎとるようにして、紫の唇を、幾度か拭いた。その度毎に、いやないやな地獄の色が、流れて友の頬に宿るのでした。自分はこの勇ましい友の生命も、恐らく、長くは続くまい、せめては、孤独の友の床《とこ》に侍《かしず》いて、心のありたけ看護して、看護しつくして、出来るならこの友と一緒に死にたいとまで決心しました。全くこの時の私の心地は、まるで女でした。しかしそれは、今時の女ではない、遠い遠い封建時代に、一時は、全世界、否少なくともこの国の誇りとした勇ましい女の心です。ふと、友がいつぞや、私を「君は女の凡ての美点と、男の弱点を持っておる」と評した詞《ことば》を思い出しました。しかし、自分のどこかが、友の恋人の面影に似ておるとは、今迄思いもつかなかった事です。勿論、真面目な友は、一時の興に乗って、いい加減な事をいう筈がない。そりゃ、あるいは、そうかも知れん。自分はその女のカタドリとなって世に生れて、友を慰むるのかも知れん。又恋は、一種の記憶だといえるなら、友は自分の情人であったかも知れぬ。それが幾代の時の間に、二人

は変形されて、永久《とこしえ》に、恋する事の出来ぬ恋に泣くのかも知れぬと、私は思うたから、

「じゃ、僕等二人は、遠い永劫に、異性の愛に結ばれておったんかも知れませんね、君」

というたら、

「であまりに仲が能《よ》かったので、運命の女神が嫉妬をして、こう男同士の果敢《はか》ない恋に落したのかも知れぬ」

と友は少し笑って、

「そうすると、全然《まるで》詩嚢中《しのうちゅう》のものさ――しかし僕は、君等のように、何でもかでも、詩的だとか神秘だとかいう軽い言葉に、人生の真正《ほんとう》の詩、真正の神秘を葬ってしまうのを嫌うのだ。例の理屈になるが、言葉程、詩を損なうものはない。そうして見ると、僕なぞは、君より勝《えら》い詩人かも知れんよ」

というて、友は私の手を握りました。私も例の通り堅く握り返しました。

二人は、もはや、この世の者でないような感じがして、震える手を開いた。

不思議じゃありませんか。始終、僕等の握手には、始めて異性の膚《はだ》に触れた時のような、怪しい一種の感情が伴うのです。そして同時に、罪を犯した時に感ずる、烈しい身慄いを覚えるのでした――私は、こうして、今でも目を閉《つぶ》って、二人の痙攣した顔を想像すると、友を思う追憶《おもいで》というよりも、まず不思議な一種の因縁が、別に、確かにあるものだという感じを起さないではいられません。

世の中の多くの悲しい事の予想が、不思議にも、不意に、侵して来て、予想はしても、まさかと思うて油断をしておる人の上に、小止《こや》みもない笞《しもと》を当てるのは、この世の中の有様です――人間は幾時《いつ》まで「不幸」とか「不意」とかいう古い言葉を使わねばならぬでしょう。そしていつまでこの苦しい世の中に、何か望みでもあるように、生れ変り、生れ変り、同じ心と、同じ形をして、出て来なければならぬでしょう?

多分、三年ぐらいというた医者の予言は、的中しないで、友は、その翌年《あくるとし》、葉桜の頃、あの巣鴨の植木屋の薄暗い室で死にました。

女郎上りの神《かみ》さんも、涙を流して、

「森岡さんと山川さんとは、何か因縁がおあんなさるんでしょう。どうして、こんな情《じょう》合《あ》いは男同士にはあるものじゃありませんやね」

というた。その後一月ばかりたって、植木屋を訪《と》うた時、主人も、妻君の詞《ことば》を引用して、しきりに死んだ友達を賞め立てるのでした。その癖、植木屋夫婦は、友達には、あまり親切ではなかったのです。

私は、その時、椽端から、何か恐怖《こわ》い物でも見るように、友の死んだ例の室を覗いて見ると、明け放してはあるものの、何かこの世に稀な、一種の香《にお》いを放っておるように感じました……そして二人の、怪しい運命の余波《なごり》は、干潮《ひきしお》の葦《あし》のように、ぱッと心に新しい響《ひびき》を与えました。

その後、私は友の声と顔とに、この世で二度まで逢いました。一人は、富士川の下り舟に乗り合わした水兵で、その人は、私の舟酔いを親切に介抱してくれた、鰍沢《かじさわ》生れの二十五、六の男でした。しかしこの人の似たのは、声ばかりで、外には類似の点がなかったのです。それとも、暫く一緒にいたら、もっと多くの似た所を発見したかも知れませぬ、実際。

もう一人はたしか日蓮宗の坊さんで、これはまた声から顔性《かおたち》迄が、死んだ友とそっくりで、それは恐怖《こわ》いようでした。もっとも、その人とは、自分の研究上の事から、面会する必要もあったのですが、急に恐ろしいような気がして、友達に頼んで用を達してもらいました――不思議は、一種の恐怖《おそれ》となったのでしょう。

この写真は、もっとも、若い時のでしたけれど、友はどちらかといえば美男子でした。出版ですか、あ、あの内には、先にお話したのは、完成はしていないが、ちゃんと遺稿として加えられてあります。

給仕の室《へや》

日下 諗

■くさか・しん　一八八七〜一九三七

東京生まれ。東京帝大法学部経済科卒。学習院在学中に里見弴らと始めた「麦」を経て、「白樺」創刊に参加。

初　出「白樺」一九一〇年七月

底　本『明治文学全集76　初期白樺派文学集』筑摩書房、一九七三年

一

属官室を出て右手の廊下を入ると、とっ突きの所に吾々の控室がある。ここの廊下は真昼時ですら妙に薄暗くて、四時か五時頃にはまずこの廊下から日が暮れてゆくという所だった。入口のドアーの両面には一面にうす黒い垢《あか》が着いて、煤《すす》けた壁の色や、土のような色した廊下の敷物などと暗い調子を保っている。この廊下に来て誰の眼にも明瞭《はっきり》と見える物は白い瀬戸で出来たドアーの取手と、黒塗の板に白字で書いた「給仕詰所」の字とばかりであった。

室《へや》がまた馬鹿に陰気だ。窓が二つ並んで付いているが、汚れて不透明になった硝子《ガラス》越しには向いの建物の壁が鼻を突きそうに峙《そそ》り立っているので光線の入りが悪い。窓に並んで石段の降口が付いている。その下が小使室で、前には水道のひけた大きな流し場がある。年中水気のない時はないので、あたりは一帯にじめじめしていて心持が悪い。

属官などの食べる安弁当の残りをぶち開けて置く大きな箱がある。その側には飯粒の着いた塗箱が重なり合って大きな水桶につけてある。殊に夏季は堪らない、この堆積した安弁当の残物が箱の中で腐れて、むれて来る。その臭気が風通しの悪い流し場の辺りに重く漂っていると、室の中は室の中で、同僚の汗臭いシャツや何かから来る臭が出処もなく籠っている。こうなると例の疳《かん》がぴりぴりと顳顬《こめかみ》のあたりで動いて頭の中は煮えるような気持がする。

　吾々五人の同僚《もの》はこういう処に毎日毎日出勤して来るのだった。朝出て来て夕方に帰る日帰番と、宿直の番とは交代で回って来る。日帰が三人に宿直番は二人ときまっていた。吾々は手垢や墨で真黒になった机を取囲んで、用のない間は唯くだらない雑談《むだばなし》ばかりしている。

　五人の給仕の頭《かしら》は二十五になる浜田という男で、あとは大方十七、八の者ばかりだ。五人の中に鈍太というのがいる。これは十八というが頭脳《あたま》の発達程度から云ったら十二、三の子供にも劣る位なものだ。もっとも本名は別にあるのだけれどこの方が仲間内の通りがいい。色が生白くて肉にしまりがない、腕などは肩の付根から手首の所まで一本調子にのっぺりと来て、椽の下に生えた南瓜《かぼちゃ》の苗みたいな色をしてる。一寸した肌触りは十六、七の女の子の腕でも撫でるような感じがする。身体全体に力がなくて痛々しい程繊弱に出来上っている。

　彼がこの役所に来てからまだ半月とは経たないが、もう四人の者の弄《いじ》り物になってしまった。用のある者は室を出てゆく。用のない者は室に残って隅の方の机でナショナルリーダーの二ぐらいを開けて勉強しているのもあれば、シャツ一枚で窓に腰かけて新聞の綴込を読んでいる者もある。こんな時鈍太はさも退屈そうに中央の机の前に腰掛けて茫然《ぼんやり》している。薄い眉毛の間に常住《いつも》微かに八字を寄せて、光りの鈍い、青味のある眼には一寸空想家を想わせるようなおっとりした所がある。あまり凡てが弱々しいので、どうかすると無上に可愛らしくなって、その軟かい首の辺りを、ぐっと抱き締めてやりたくなる事もあるが、又この弱々しい、男らしくない、不活発な所が無上に癪《しゃく》に触って、かなり手酷《てひど》い事もしてやりたくなる。

　この頃は丁度夏なので役所の用も午後からは大方暇になる。午前中は前の建物に射す日光の反射で蒸されるような室内も、午後からは少しずつ楽になる。それに用もなくなるという所から皆この詰所に集まって、上着などは脱いでしまってシャツ一枚で騒ぐのだ。宿直の属官を除いて、あとは皆二時頃から帰ってしまうから少し位騒いだところで、めったに叱責《しか》られるような事もない。鈍太の役はこれから始まるのだ。

「さア鈍太、遊んでやろうな」とそろそろ上着でも脱ぎにかかると、今迄退屈そうに机の前で顔をしかめていた彼は厚い唇のあたりに微笑を浮べて、そっと顔をそむける。

　理《わけ》もなく、時々は独りでニヤリと笑っていることもある。元来が少しぬけていると思っているから別段気を廻すでもないが、このニヤリとやる薄笑いが少なからず癪に触る。何だか侮辱している、と迄は思わないが、この薄野呂の頭脳《あたま》で何とか批判されていると思うのが癪に触る。

「生意気な」と思うとむかむかして来る。いきなり歯の根に力を入れておいて、あまりひどくないように、一寸その耳の辺りでも引張ってみたくなる。引張ってみると又急にフラフラとした気に誘われて、初めはそんな気もなかったものが、つい、それはほんとについなんだが、ぐっと一思いに、惨酷に引張ってもやりたくなる。

「ああッ、ああッ」と鈍太は微かな声で、さも痛そうな顔して、引張られる方に、身体ごと斜になってついて来る。その態のいたいけな事といったら、実際やりながらも自分で気の毒になる。気の毒だと云っておいて、そんな惨酷《ひど》い事をする奴があるものか、と云うかも知れないが、これは一体どういうのだか自分にも分らない。

　私は元来気の弱い、人の好《い》い人間で、別に疳持ちでもない。平常《つね》の私から判断されたら、いずれかと云えば憐れみも可成《かなり》に深い方の性質《たち》で、仲間内の受けもまアいい方だと自負している。こんな私が、この鈍太ばかりは黙って見ていられない。耳を引張って詰所の内を一巡り引き廻す位の事はある。あとの三人は笑いながら見ている。別段気の毒そうな顔もしない。気の毒どころか、面白がって見ている。手持無沙汰な腕がむずむずしているのは事実だ。「折があったら己れも一番」位の気で待ち構えている証拠には、私の引張っている鈍太が、身体を斜にしてばったばったついて来るのが、丁度誰かの前を通ると、

「おい鈍太、しっかりしろい」と妙に突出した尻の辺を、平手で思い切った打ち方をする。

「痛いよ」と尻を縮《すく》める拍子に引かれた耳がピリッと痛む。

「耳の根が赤くなってら、なア鈍太、可愛そうに、こっちへ来い来い」と云うと今度は反

対の耳の方へぐいぐいと曳かれる。どっちへ行っても耳が痛いから動きがとれない。こうなると彼は小さな声で、

「もうよしてくれないか」と願うように云う。

　この声が聞きたいのだ。弱い声だが、吾々仲間には聞かれない優しい感じのする声だ。胸が迫る程気の毒になる。両耳を引張られている彼は、恐る恐る腕を挙げて、両耳の左右に出た太い腕を、その白い指で軽く握って泣きそうな顔になる。向うの耳を引張っているのは薩摩生れの、むく犬みたいな奴だが、やがてこいつが「痛いか？」と云う。「痛ければ御免と云え」と云う。こんな不条理な事がある理《わけ》のものではない。けれども鈍太にとっては、条理も不条理も、そんな事を考えているだけの余裕はない。震いを帯びた、力のない、微かな声で、「御免！」と云う、この声の下から一同の勝ち誇ったような、冷笑と満足とに充ちた笑い声が起る。けれども、むく犬の奴は放し際にも唯《ただ》は放さない。ぐいと一段烈しく曳いておいて、徒倚《よろけ》るところを、こんどは逆に、どんと突飛ばす。鈍太は足の止め場もないようによろよろして、私の胸の辺りに倒れかかると、「おっと危ない」とついでに抱き込んで、身体ごと力まかせに締めつけてやる。呼吸が苦しいから白く長い咽喉《のど》首を上に向けて、がっくりと頭を後ろに落した彼は眼を閉じて無言である。この前にも散々弄った後で丁度こんな格構《かっこう》で抱き締めた事がある。その時だった。急に変な気が起って、後ろ様に落した彼の後頭部をそっと起すと、突然《いきなり》その唇と私の唇とを合せて思い切り吸っ

た事もあった。誰も見ていた人はなかったから、「内密《ないしょ》だよ」とあとでそっと云い含めて置いた。その軟かで少し厚味のある唇は顔の白いのに反して、心持のいい淡紅色を帯びていた。

「ほんとに誰にも言うなよ」といやに心配そうな顔で云うものだから鈍太は黙ってニヤリと笑った。

「言ったら、これだぞ」と少し威嚇《おどす》ような声音で、その頰の肉を厚く摘んで力まかせに捻じあげたら、

「云いやしない、云いやしない」と云った。

「ほんとに云わないか」こう云いながら鈍太の肩に手をかけた。私の声が妙に低かったので、鈍太は身を縮めて黙っていた。丁度その時の二人の様子は若い男が、若い恋人にセダクティーブな私語《ささや》きでもしているように思われた。私は鈍太の白い顔を覗き込むように眺めていたが、とうとう又そのうぶうぶしい頰に唇をつけた。鈍太はされるがままになっていた。こんな時には、鈍太に対して小児に対するような可憐な感じが起る。実は鈍太なんぞ虐待《いじ》めるのは厭になる事があるのだ。けれども、鈍太の凡てが弄られなくてはいられないように出来ている。私の手が鈍太の肉体の一部にでも触れる時、鈍太の微弱な抵抗の力が私の腕に加えられる時、私の疳にピリピリッと刺すように感じる或る強烈な刺激がある。と思わず彼の肉をひっ捻ってもやりたくなる。泥だらけな床に引っ倒して、馬乗りになっ

ても見たくなる。この時の私の感じは普通の憎らしい奴に対して、懲らしめのためにする時のような腹立たしい感じや、憎悪の感じとは、全《まる》で異《ちが》ったものだ。無上に気の毒になったり、無上に可愛らしくなったり、種々な感じが絶えず起る。こんな感じが起れば起る程私が彼の肉体に加える仕打が烈しくなる。彼の痛いとか、御免とか、とにかく私の力に全く打敗けた声を放つ迄は止められない。けれども一言でも「御免」と云われると急に涙の出る程いじらしくなる。今迄捻っていた所が、赤く痕を残していると唾をつけてさすってやる事もある。そうして今度は私の方から「御免よ」とあやまってやる。

「鈍太、己れがこんなに、虐《いじ》めるのは、何もお前が憎らしくてするのじゃないんだよ」などと時々鈍太を慰めるような言葉を用いてやるが、これは又内心彼の甘心を得ようとする、――彼に憎まれたり嫌われたりしまいとする下心があっての事なのだ。何故鈍太なんぞに嫌われないようにするのだか、何故鈍太の気に入りたいのだかは解らない。鈍太は苛められても何でも私が好きなのだという気でいたいのだ。鈍太は気の毒だ。彼の白い腕に私の捻った痕が紫色の痣になって残っているのを見ると、可憐《いじ》らしくて耐らない。可憐らしいと思う心の内に憎みの念のないのは知れきっている。だから決して憎らしいのではない。けれども耐らない。紫の痣は私の疳をむずむずさせる。見ていると突然《いきなり》彼の腕を取って、歯ぎしりしてその腕を上下に振り立ててみたくなる。鈍太は顔をしかめて痛い痛いと哀れな声を出すがやめられない。私は全く夢中になってしまう。握っていた指には、いつの間にか勢一ぱいの力が籠ってしまう。つと放して見ると鈍太の腕には私の握った痕が真赤に充血している。

白い腕の所々に残っている生疵《なまきず》や、痛みの絶えない痣を眺めて、彼はいつも淋しい顔をしていた。その生疵や紫の痣はこの私がつけたのだ、この私の疳がむずむずして、思わずつけたのだ。「鈍太堪忍してくれ、己はお前が憎らしいのではない、己程お前に同情している者は仲間中に一人だっていやしないのだから」と腹の底では思っているが、口に出すと又鈍太が締めつけたくなる。

或る晩の事だった。私と鈍太とが宿直の番に当ったとき、寝床に入ってから私は鈍太にこんな事を云った。

「鈍太、お前は己が好きか」

鈍太は黙っていた。

「オイ鈍太、オイッ」と少し声を強めて云ってみたがそれでも黙っている。私は突然《いきなり》飛び起きて鈍太の蒲団をひんめくってやった。そうして鈍太の床に入って、後ろから鈍太の胴中を抱えるようにして「オイオイ」と呼んだら、やっと物を云った。

「暑くてしょうがないよ」

「暑けりゃ裸で寝ろい」もっともこの晩は暑い晩だったから私も鈍太もシャツ一枚で寝ていたのだ。私は汗をぐっしゃりかいて、鈍太にしがみついて又云った。

「御前は己が好きか、嫌いか？」

「酷いめにあわすからさ」と向うむきに寝たまま答えた。

「苛めなければ好きかい」しかしもう答えなかった。

「又黙りやがったな、何とか云え」私の声ばかりが真闇《まっくら》な室の内に明瞭《はっきり》聞えた。黙っていると役所の夜は怖い程に静かだった。遠くの方の廊下を夜巡りの歩く足音が地の底の方からでも響いて来るように籠って聞えて来る。私は鈍太の身体を抱いて汗だらけになって寝転んでいた。鈍太と私との身体から来る熱が二人の間で燃えるように熱している。呼吸をする度に、腹のあたりは金の火鉢にでも触るような心持がする。

「暑いから止してくれ」と鈍太が云った。

「暑けりゃシャツを脱げよ」鈍太はむくむく起きてシャツをぬいだ。私は又鈍太の身体を力任せに抱いてやった。そうして今度は柔かくて熱い身体を締めつけながら、後から彼の腹の肉を大束に捉《つか》んで、腹の内側の方へぐーッと押した。鈍太は苦しそうな呼吸を吐いて呻った。この呻声が妙に恐ろしかった。

暫くして二人は水に浸ったように汗をかいた。「もう止そう」と云って起きて燭をともして水口に降りた。鈍太は私の顔を見て又ニヤッと笑った。

私は手拭を絞って鈍太の白い身体を拭いてやった。黙って身体を拭かせていた彼はしまいにクスクス笑い出した。私は四辺《あたり》に気が置けるから真面目な顔して制したが、この音を聞いて、小使が起きて来た。

「誰だい」と戸口から顔を出した。

「あまり暑いから身体を拭きに来たのだ」

「誰かと思った。えらく暑い晩だな」と小使も降りて来て水を飲んだ。血の射した小使の顔が燭の光で一層赤く見えた。彼は茶椀の水を一気に飲干すと、酒臭い呼吸を長く吐いて室に戻って行った。

二人は身体を拭いてから再び寝床に帰って別々に寝た。

「鈍太は私のする事を何と思っているだろう」などと考えながら知らぬ間に寝込んでしまった。

二

翌日は又八時頃から他の三人も出勤《で》て来た。朝の内は室内が暑苦しいのに、頭の上の壁に据え付けてある呼鈴がのべつに鳴る。誰も誰も皆忙しくて休んでいる間もなかった。妙に間の抜けた顔しているくせに、空威張りに威張る上役の属官達は、事務をとるにも朝から上着を脱いで「給仕、茶を持って来い」と響き渡るような声で奴鳴りちらした。

鈍太はおどおどしている。忙しい中に、役にも立たず、間抜けな事ばかりしているから

見ていても癪に触る。丁度私が二階の書記の室から出て来たら階段の上で茫然《ぼんやり》して立っていたから、

「早く下へ行ってろ」と叱りつけたがニヤと笑ったばかりで動かない。これがいつも鈍太が私に対する抵抗だった。私の疳がぴりぴり動いて来るのもこの弱い抵抗があるからだ。

　鈍太なんぞ絶対に服従しているべき種の人間だのに、それが妙にこだわって来るからいけないのだ。可愛がっている犬が弄られるままに従順《おとな》しくしていればいいが、何か少し気に食わない事でもあって直《じき》にウーと呻ると、急に棒切れでひっぱたいて、追い出してやりたくなるものだ。

「笑っている奴があるものか。用があるんだよ」と二、三段降りてから云ったが降りて来ない。私はさげて来た茶盆を左の手に持ち更《か》えて、右の手を伸ばすと鈍太の手首を握ってうんと引張ってやった。じたい足もとが危ないからよろよろしている。中程まで降りたころ、突然背中のあたりをどんと突いた。鈍太は他愛もなく転げ落ちて泣き出した。

「こりゃ大変だ」とやってから気がついた。「見つかったら事だ」と思ったから急いで降りて行って立たせてやった。「どうかしたか」と嶮《けん》のある声で聞いた。

　折悪しく宇島という属官が通りかかって「どうした」と云うから「この段々から落ちたんです」と鈍太に代って即妙に答えておいた。属官は笑いながら「茫然《ぼんやり》してるからよ」と云って、行ってしまった。

「早くあっちへ行けよ」と云うと、鈍太は膝のあたりを押えながら跛《びっこ》を曳いて詰所へ帰った。

水口で茶椀を洗って室に入って見ると鈍太は机に伏してまだ泣いていた。私は鈍太の後ろから首を抱くようにして「どうかしたかい」と聞いたが答えない。「痛かったのか」と聞いたら首を振った。

後から属官にこの事で大変叱られた。何でも仲間の誰かが余計な事を云ってしゃべったのらしかった。

鈍太は足痛の旨をもって三日ばかり役所を休んだ。いやに大業《おおぎょう》に出るなと思うと少し癪に触った。じたい大層やみらしい、少しの事でも何のかのと大業に出る。時々はこの大業にのせられて、すっかり同情したりする事もあるが、又この大業な所が可愛らしくなる事もある。四日目の朝には足も治って又出勤《で》て来た。

「足はもういいのかい」と聞いたら、

「もう癒《なお》りました」といやに叮嚀に、よそよそしく答えた。

出勤《で》て来ると、暇には相変わらず机に凭《よ》って鼻の下をこすってみたり、手の上を撫でたりして、退屈そうな顔をしている。

「鈍太の鼻は妙にグニャグニャする鼻だな」などと云われている。見ると何だか骨のない肉の塊まりみたようにグニャグニャと左右に曲る。

「だらしのねー鼻をしたもんだ。一寸己れにもやらせてみろ」初めは厭がる彼の手を押えておいて一人一人左右に、気味悪そうに動かしてみた。

「全く妙だな」と中には自分の鼻をやってみる者もある。誰のだって鼻の先が骨みたいに硬くなっている奴はないが鈍太のに限って一種異様に動く。

こんな事も面白いが私には毒だ。初めは一寸人差指の先でグニャグニャと動かしてみたが、しまいには鼻ごとぐっしゃりと振って顔ごと振り立ててやった。彼は顔をしかめて声を立てるが、鼻を捕まれているから子供が蟬の鳴声を真似る時のような声で何だか云う。

こればかりではない。鈍太の白い長い小指は、まるで骨のないもののように、曲げると手の甲まで反《そ》って来る。その他二本ばかりの指は皆逆に反って手の甲に達する。この曲芸には水口の方の小使も出て来て笑って見ていた。

こんな芸を見ていると、私もやって見たくなるが危ないと思ったからしなかった。私が他の者に代ってやった日には、又例のむらむらした気分で、他の曲らぬ指でも折りかねないからこればかりは黙って見物していた。よくよく弄り者に生れた奴だと感心した。

こうして幾日か経った。鈍太と私との宿直の番がまた廻って来た。午後の三時頃には帰り番の者も皆帰った。属官も書記も皆退《ひ》けた。私は鈍太と静かな役所に残って、仲のいい半日を暗い室で送った。

その晩十時頃になると鈍太と私とは一緒に役所の風呂に入った。宿直の属官や吾々や、小使の入るための風呂だから湯槽も小さいし、風呂場も狭かった。

隅の方にあるカンテラの光が湯毛に包まれて、風呂場の中はどんよりと暗かった。その濛朦《ぼんやり》した、煙のような中に鈍太の青白い裸姿が浮いて見えた。私は湯槽の中から「早く来い」と呼んだ。

鈍太は湯槽の前に膝折《しゃが》んで湯を浴びたが、湯槽の中には入ろうとしなかった。どうしたのだと聞いたら、湯が熱くて入れないのだと云った。水桶を持って来てうめろ、と云ったが水桶が重くて持てないと云うので又出て行って担いでやった。そうして二人は狭い湯槽に重なるようにして入った。この時程鈍太を可愛らしい、他愛のない奴だと思った事はなかった。私は小さい子供と一緒に遊んででもいるように、彼の指を曲げて手の甲の方に押しつけてみたり、グニャグニャする鼻をいじったりしていた。彼も黙って私の云いなり放題になっていた。

板の間に出て身体を洗うと鈍太は直《じき》に出ると云った。しかし私はもっとこうして鈍太を弄っていたかったので「まア今一緒に出るからも少し待っていろ」としきりに引きとめた。彼は迷惑そうな顔して板の間に坐って小桶の湯に手拭いを浸しては扛《あ》げ浸しては扛げして、子供のように遊んでいた。

全体《すっかり》洗い終わったとき私は「もう暑くて頭が痛くなって来た」と訴えるように云う鈍太を、無理に抱き込んで又湯槽の中に入れた。この「無理に」がいけない。少しでも力のいるような事を彼の身に加えたが最後だ。鈍太にしては、かなり強かった抵抗を苦もなく圧服して、叩き込むように彼を湯槽に入れると、続いて私も飛込んだ。気違いみたいな疳が私の気をいらいらさした。私の腕が鈍太の滑らかな白い肌に触れる毎に、私の身内がぶるぶると烈しく震うように感じた。と例の歯の根で力を噛み殺して、鈍太の腰に手を廻すと、抱き込みざまにぐいとしめた。

　鈍太は「湯毛にあがって苦しいから放してくれ」という事を呻るように、切れ切れな文句で云った。こんな間にも私は鈍太の柔かい滑らかな肌触りを烈しく感じていた。鈍太の身体は私の手足の間に小さく抱き込まれて、動くにも動けなかった。腹をしめられているから押しつけられたような声で「放して」とかすかに云うと、彼は苦しそうにふんぞり反った。少し気味が悪かった。その上なんだか吾ながら恐ろしくなったからそのまま放してしまった。鈍太は急いで湯槽に片足をかけた。「欺されたな」と突嗟《とっさ》の間に思ったので、「こいつ逃げるな」と後から最後に抜き出そうとした左の足を押えて、「も一度入って来い」と籠った声で云った。「入らなけりゃ」と太股の肉を力まかせに捻って放さなかったが、この時鈍太は夢中になっていた。

「痛けりゃ入れ」鈍太は黙って一旦外に出した方の足を揚げて又湯槽の中に戻った。

「もう逃さないぞ」と云って又抱き込んだ。首ったまに二の腕を巻きつけて力まかせに顎をかけて吊すようにぐいと上に揚げた。この時鈍太は湯槽の底で両足をじたばたさしていたが同時に両の掌で湯の上を夢中で叩いた。けれども鈍太は一言も云わない。ただ身体ばかり悶えていた。

暑いのに長い間湯槽の中で騒いだから頭がぐらぐらして来た。けれども鈍太の身体は離さなかった。それは実に僅かな間だったが、ふと私は力をゆるめて見たら、今迄私の胸に凭《よ》りかかっていた鈍太は黙って私の胸から、滑るようにずるずると下りた。そうして鼻のあたりまで湯につかったがそのまま止まって動かなかった。

私は驚いて彼の両脇に手を差し込んで「どうした」と扛げてみたが、ぐったりしている。狼狽《あわ》てて湯槽から飛出して鈍太の身体を引きずり出して板の間に立たせようとしたが立てなかった。彼の身体は朦朧《ぼんやり》と湯毛の籠った狭い風呂場の板の間に白く長く横たわった。カンテラをおろして怖々顔を見たら彼は眼を閉じて細く白眼を見せていた。

私の胸は烈しい動悸を打って手も足も胴もわなわなと震った。水桶を取ったが水はなかった。早く誰かを呼ぼうと思いながらも、口がねばってしまって、声も自由に出なかった。一切夢中で風呂場の出口まで出ると目茶苦茶に人を呼んだ。私の声は異常だったに違いない。小使の杉田は驚いた顔つきで出て来た。

人影を見て私は「鈴木が死んだ鈴木が死んだ」と叫んだので杉田は狼狽《あわ》てて駈け戻った。と思ったら又帰って来て風呂場の板の間を覗いて「どうした」と独語のようにいうと又室に駈け戻った。やがて小使も属官も来た。取りあえず三人がかりで鈍太を風呂場から担ぎ出して、頭から水をかけたり、顔に霧を吹いたりした。一方には小使が医者を呼びに行った。

「湯毛にあがったのだろう」と小使も属官も云っていた。二人とも狼狽していたから倒れた時の様子など聞くどころではなかった。

医者の来る迄に鈍太はやっと眼を開いた。「苦しいか」と二度ばかり属官が聞いたら彼は少し口を曲めて水を求めた。私は茶椀の水を口に注ぎ込むように入れたが、半分ばかり呑むと顔をそむけてしまった。属官は鈍太の身体に白地の浴衣をかけておいてともかくも室に戻った。心配と恐ろしさとに充ちて私は独り鈍太の横に看守っていた。時々腕をとって脈を見たが驚く程早かった。「鈍太は死にはしまいか」こう思って私は震えていた。

十分ばかり経つと鈍太は何かの発作のように烈しく身体を動かすと同時に大きな眼を開いて、驚いた風に私の顔に瞳を据えた。

「どうした」と聞いたら「頭ががんがんする」と答えた。そうして又水を飲んだ。医者が小使に連れられて来る頃には鈍太はすっかり正気に復していた。

医者は少量の薬を置いて直に帰った。小使も属官も皆室に引き揚げた。そうして役所の夜は又静かになった。鈍太は枕許に水と薬とを置いて、暗い室の隅に安らかに眠っていた。

私は眠る事も出来なかった。独り机の横に凭りかかって茫然としてしまった。時々長い呼吸を引いては静かに眠っている鈍太の、青白い顔を眺めていた私の胸には「まあよかった」という安心の念もあった。が又一方には、鈍太に対する私のこうした感情が、益々《ますます》進んで行ったら、しまいには真実《ほんと》に彼を殺してしまうような事もしかねないと思って、云い難い恐怖を感じた。

若衆歌舞伎

倉田啓明

■くらた・けいめい　一八九一頃〜？

東京生まれ。立教中学卒。小説家。「中央公論」「三田文学」などに作品を発表していたが、谷崎潤一郎・芥川龍之介などの著名作家の偽造原稿を出版社に売り込み、実刑判決を受ける。

初　出「三田文学」一九一二年五月

底　本『山崎俊夫作品集　下巻・玉虫秘伝』参考資料、奢灞都館、一九九二年

一

それは化政の昔から、猿若《さるわか》三座の当り狂言を、鋏《はさみ》と糊の押板細工、歌川流の面相筆《めんそうふで》に、似顔似顔の粋を利《き》かせ、縮緬《ちりめん》、緞子《どんす》、金襴《きんらん》、錦、色さまざまに刻み合わせた桐の羽子板を、大奥の御殿女中から、下町の赤襟まで、曠着《はれぎ》の袖に抱えては、春の風情に一入《ひとしお》の色香を添え、今に至るまで変らぬ花の東《あずま》名物となっている。今年もようよう押し詰って、もうそろそろ白いものの降りそうな空模様、広重が角田《すみだ》の雪に、歌麿の妹《いも》がりゆく頃になり、歳の市や十軒店《だな》に飾られる、周麿《ちかまろ》、国達《くにたつ》の羽子板を見ては、江戸紫のかわたれとともに、昔を今になすよしもない、夢に結んだ番《つが》い胡蝶の若衆歌舞伎の艶《あで》すがたを、まざまざとおもい浮べる。

私が茂丸の艶《あで》だつ若衆姿を、あるとき舞台の上で見て、ふとうら若いあこがれ心をおぼえるようになったのは、二人とも未だ十四、五歳の頃であった。

もとよりそれも、云わば濃い紫の江戸褄《えどづま》模様を垣間見て、その面貌《かおかたち》まで占うような、便りない恋の辻占《つじうら》にも等しかった。

酒と荒色とに憊《つか》れた淫れ女が、紅粉《こうふん》で厚化粧したような都会に生まれ、放埒な役者の子として育った私の荒れ果てた霊魂は、現在の、老いさらぼいて弛《たる》み切った肉のような生活に厭《あ》き、生々しい美しい歓楽に思いあこがれた。そうしてこの茂丸という役者の子も、いつかは私の身体へ新しい生命の滴りを灑《そそ》いでくれる時があるであろうとおもっていた。

　こうして私は茂丸と親しむようになった。

　私が浜町の花屋敷の家を出て、人形町や葭町《よしちょう》の方へ行くときには、わざわざ廻り路して、水天宮裏まで茂丸を誘いに往《い》ってから行くのが常であった。日蔭者の役者の子は、街を一人で歩くことを嫌ったが、私と二人で歩くときはいつでも威勢よくしていた。殊に葭町へ行こうと云って誘いに行くと、白足袋《しろたび》を穿いた足へ、ちゃらちゃら鳴る雪駄《せった》を突っかけ、一人で先に立って出て往った。

　茂丸はその頃流行ったお納戸色《なんどいろ》の米沢の矢絣《やがすり》を、羽織と着物の対にして、長い袖口からちらちらと赤い紅絹《もみ》の裏を見せている、色の蒼白い眼の清《すず》しい子であった。

　私も茂丸も、葭町という町が何となく懐かしかった。それは現在の葭町ではない。昔ここに堺町や葺屋町《ふきやちょう》の芝居街を控えていて、格子戸に柿色暖簾をさげた、蔭間茶屋《かげまぢゃや》が軒を並べ、太夫子《たいふご》が花も欺く一夜の靚粧《せいしょう》美々しく、紅脂白粉《べにおしろい》はもとより、派手やかな模様を染め出した大振袖に長羽織、紅の蹴出《けだ》しに黒塗りの駒下駄履いた、妖艶な露を含んだ稚児《ちご》髷《まげ》姿が、金剛《こんごう》に提灯《ちょうちん》持たせて、朧月夜《おぼろづきよ》を通い行くさまを、ある時、茂丸の家にあった、『細見《さいけん》菊の園』という草紙で知ったからであった。その他、吉弥《きちや》結びの上村吉弥、河内《かわち》通いの玉川千之丞、これぞ今の世の色づくしと云われた石垣町の姣童《こうどう》、竹中藤田袖岡等の名も覚えた。また伽羅沈香《きゃらじんこう》を売って歩いた、私達と同じ年恰好の香具売というものの持っていた、伽羅の油は始め若衆歌舞伎に限って用いられたことを知ってから、市中をさまようて伽羅の油を売っている店を探し廻ったことさえあった。

ある夜露のいやに身に沁み渡る冬の夜、小網町の河岸に並んでいる、倉庫の間から、あざれて饐《す》えた獣の肉のような、銅《あかがね》色のまるい月が浮び出て、弛み澱んだ真黒な川面《かわも》へ、いまにもおぼろにその姿を映そうとする頃、葭町の『よしや』の店で、この伽羅の油の入っている、黄《きいろ》い瓶をながめて、不思議な筋肉の顫《ふる》えをおぼえ、おもわず二人がしっかり身体を抱き合わしたとき、罌粟《けし》を炷《た》く香《か》で魔酔にかかったように、その柔かい絹の衣物《きもの》から衣物へと移りゆく、芳烈な麝香《じゃこう》の薫香は、私の小さい魂を微かにそそった。

私はその時分から、細見記《さいけんき》の上に仐、伞などと区別せられて、台詞こそ云わないが舞台に居並び、寛永寺の寺中寺侍《じちゅうてらざむらい》や、芝居町に金襖《きんぶすま》の隠し詞《ことば》をもって、御殿女中に甘いおもいを寄せられた、若衆歌舞伎の面影を、人知れず夢に描いていた。

二

春の光がゆるく流れて、豊かに張り切った肉の、なんとはなき倦怠をおぼえる、どんよりした花曇の日、茂丸の出る芝居では三の替りの蓋をあけた。

茂丸の今度の持役は、和田合戦の市若《いちわか》であった。そして彼の父は久々で、御贔屓《ごひいき》様のお勧め辞《いな》みがたくという触書《ふれがき》の下に、板額《はんがく》の役を勤めるというので、満都の好劇家の大なる注意をひいた。

初日の朝、茂丸は私と一所に、男衆を連れて、彼の兄が出勤している、木挽町《こびきちょう》の芝居へ一寸立ち寄り、それから車で昔は櫓《やぐら》紋に橘《たちばな》揚げた、二長町《にちょうまち》の芝居へ行った。二人は合乗の車の上で、初日の賑かさや、芝居がえりの寂しさや、台詞を呑み込む苦しさなどを語り合うた。

丁度、二人を乗せた車が、京橋の手前にあった松田の前までくると、橋の方から豚の子に綺麗な衣裳を着せ、その背中には赤地に白く何か文字を染め出した幟《のぼり》を押し立てて、若い男が太い紅白だんだらの染分《そめわけ》手綱《たづな》を執りながら、しいしい追ってきた。そうして後からは、多くの群衆が珍しげに、ぞろぞろ悠長な春の日長に誘われて踵《つ》いてきた。

私等二人はこの光景を見て、その心の奥底には熱い烙印《らくいん》を銘刻せられた。殊に茂丸は、その感受性の強烈な性質を面《おもて》にあらわして、まるでおぞましい妖怪にでも出会ったように、驚異の念を沁《し》み沁《じ》みと感じた。

市村座へ着いて、裏手の入口から暗い梯子段を登り、ごたごた引っくり返っている大部屋を通り抜けて突き当ると、六畳の茂丸の部屋がある。そこには市若丸の着る鎧や、兜や、下着や、その他の小道具が、五月人形のように並べてあった。立沢瀉《たておもだか》の定紋散らした鏡台の上には、白粉や、砥《と》の粉《こ》や、紅皿が綺麗に陳列せられ、黒塗の衣桁《いこう》には潮染《うしおぞめ》の袷《あわせ》の浴衣と、友染模様のどてらとが掛っていた。向うの一隅には、新しい桐の箪笥や、衣裳葛籠《つづら》、鬘台《かつらだい》、櫛箱、金盥《かなだらい》など散乱の光景を描いていた。

私達が入ると、笑う毎に金歯を光らす威勢のいい床山《とこやま》が、市若丸の鬘を取って、薙刀《なぎなた》という毛筋棒を耳に挟みながら、癖せ直しをしていた。

待っていましたといった風な、衣裳付の老爺は、

「坊ちゃん、お菓子がありますぜ。」

と云って、帳箪笥の戸棚から最中《もなか》の入っている菓子皿を出し、茶を入れて二人にすすめた。私の父もかつてこの座へ出ていた縁故があるので、いつも私が行くと歓迎してくれた。

茂丸は楽屋着に衣更《きが》えて、鏡の前へ座り、自分の顔を写してみた。そして、

「長い間お化粧しなかったから、顔がなんだか硬《こわ》くなった。」

と云って、私の方をかえりみた。

彼の顔には、今日から向《むこう》二十幾日間、毎日何度となく、化粧の甘い香に酔うよろこびの色が現れていたので、私はなんとなく哀しくもまた羨ましくおもった。

茂丸はいつでも口癖のように、

「あたいは美しくさえなりゃいいんだ。」

と云っていたことを、私は今でも覚えている。それだから茂丸は平素でもなるべく、美しい女か色子《いろこ》のように身を持つことを忘れずにいた。道を歩くにも腰を少し後に突き出し、尻を左右に振りながら、小股に刻んで内輪に歩いた。息づかいも女のようにし、言葉も女のような言葉を使い、風呂に入った時には必ず女の身だしなみのように、ほんのりと薄化粧さえしていた。それに彼が歩くとき、ちらちら見える紅の蹴出しが馬鹿に女らしく思わせた。その上女のような豊麗な肌や、思わせぶりな物の云いようは、一際この感を深くさせる。私はこれが何となくなつかしかった。

茂丸が鏡に向って、清《すず》しい眼を細くしたとき、二打《ちょう》が鳴って序幕が開くのを知らせたので、遠い所から手をたたく音が、微かに聞えた。すると下座《しもざ》の三味線の調子を合わせる、遣瀬《やるせ》ない旋律と、大部屋から仕出しが四、五人梯子段を下りて行く足音とが、手に執るように聞えた。

私は急いでその後から舞台へ踵《つ》いて行ったら、もう大道具はすっかり出来上っていて、道具の階段の左右には、篝火《かがりび》の光が炎々と輝いていた。今降りて来た大部屋の連中はその篝火の後方へ坐った。下座のところから幕の外へ出ると、見物はぎっしり詰っていて、天井から幕の前へ墨《すみ》黒々と

お蔭を以て本日も桟敷土間《さじきどま》売切申候段ありがたく御礼申上候

月　日

と書いた布《きれ》がぶら下っていた。

やがて楽屋の方で拍子木《ひょうしぎ》の音が、暫く間を置いてだんだん近く聞えて来る。それが舞台へ来ると続けざまに、ちょん、ちょんと鳴る刹那、囃子《はやし》部屋では神殿で響くような太鼓の音が二つした。振鈴《しんれい》の音。笛の顫《ふる》え。又拍子木の低くそうして高く刻みゆく旋律。締太《しめだい》鼓《こ》の澄み切った音。その間に縺《もつ》れて絡む下座の三味線――こうして、つつつつつと幕が開いていったので、私はあわてて臆病口《おくびょうぐち》へ身をかくした。

すると、待っていたように、大向《おおむこう》連の拍手がおこった。

暫く経って茂丸の部屋へ帰ると、既に艶やかな化粧を終えて、衣裳方がしきりに派手な衣裳を着せていた。

私の顔を見て、莞爾《にっこり》笑った茂丸の臙脂《えんじ》をさした紅い唇は、まるで獣の痍口《きずぐち》のように、生々しく輝いていた。濃い眉を上下から細く糸のように剃り込んで、油墨《あぶらずみ》で霞に引いたらしい愛らしい眉毛と、頰紅さした顔とは、飽きて尚足ることを知らぬ、肉楽の美女をおもい起した。

懐かしさと慕わしさと、そうして恋しさとが、蜘蛛の糸のように、私の心に絡み付いてねばねばした煙のような、細い強い糸の力は茂丸という少年の豊麗な肌の中へ、私の霊魂を投げ込ませるように、誘い引くのであった。私がこんな歓楽を欲してやまなかったのは、古《いにしえ》の若衆歌舞伎をまのあたりに見る心地がせられたからだ。

三

その日から、私はよく茂丸の部屋へ遊びに行った。三つの替りも目出度《めでたく》千秋楽を告げた翌日、茂丸は朝から私の家へやってきた。

膝を突き合わせて話していた、彼の黒瞳《くろまなこ》には、私の小さい顔がありありと映っていた。二人は私の居間に充てられた、離座敷の茶の間で、子供らしい哀しみを語り合った。その時はいつも本箱から引摺《ひきずり》出す、お伽噺《とぎはなし》の本や絵草紙も出さず、互いに柔かい白魚《しらうお》のようなしんなりした指を、膝の上にちゃんと置き交わして、あどけない、そうして美しい少年の憧憬《どうけい》を語った。

「何か面白いことをして遊ばないか。」

「面白いことって何。」

「あたいね。ほらこの間お前の部屋へ行ったろう。あの時かえりに京町の叔母さんとこへ寄ったの。そうするとね——。」

「京町って吉原じゃないの。」

「そうだよ。吉原の京町さ。それでね。その叔母さんとこへ行くと、あすこの門口で、小さい男の子や、女の子が、沢山あつまって、花魁《おいらん》ごっこってことをして遊んでたの。」

と云った。

「花魁ごっこなんて可笑《おか》しいわ。」

と、茂丸が云う。

「でもそりゃ面白いの。」

「だってここには女の子がいないじゃないか。」

「いないから、お前花魁におなりよ。ねえ、いいだろう。」

「ああ、なんだか変だね。」

「面白いからしようよ。あたい、道具を飾るから。」

と云って、私は戸棚から、玩具の小さい金屏風や、簞笥や朱塗の絹行燈《きぬあんどん》や、そうして友染模様の衾《ふすま》まで取りそろえた。こうしてこの茶の間を青楼《おちゃや》の二階の遊女部屋に擬した。

まず茂丸の花魁は朱檀の硯《すずり》箱から紅筆《べにふで》を取り出して、端を紅脂《べに》で染めた巻紙へ、色男に送る恋文を書いた。

「ねえ、浩ちゃん。なんと書こうね。」

と、茂丸は真面目になって私に尋ねる。

私は笑いながら、

「そんなことを聞く奴があるものかね。自分でいいようにお書きよ。」

茂丸はいかにも困ったという風で、

「だってあたいには分らないんだもの。」

「あたいにだって分らないよ。」

「じゃどうしよう。」

「仕方がないね。ああいいことがある。一寸お待ちよ。今いいものを探してあげるから。」

と云って、その頃手帖に書いて置いた名妓高尾の俳句を探し出して、

「じゃ茂ちゃん、こうお書きよ。あのね、（君はいま――）。」

茂丸は危うげな筆つきで、太い大きな字を書いた。

「それから。」

「（駒形《こまがた》あたり杜鵑《ほととぎす》）」

「駒形って浅草のだね。ほととぎすと、どう書くんだろう。」

「分らなきゃ仮名でいいよ。」

と、私は先生の口調を真似た。

茂丸は文を書き終って、それを玩具の文箱《ふばこ》の中へ無理に詰め込んだ。

「これを誰が持って行くの。」

これには一寸当惑した。が、とうとう家に飼っていた三毛の首ッ玉をつまんでぶら下げ

て来た。そしてその背中へ文箱を結び付けて恋の使いに仕立てた。ところが猫は文箱を背負いながら肝心の私が待っているのを、置いてけ堀《ぼり》にして、一目散に本宅の方へ駈けて行ってしまった。これには二人とも呆れて物が云えなかった。

そこで私は、その恋文を受け取った体《てい》にして、高尾の許《もと》へ通う、仙台のお殿様になり澄ました。茂丸の高尾のとこへ行く路すがら、玩具の屏風や円《まる》行燈を、着物の裾に引っかけて、二、三度ひっくり返した。

茂丸は流石《さすが》に舞台で聞きおぼえた文句を、そのまま、

「よく来てくんなました。」

と云って、品《しな》をつくって私を迎えた。しかし私は生憎《あいにく》こんな場合に、なんと返答していいのか分らなかったので、無骨な田舎者のように、唯ぼんやりして坐っているより外《ほか》仕方がなかった。

すると高尾は小さな煙管《きせる》に火をつける真似して、一寸抜き衣紋《えもん》をしながら、身を反らして私の前へ差し出した。それを私は左の手で受取って、すぱすぱ甘《うま》そうに吸った。

春の暖かい午後の日射しは、酒のように濃《こま》やかな空気を漲《みなぎ》らしている座敷を一杯に照らして、魔訶《まか》不思議な神秘の光を投げかけていた。

私の頭脳《あたま》には、むくむくと幻のように、真黒のおそろしい影が、室《へや》の反面をおおうて、妖艶な緋縮緬《ひちりめん》の夜具や、伽羅枕や、六枚折の屏風の飾ってある、絹行燈の火《ほ》影《かげ》幽《かそ》けき、妖

魔の誘うような、歌吹海《かすいかい》の女部屋が浮び出て、春の日が床柱《とこばしら》に照りかえす淡い光も、没《もっ》薬《やく》、蘆薈《ろかい》を炷《た》く香炉から立ち登る、毒煙のようにおもわれ、私の身体《からだ》は輪廻《りんね》の迷いのため、未来の奈落へ融けて沈みゆくようであった。

四

太棹《ふとざお》の三の糸がぷっつり途切れたような遣瀬《やるせ》ない春も逝《ゆ》いて、その年の夏は私は伊豆の海岸で暮らしてしまった。そうして九月の学校が始まる頃、ようやく東京へ帰ってきた。秋風のそよそよと立ち初めて、軒端《のきば》に吊した風鈴の短冊の色も、ややに褪《あ》せ行く九月のある夜、久しく会わなかった茂丸を尋ねた。

「この夏はやっぱり藤間へ通っていたのかい。」

「ああやっと道成寺《どうじょうじ》をあげたの。」

と、にっこり笑って靨《えくぼ》を作って見せた。

「あたいね。今日お前に一寸相談をしたいことがあるの。それはね。お前がいつも美しくなりたい、美しくなりたいと云っているから、あたいも一所に美しくなってみようとおもって、その相談にきたのさ。」

と、こう私が云った。

「嬉しいね。けど美しくなるのはいいが、どうすりゃそうなれるんだろう。お前知ってるの。」

「だから、あたいは色々考えたのさ。伊豆へ行ってる時でも、その事ばっかり考えていたんだよ。」

「で、なんかいい思案でも浮んで。」

「ああ、別にこれがいい思案じゃないかも知れないけれど、あたいには一番綺麗に思われるからさ。それはね、お前と二人であのよく絵にある、昔の若衆歌舞伎の風をして、屋根船に乗って遊びに行くのさ。角田川《すみだがわ》の方へね。どうせ昔ならあたいもお前も色若衆《いろわかしゅう》にならなきゃならない身の上だからね。」

「面白いだろうね。」

それから、色々その日の扮装について話し合った。終いに茂丸は、京の石垣町の名高い太夫子《たいふご》であった、竹中吉三郎に扮し、私は同じ太夫子の藤田吉三郎に扮することに定《き》まった。その期日は、この冬、牡丹雪《ぼたんゆき》の降った日に、出雲橋の中村屋の障子船《しょうじぶね》を借りて、浜町河岸から、角田川を向島へと、広重の浮世絵そのままに漕いで行くことにした。尚お化粧や衣裳着けは、私の離座敷で葭町の桔梗屋《ききょうや》の姉さんに来て貰って、手伝ってくれるように頼んだ。

茂丸の家を出た時は、庭に祠《まつ》ってあるお稲荷さまの、赤い細長い提灯の火も、既に滅《き》えていた。戸外へ出ると、秋立つ空には銀砂子《ぎんすなご》を鏤《ちりば》めたような天の川が流れていて、星のちわ言《ごと》、さざめ言のきかれるような、美しい夜であった。

この日から寝ても醒めても、私の眼先には色若衆の姿が、夢幻《ゆめまぼろし》のようにちらついた。

学校の課業をも打ち忘れて、牡丹雪の降る日を待ち焦れ、その日のお化粧のことや、衣裳のことを考えたり、あまりの懐かしさと、じれったさに堪えかねて、由縁《ゆかり》も深き若紫の野良《やろう》帽子を、自分で工夫して造った。そうして鬘屋に拵《こしら》えて貰った若衆髷《わかしゅまげ》に、それを蔽《おお》うて楽しんでいた。けれども、ここに非常な苦心をしなければならなかった事は、若衆歌舞伎としての私の身体のこなしであった。茂丸は常に舞台へ出ているから、女の身振りや何かをよく知っているけれども、私は未《ま》だそんな艶《なま》めかしい経験がないので、非常に困難であった。それ故、往来を歩くときでも、電車の内でも、勉めて若い婀娜《あだ》っぽい女の姿体に注意を払うようにした。又茂丸に就《つ》いても教えて貰った。そうして有名な美少年、藤田吉三郎さながらという風をせんがために、人知れず腐心したのは尋常一様ではなかった。

その上、私は茂丸のように、毎日紅脂白粉《べにおしろい》で肌膚《はだえ》を養っておかなかったから、皮膚がざらざらして白粉ののりが悪かろうと考えついたので、翌日から毎晩風呂に入って洗粉《あらいこ》で顔や頸を洗い、乳白クリームをなすりつけて、その上へなるべく濃い白粉を塗って寝ることにした。その甘い移り香が夜着の天鵞絨《ビロード》の襟に沁み込むのは、事の外なつかしかった。こんな風に毎日肌を馴らしていたから、だんだん白粉馴れて来て、肌理《きめ》が恐ろしく細やかになったような感がした。それである日などは襟の生え際に宵の白粉が残っていたので、学校でひやかされたこともある。その代わり、私の鼻はいつも茉莉花《まつりか》の薫香《かおり》が立ち上《のぼ》り、立ち迷うていた。

五

「よく積ったね。」

と云って葭町の姉さんは、庭先から華奢《きゃしゃ》な紅葉傘《もみじがさ》の雪を払いながら、お召の吾妻《あずま》コートの裾を執《と》って入って来た。水々しい文金《ぶんきん》の高島田に渋蛇《しぶじゃ》の目《め》の傘はこんな雪の深い日には殊にふさわしいような気がした。

今日は愈々《いよいよ》年来の願望を遂げることが出来るというので、私は闇《くら》がりの中に起きて、衣裳を取り揃えたり、化粧道具を並べてみたりして、茂丸の来るのを待っていた。茂丸の衣裳万端はすべて私の家に預かってあった。朝七時頃に茂丸は初々しい、すっきりした顔をしてやって来たから、二人で、今日の歓楽を語り合っているところへ、予《かね》ての約束通り姉さんが来てくれた。

姉さんは、

「おや、茂ちゃん。今日はおたのしみですね。二人ともさぞ、綺麗になるだろう。」

と、さも羨ましげに云った。私はこの羨ましそうな言葉を聞いて、なんとはなしに、色香を争って見事に勝利を得た、田舎源氏《いなかげんじ》の佳人を追想した。

二人はまず壺打《つぼうち》の楊枝で歯をよく磨いて、その上へ鉄漿《かね》を含ませた。鉄や鋼の腐って融けた臭気のある液体を火で温め五倍子《ふし》の粉の少し渋味のある粉末を混和して、鳥の羽根で歯の裏表へ隈なく塗り付けて行くと、今まで真白であった歯の色が、忽ちにして漆《うるし》のように黒く輝いた。私はこの恋を仕遂げた象徴とも思われる、しおらしい歯の化粧を何度も何度も繰り返すと烏黒《かぐろ》き色は益々艶々しい光を放ってきた。このとき私はその昔の若衆が恋を含んだお歯黒の口元を思い浮べざるを得なかった。

姉さんは自ら剃刀《かみそり》を執って、二人の眉を惜し気もなく剃り落してしまった。その跡が青々と光っていた。白粉をつけるときには、茂丸は独りでし馴れているが、私は頸の廻りを姉さんに塗って貰った。鼻の柱と襟とはくっきりと濃く浮き出るようにつけた。その彩って行くときの甘い感触は、恰《あたか》も羽二重の布《きれ》の手触りにも譬《たと》えられる。そうして柔かい刷《は》毛《け》でその上を刷きながら白粉のむらを延ばし、掌と指に付いている残りの白粉を、水で少し溶かして両手へ薄く引いた。真白に浮き出た私の顔の筋肉は白粉の乾くに従って、だんだん緊張して来た。そして私の身体《からだ》はまるで新しい生物《いきもの》に急変したように生々しい気が溢れて、微かな官能の顫《ふる》えを覚えた。

頬紅はわざと避けて、口紅と爪紅《つまべに》とをさしお歯黒の上へも濃厚な紅脂《べに》を引いて光沢《つや》をよくした。紅、白、黒——この色彩美は私の顔全体で不思議な交響楽を奏でているようだ。お終《しま》いに青々と剃り落した眉毛の上へ、墨で有るかなしかの細い曲線を描いて、忘れ眉とも云うべき置き墨をした。

　これでようやくお化粧が終った。

　私は自分の姿のあまりに美しいので、惚れ惚れとして、鏡に照らしては茂丸の姿と比べてみた。

　茂丸はお歯黒つけた口元をつぼめて眼で微笑《ほほえ》んだ。

「さあ、今度は衣裳だね。」

　と云いながら姉さんは起ちあがった。

　それで竹中の茂丸は着ていた衣物《きもの》を脱ぎ捨てて、襦袢と腰巻とになった。姉さんはその上へ紅鹿子《べにかのこ》と鼠繻子《ねずみしゅす》の紋付とを着せ、上衣には浅黄の地色で腰飾りの紋散し艶《あで》やかな、雪中の竹に狗《いぬ》の戯れている大振袖、裏地に用いた紅絹《もみ》の艶《あて》なる色もしおらしい。そうして小鳥づくしの唐衣《からぎぬ》の裏付けた、白羅紗の羽織の紐をわざと解き、女のように紅色の脚布《きゃふ》を纏《まと》うた。そのぞっとする程美しい、静かに豊かな、しっぽり恋の露を含んだような立姿。そのとりまわしのささやかなこなしは、流石《さすが》に自ずから若衆に具わって、笑う時に少し唇を歪める風情もなまめかしい。

　続いて私は白小袖の上に、色も床しい濃紫《こむらさき》のなべての色の由縁《ゆかり》をさながらに現した、縮《ちり》緬《めん》の二つ重ねに、裾には牽牛花《あさがお》の刺繍《ぬいとり》させ同じ色の羽織や帯を纏い終った。それから二人とも若衆の鬘を被《かむ》った。予《かね》て衣裳にも髪にも伽羅を薫じておいたから、芳烈な薫香はあたりの空気を微動させ、おまけに「誰《た》が袖」という匂い袋を袖の下に吊るし、香包《こうづつみ》の匂い玉を懐中に含ませたので、二人の艶姿《あですがた》は全く香の世界に包まれてしまって、唯恍惚《うっとり》と夢《ゆめ》現《うつつ》の間をさまようかの如く思いなされた。

二人は互いに肩を取り合うて、大形のきらびやかな化粧鏡の前に立ったとき、立沢瀉《たちおもだか》と祇園守《ぎおんまもり》の比翼紋は、さながら恋する人の切ない思いの浮き出たように並んでいた。脚布《きゃふ》に付けた小さい鈴の音も、床しく聞える。

この間に舟の中へ持って行く、緋縮緬の衾《ふすま》や、置炬燵《おきごたつ》や、伽羅枕などを船頭が取りに来たので、姉さんは一々それを渡していた。

暫時《しばらく》して合乗《あいのり》の車が来たので、私達は塗下駄を穿き、姉さんを真中に置いて渋蛇の目をさしかけて貰い、隠れるように車に乗り移った。車夫は深い幌《ほろ》を下して、徐《おもむ》ろに梶《かじ》を取りあげて走った。

大川端の船のところへ着く間も蒸されるような馥郁《ふくいく》たる佳香で、私達はほとんど酔い癡《し》れてしまった。

互いに手を執って石段を降りて屋根船へ移るとき、冷や冷やした川風が雪の花を飛ばして、化粧を施した顔へ吹き付ける。船の中では障子を皆閉《た》て切って二人は向い合うて炬燵に入った。

老いた櫂《かじ》とる船頭と、若い棹《さお》さす船頭とはこの異風の珍客をも知らぬげに、ただ一生懸命にぎいぎいと漕いで行った。

剝げちょろのペンキ塗の河蒸気の、姿こそ見えないが、ときどき両側から打ち寄せてくる、大浪《おおなみ》と、朦々《もうもう》と黒けむりを吐き出す、いやに馬鹿げたような響とで、過ぎてゆくのがわかる。

船が両国の橋下までくると、上から恐ろしい人の跫音《あしおと》がひびく。とおもうと、越中島の船乗学校の生徒であろう。この寒空にボートの寒稽古をして、わいわい騒ぐこえがきこえた。私は吹雪のしない方の障子を、細目にあけて見わたすと不恰好な鼠色の大形ボートに、碇《いかり》の紋付けた校旗をあげて、いずれ劣らぬ、たくましい海国男子が、松割木《まつわりき》のような腕をにょっきり出して、オールを操縦していた。

しかしながら、これは私等と異なった世界に生息している、荒っぽい生物だから、物珍しげに垣間見るだけで沢山である。それ故、すぐに又障子をぴっしゃり閉めて炬燵の上の友染模様の掛け蒲団へ、四つの白い手を出し合って、ぴちゃぴちゃと軽く叩いてよろこんでいた。

あたりの景色が、雪で閉じこめられているせいか、屋根船の障子の紙は、くっきりと鮮やかに、白く映って、まるで白壁へサーチライトの光でも点《とも》り反したようであった。そうして、船中の二人の姿は、それがために更に濃く描き出されていた。

枕橋《まくらばし》まで来ると、橋の袂《たもと》に立った柳の幹は、ほんのりと一刷毛《ひとはけ》刷《は》いたように、雪の薄化粧して、黒い鳥が梢に止って、眼の玉をきょろきょろさせていた。

しんきぶしを歌うているような、しんみりとした川波のたゆたう、角田川原の雪景色を沁み沁みと味わいながら、雪の笠着た屋根船に揺られ揺られて、三囲《みめぐり》神社の土手下まで漕いで行った頃は、さしもに降りしきった雪も小歇《こや》みになって、西の空の雲間から冬の日の日光が水の上にきらめき初めた。

土手の上に居並んだ桜の、枝もたわわに置いた雪の景色は、丁度ふっくらとした、白い腕を翳《かざ》して、来たるべき春の甘い歓楽に酔い、ほんのりと美しい肌を染めて、しなやかに微笑む日を待ち焦がれている、女のように思われた。

むかし栄えた、船宿のなごりを偲ぶ、竹屋の渡しの渡しぶねは、雪見のかえりらしい人をのせて、夢のように浮かんでいて、雪の鳥ともおもわれる都鳥は、ついついと水をついばんでは、ひらひらと飛んでいた。しかし山谷堀《さんやぼり》に着いている舟は、昔ながらの二挺櫓《やぐら》を立てた屋根船ではなかった。待乳山《まっちやま》や真崎のあたりを見ると、雪の上を照らす日光のために、白絹の絖地《こうじ》のように輝いていた。

私は船頭ふたりに暇をやって、程遠からぬ小梅の家にかえし、夜に入ってから迎いに来るように云ってやった。

そして、その姿が土手に消えるころを見はからって、炬燵の火を香枕に移し、伽羅を薫じて透《すか》しからその香煙の立ち騰《のぼ》るように仕かけ、茂丸を促して、ともに同じ伽羅枕をして横に臥《ふ》し、身体をすっぽり蒲団に包んでしまった。こうして露の滴りそうな黒髪を薫籠《くんろう》した。

この香枕は随分古いもので、私の家の二、三代前の先祖が、吉原の洲崎萬字《まんじ》の花魁《おいらん》を身受したとき、その遊女が持っていたものだそうだ。表面には金銀の蒔絵をして、頭座の平板は源氏香《げんじこう》形の透し彫した、極めて艶美なものである。

二つの魂は、まつわり燻《く》ゆる香の薫香に誘われて、知らず識らずの裡《うち》に結び合わされ、鼻腔から出す小さな呼吸は、皮膚に冷たく触れて、熱く火照《ほて》った唇のあたりを心地よく冷やした。そうして香枕から立ち昇る伽羅の香は、魔薬のように二人の精神を溶かして、今にも身体の肉塊が、片っ端から飴のように溶けて流れるようにおもわれ、その跡には只《ただ》蟬の蛻《ぬけがら》のように、伽羅に薫籠せられた鬘や衣裳だけ残るのではなかろうかと怪しまれた。

こうして、二人が手を把《と》り交わして、凝《じっ》と顔見合わせ、媚薬の嵐のような香の煙を、深く深く吸ったときには、既に二つの心は静かに夢の国へ織り込まれてしまった。

執念

山崎俊夫

■やまざき・としお　一八七九～一九七九

岩手県生まれ。慶應義塾大学卒。小説家。脚本家。俳優。

初　出「三田文学」一九一八年一月

底　本『山崎俊夫作品集　下巻・玉虫秘伝』奢灞都館、一九九二年悪人村田鶏鳴《けいめい》が捕まりました。

その日私は雑司谷《ぞうしがや》鬼子母神裏の先生のお屋敷へ伺った帰途、一緒に行った友人に促されて、銀座の角のらいおんに立寄りました。

それは既に夜でした。私達は非常に疲れていたのです。昼過ぎから夕暮まで私達は雑司谷のお屋敷で、茶を飲む暇も惜しんで書き物を書き続けました。書き物の半ばにして北向きの寒い書院の窓はとっぷりと暮れて仕舞いました。けれどもこの書院には、書院ばかりでなく全体このお屋敷には、電燈というものも瓦斯《ガス》燈というものもないのです。私達は窓の障子を明けて、筆先の鈍るまで書き続けました。白い原稿紙の色が鼠色になるまで書き続けました。書き上げた時には流石《さすが》に眼がちかちか痛んで暫時《ざんじ》は坐ったまま何をする気にもなれませんでした。石油洋燈《らんぷ》の灯りで穿物《はきもの》を探してお屋敷を立出た私達が、らいおんの光の海の中に自分自身を見出したのは、それから約一時間の後《のち》でした。

「君、鶏鳴が捕まったとさ。」

友人は読んでいた夕刊を私の方に投げ出してこう云いました。私は余りに突飛な友人の言葉を了解しかねて、その夕刊を奪うように取り上げて見ますと、「原稿料の詐欺」という表題《みだし》で鶏鳴事《こと》村田宏がその筋の手に押えられたという記事が出ているのでございます。

この記事を読んだ瞬間、私は一種異様なある複雑した感情に襲われました。てんもうかいかい疎にして洩らさず——好い気味——可哀想——愍然《ふびん》——前科者——などという言葉が同時に頭の中に浮かび出て、うじゃうじゃと孑孑《ぼうふら》のように争いました。

実は私もその被害者の一人だったのでございます。それはある新聞に私が極《ごく》短い物語を書いた事がございました。月末になって新聞社ではその原稿料を払ったと云い、私の方では受取らないと云うので、結局その受取書を調べて見ますと、目下手元不如意につき原稿料今日《こんにち》唯今渡して貰いたいという意味の手紙が、私から新聞社へ届いていました。そして新聞社ではその手紙を持って来た者に原稿料を手渡したと云うのでございます。念のためにその手紙を持って来た男はどんな男だったかと尋ねますと、赤ら顔のでっぷり太った眼の血走った男だったと申しましたが、今になって考えて見ますとその男が鶏鳴だったに違いないのでございます。しかしその時はまさかに奴だとは思いませんでした。勿論私はその時直覚的に鶏鳴という名を思い浮べたのでございますが、それは唯《ただ》直覚的に私の念頭に浮かんだというだけで、或はこの事件とは全然何等の関係なしに偶然に聯想したのかも知れなかったのでございます。

しかし私はこの事を余り深くは念頭に置かなかったので、その夕刊を見るまであの男の名をすっかり忘れていました。というよりも実は私はあの男の名を永久に思い出したくはなかったのです。忘れて仕舞いたかったのです。

忘却——それは私のためにも、そしてまたあの男のためにも、それは最善の道だったのでございます。しかしもう遅い。あの男の名はまざまざと新しく蘇って、口善《くちさが》なき洛陽の口の端《は》にまで上らねばなりません。

初めて私があの男に逢ったのは何時《いつ》の事でしたろう。私がまだ芝の学校へ入って間もなくの事ですから、話はかなり溯《さかのぼ》ります。夢結若衆歌舞伎《ゆめむすぶわかしゅかぶき》——そういう短い物語をあの男がある雑誌に書いた事がございます。それは化政の昔から——と云ったような気障《きざ》な厭味たっぷりな書き出しだったように思います。その厭味たっぷりな気障なところにすっかり惚れ込んで仕舞って、私はその雑誌を幾度繰返して読んだか知れません。恰度《ちょうど》少年時代には誰しも必ず一度は経験する、そうした感情生活に、私も感染していたものと見えて、ただ訳もなくその愛読する作物《さくぶつ》の作者に逢って見たくってならないのです。

その物語の中に出て来る主人公とその物語の作者とを否応《いやおう》なしに結び着けて、一種架空の人物を作り上げて仕舞い、そしてそれが作者でもあるかのように信じて仕舞うのがそういう少年の常です。私もその一人だったのでございます。

あの男と私とはこうして結び着けられました。鶏鳴の家はその時分大森にございました。私はその家をたった一度訪問した事がございます。それは春の末のある天麗《うらら》かな暖い昼過ぎでした。黒い門の内には鬱金《うこん》桜が散りかかっていました。家の内には私と鶏鳴と二人の外には人間が居ないのかと思う程、実に気味の悪いように森《しん》とした静寂《しずか》な家でした。南向の縁側には障子一ぱいに日が当って、座敷を閉《た》て切って置くと軽く汗ばむ程暖かな日和《ひより》なのに、私が四辺《あたり》の景色を眺めようと立って障子を明けると、あの男は直ぐ傍から傍から閉めて仕舞いました。座敷の内には鳩居堂《きゅうきょどう》の梅ケ香を焚きしめたらしい匂いが部屋一ぱいに漲《みなぎ》っていました。

　この部屋で私はあの男とどんな話をしたかよく覚えてはおりません。ただ話の間に時々身体を揺ぶるのがあの男の癖でした。そして話につれて膝を乗り出して来るに従って、糸織の着物の間から肉付きのむっちりした太腿《ふともも》が生白《なまじろ》く現れても、それに気の付かない程話に身を入れていました。それ程身を入れて話をした事まで覚えていながら、さてその話が何の話だったかをよく覚えていないところを見ると、私は身に沁みて聞いていなかったものと見えます。

　私が鶏鳴に逢って得た第一印象は――執念深い男――蛇のような男――そういう観念でございました。そして未だに尚そういう観念だけは拭い去られないばかりか、増々日を経るに従って愈々《いよいよ》深刻になって行くばかりです。後日に至ってこの第一印象が私を欺かなかった事を裏書するような事実が追々に現れて参りました。

　あの男は私を瞞《だま》しました。欺きました。偽りました。あらん限りの虚言《うそ》をつきました。その虚言つき男が初めて逢った日に私に最初の虚言をつきました。そしてその虚言《うそ》は虚言の中でも一番大きな虚言でございました。

美貌――という蜜のような甘い麻酔薬《しびれぐすり》をあの男は私に塗り付けたのです。そして徒《いたず》らに私の歓心を買おうとしたのです。それを買おうとした彼が佞奸邪智《ねいかんじゃち》ならば、それを売ろうとした自分は抑々《そもそも》何でしょう。あの男と私との交渉は凡《すべ》てこの最初の虚言《うそ》――そして彼のついた無数の虚言の中でも最も大きな虚言――それから出発しているのでございます。

この針のような刺《とげ》を持った甘い虚言なくしては、あの男と私との生活に何等の接触点を発見する事が出来なかったと云っても敢て過言ではありますまい。

「夢結若衆歌舞伎」という物語の若い主人公は世にもまたとあるまじき美貌の持主でありました。そしてその持主がそうした人種に限って与えられた特権を遺憾なく発揮する有様が、濃厚な毒々しい筆致で描かれてありました。あの男は私の歓心を買う必要のある時に限って、きっと私をこの主人公に擬するのが常でした。そして私は温室の草花のように、不自然に病的に瞞され、欺かれ、偽られて、何時の間にか鴉片《アヘン》喫煙者のような救うべからざる深い深い麻酔の底の方へずるずると引摺《ひきずり》込まれて行きました。

「河原さん、お前さんは若死するよ。」

ある時はこんな事を云って私を驚かしました。しかしその時分あの男の口から囁く言葉は皆、恰《あたか》も微妙な音楽のような響きを私の耳に伝えるように覚えました。

夭折《ようせつ》――何という美しい名であろう。それは何物にも代えがたき貴重な宝石でなくて何であろう。美しく生れたものはその美しさを全うするためには、是非とも夭折しなくてはならぬ。かかるものにとっては夭折はその身の上に定まれる宿命というよりも、寧《むし》ろ自ら進んで求むべき特権である。天の摂理である。——こうあの男は私の耳に囁くのでございます。夭折が天の摂理だと云うに至って私は歓喜の極に泣きました。そして空恐ろしいわが身の幸福を天地に向って感謝せずにはいられませんでした。

自分は自殺すべき人である。自殺が自分に与えられたる無上の特権である。こんな風に私は考えました。私が考えたのではない、あの男がそう私に教えました。そして家の刀箪《だん》笥《す》から一番短い短刀を偸《ぬす》み出す手段までも教えてくれました。

その時分始終懐《ふところ》に短刀を呑んでいる私だと気の付いた人は恐らく一人もありますまい。気の付いた人があれば、きっとその短刀を私から隠してくれなければならなかった筈です。学校へ行く時は袴《はかま》の下へ、道を歩く時は帯の間へ、家に居る時は懐の中へ、寝る時は枕の下へ、始終私はその短刀を肌身離さず持っていました。そして好《よ》き機会の来るのを心待ちに待っていたのでございます。

ある日短刀はついに母の発見するところとなって、そのまま取り上げられましたが、もしあの時母が発見してくれなかったならば、私はいつその短刀を用いなかったとも限りません。その時あの男は私の冷い骸《むくろ》を果して如何なる眼を以て眺めたでしょうか。思い出す毎《ごと》に私は慄然として戦慄《みぶるい》せずにはいられません。

大森の屋敷を立退《たちの》いてからあの男の巣は始終定まりませんでした。箱崎―中洲―浜町―花屋敷―玄冶店《げんやだな》―両国―代地―聖天町《しょうてんちょう》―根岸―谷中―湯島―向島小梅――という風で水に漂う浮草かなんぞのように、それからそれへと引越して行きました。それは執達吏《しったつり》の追跡を逃れるためだと自分では云っておりましたが、まだその外に何かもっと深い理由があるらしく、私には思われてなりませんでした。

流離、浮浪、無頼――そういう言葉が最もあの男の生活に適《ふさ》わしい名のように思われて、私は何時となくあの男を怖れるようになりました。そして逢わないように逢わないようにと逃げ足になりました。しかしもうその時は既に遅かったのでございます。

――酒と荒色とに憊《つか》れた淫れ女が、紅粉で厚化粧したような都会に生れ、放埒な役者の子として育った私の荒れ果てた霊魂は、現在の、老いさらぼいて弛《たる》み切った肉のような生活に厭き、生々しい美しい歓楽に思いあこがれた――あの男は「夢結若衆歌舞伎」の中でこう云っております。その中の「私」というのが取りも直さずあの男自身の事のように思われました。そしてその道伴《みちづ》れに私を抱き込もうとしていたらしく思われます。

その時分「鴻《こう》の巣」がまだ小網町の鎧橋《よろいばし》の側《そば》にありました。私達はよくその川に臨んだ二階の欄干《てすり》に靠《もた》れて、色々な話に耽りました。彼の執念深い毒々しさが鼻について、そろそろ逃げ出そうとする私を、彼は増々強く捕えて放しませんでした。私の心が冷くなれば冷くなる程、彼の心は反対に熱して行くばかりでした。

私は最早彼の美しき虚言《うそ》に耳を傾けようとはしませんでした。それを知ってか後には彼も強いて虚言をつかなくなりました。私を瞞したところで無駄だと覚《さと》ったのでございましょう。その代り今は欺くよりも威《おど》し、偽るよりも脅《おびやか》すという態度に変って参りました。

浅草、向島、根岸、などへ遊びに行く時は、きっと私を誘いに来るのがあの男の常でした。それが後には煩《わずらわし》くなって私は随分思い切った素振《そぶり》をして見せる事もありました。しかし私がどんな素振をして見せようとも、彼は私の如何なる我儘をも赦してくれました。そういう場合の彼は恰《あたか》も私の幇間《ほうかん》のようにしか見えませんでした。しかしその幇間らしい態度は決して真実の彼ではなかったのでございます。

残虐――そこにあの男の真実の姿、真実の霊魂、真実の生活がありました。彼が私に対して時々示す幇間めいた態度は、虎狼の眠れる姿にも譬うべきものでございました。その危険性を帯びた事は火薬倉庫の中で煙草を吸っているようだとでも申しましょうか。一旦彼の残虐性の目醒《めざ》むるや暴君の足下に平伏《ひれふ》した奴隷も同然、私の肉体は彼の如何なる暴行に対しても、絶対に反抗を許されないのでございます。絶対服従と口では申しますが、この場合の私の肉体も人格も、真に完全にこの暴君の意志のままにならねばなりません。すこしでも彼の意志に違背《いはい》するような形勢を見せようものなら、それは徒《いたず》らにこの暴君の残虐性に油を注ぐようなもので、その足りて尚飽く事を知らぬ野獣のような血が油のように燃え立つものの凄さは、煩悩の炎に身を焦す悪鬼羅刹《あっきらせつ》の凝相《ぎょうそう》を想像させるに難くはない。

浮草のように流れ渉《わた》っていたあの男も、その頃はやっと二本榎《えのき》のある寺院の門内にある棟割長屋《むねわりながや》に巣を作っていました。そして私はその隠れ家へしばしば足繁く通いました。ある年の冬などは雪の降る日に限って、そして雪の降る日には必ず、という妙な不思議な約束を余儀なくさせられてその隠れ家へ、屠所《としょ》の羊の足を運んだ事もございます。

そこへ行きさえすれば必ずありとあらゆる暴行、虐待、残酷、を甘んじて受けねばならない。しかしもしその日に行かなければ、その次ぎに逢った時如何なる事件が持上るか到底想像だも出来ない。それ限り永久に彼と離れる事が出来さえすれば、どんな無理をしてでも行く私ではございません。けれどもあの男は私に逃げられて黙って手を空しくしているような男では決して決してない事を私は熟知していましたから、彼との約束をただの一度も反古《ほご》にした事はございません。

相手を虐待して限りなき快感を覚える変態心理――あの男は確かにそれだったのでございます。しかし私は不思議な事にはそうした男にはこれまでも度々出会っておりましたので、別に珍しいとも怪しいとも思いませんでしたが、ここに捨てて措かれぬ事は危険に瀕しつつある私自身の病的な傾向でした。それは彼の虐待を忍ぶために余りに柔順過ぎた習慣から、日を重ぬるに従って苦痛が次第に薄らぎ、今では却って身に暴行を受ける事が一種不可解の快感を覚えるような傾向に赴きつつある事を発見したのでございます。これでは働きかけるのと、受身との相違だけで、変態心理たる点に於てはあの男も私も別に変りはない――そう思い付くと私は矢も楯も堪らない程深い恐怖に襲われました。

　その年の夏私はある事情のため、たった一人で中洲の芝居裏のある家へ身を潜めました。そしてある事情という言葉の陰には、あの男の追跡を逃れるためという意味も含まれていたのでございます。

　水のほとりの廃れた町に私はひと夏を過しました。何処から聞いて来たのか、あの蛇のような男はこの芝居裏の隠れ家へ、度々尋ねて参りました。しかし私はついにあの男に逢わずにしまいました。逢えば勿論私は生きてはいなかっただろうと思います。私は胸をわくわくさせながら二階の障子の透間《すきま》から、手を空《むなし》うしてすごすご戻って行く彼の後姿を見送っていたのでございます。

　それ限り私はあの男に逢った事がございません。悪事を働いて捕まったというのは年貢《ねんぐ》の納め時が来たのでしょう。しかし私は未だにあの男を心《しん》から憎む事が出来ません。私はもう一度あの男の口から美しい虚言《うそ》を聞きたいと思います。

船室の夜

木下杢太郎

■きのした・もくたろう　一八八五～一九四五

静岡県生まれ。東京帝国大学医学科卒。詩人。小説家。医学者。

初　出「太陽」一九一六年四月

底　本『木下杢太郎全集　第六巻』岩波書店、一九八二年

急に四囲《あたり》が騒がしくなった。一種の音響がする。船が港に着いたのだと見える。彼は夢から覚めて不愉快な気分になっている。

低い天井に懸った暗いランタンが胸を圧すような鈍い光を投げる。彼は起き上ろうと思ったが、自分の寝ている臥床《ねどこ》の天井は片手の届く高さで、起き上るのは窮屈だと思ってそのまま寝ていた。

次の港で自分は船を下りなければならぬという考えが再び頭に浮んだ。そう考えるとズキンという感じが体中に響いた。そしてそれと同時に咽喉《のど》の下の食道の辺《あたり》に球でもできたような気が起った。何か非常の決断を要する時、彼は何時でもその通りの感覚を味わったのである。それからその感じが腹の下の方へ下って、胃の腑らしい所が自覚されるような心持になった。総体空虚の感じである。体中が空虚になったかのようである。

次の港から山道八里で彼の故郷に達するのである。このまま成行通りに身を任せれば、いやでも応でも、彼は次の港で船を下らなくてはならない。船を下ればまたいやでも応でも故郷の閭門《りょもん》を潜らなければならぬ。旅費やなんかの関係からそうなるのである。

尤もその他にも一つの道がある。それをするにはしかし多大の勇気を要する。和歌山までこのまま船に乗って、船員に事情をあかし、和歌山の知人を尋ねて金を拵《こしら》えて船賃を払うのである。これは考えとしては成立つが、いざ実行となると躊躇《ちゅうちょ》せざるを得ない。

彼は寝ながらそんな事を考えて見たが、物を次ぎ次ぎ考えて行くという事はできなかった。そうすると嚮《さき》に言った食道だの、胃の腑だのの空虚の感じが烈しく起って来て、頭が貧血でもしたかのようにぐらぐらするからである。

五年前に始めて郷関を出た時のことが、ともすると考えられてならなかった。

男子志を立てて郷関を出《い》ず、学もし成らずんば死すとも帰らずというような、中学の生徒等が好んで口ずさんだ漢詩や、宮崎湖処子の「帰省」の中に引いた昔我往矣、雨雪霏々《ひひ》、今我帰矣、楊柳依々という句だのが思い出された。ただ思い出されるのではなくて、それが堪え難い苦痛の感じを喚起《よびおこ》した。全身の空虚の感じがその度毎に強くなった。

突然広い小山の景色が目に浮んだ。春の水蒸気の多い日で、一里先の山に火事があるといって、空の一方が妙にくすんだ、変な心持を起させるような日であった。

彼が東京の中学へ入学するというので、彼及び同級のもの一同の敬愛する山中先生が主となって、訣別のために遠足会を催してその小山へ行ったのである。

先生が金を出して、紀州名産の蜜柑を買った。何処の家にも大きな夏蜜柑は沢山取っといてあり、まだ樹の枝のままにして置く家もあったが、雲州蜜柑はないので、道々四、五軒の百姓家を尋ねて歩いたりした。大きな風呂敷へ一杯入れて、皆が代り代り荷《にな》った。

その日の帰りがけに、感傷的な先生がいろいろの悲しい事を言って、皆の心持が憂鬱になった。

先生がこんなことを言った。近頃東京へ修業に出る人で肺病になる人は少くなった。しかし神経衰弱にかかる人が多いそうだから君も用心したまえ。

彼にはその言葉がどういう意味だか、少しも分らなかった。どんな言葉でも先生の口から出るとみんな悲しいことに思いなされた。

帰りは夕方になった。春の日ぐれの靄《もや》の中に遠い白壁が見え、その一つ二つにもう灯さえ点いた眺めは、また何ともいえぬ心持を起させた。

先生は師範学校を卒業して、暫時軍隊へ行って来た。それ故に小隊教練や中隊教練を生徒に教えた。折敷けや突貫などを教わった時はどんなに嬉しかったろう。そしてまた先生は軍歌を沢山知っていて、一日の授業が終ると、歌の好きな生徒を集めて、自分がオルガンを引きながら歌を教えた。

日ぐれの、心を傷める情景の中を、先生が音頭を取って歌を歌った。その歌は「我海軍の日の御旗、閃く前には敵もなく……云々」の歌であった。一体その歌のメロデイは音楽上から言っても悲哀の感情に富んだものであるのか、それともその歌のメロデイが直ぐと四、五年前の自分への連想を呼び起すから悲哀であるのか。

彼は狭い船室の臥床の中で、偶然この軍歌のメロデイを思い出したが、その時ふと涙が迸《ほとばし》った。そうすると一種堪え難い心持が胸元に込み上げて来て、泣かずにはいられなかった。声は立てなかったが涙がどっさり、止めどもなく出た。しかしそれが皆出てしまうとかえって晴々とした気分が湧いた。

　彼が家の屋敷の中にはかなり大きな泥川が流れていて、その上に縁側が出張っていた。その川が曲《かね》に流るる上流には酒倉がどっさり建て連ねられていたが、その倉の一つの上には、火の見櫓《やぐら》代用の櫓が設《しつ》らってあった。

　いよいよ東京へ明日立つという日の夕方その櫓へ登ると、三方山の村落ながら、かなり広い青田があって、山裾の一部落の森や白壁が微かに見られた。

　この眺めを悲しいことに思いながら、彼は当時流行の軍歌「我海軍の日の御旗」を歌った。少年の、女声に近い高音で歌って自分ながら感動していると、下の街道で、自分の歌う歌の次の文句を歌ったものがある。

「誰だ！」

と彼は叫んだ。そうすると下の街道で人の笑う声がした。見ると嚮の日一緒に遠足した同級生である。一緒に高等小学を卒業したが、彼はその後父の家に止って、父の商業の手伝をしているのである。

「英一さんいよいよ明日立つのかね。」と下の声が呼んだ。

「ああ。」と彼は簡単に答えたが、熱愛する故郷を見捨てる自身を傷むよりも、むしろ下から自分を見上げて、一種の羨望の情を蔵している親友を憐むの情が起った。

「さよなら、達者で勉強し給え、君は前途有望だから。」と下の友達が言った。そして空車を引いて遠く行き去った。その後姿と空車とは、やがて道の曲る所から隠れた。

「我海軍の日の御旗、閃く前には敵もなく……」という閃く前には敵もなくの一句が已《すで》に怨恨の調子であったが、次の二句「怒れる波も退くを、行く手を切るは何者ぞ」を置いて「こは無礼なり、敵の船、余すな、洩すな遁《のが》さじと」云々と調《しらべ》の早くなってゆく所は、文句の勇ましさと反対に、名状すべからざる悲愁の心を含んでいた。

彼は高い声を出してその軍歌を繰り返し、もう遠くの家、山、森の区別のできなくなるまでに、櫓の上に立ち尽した。

……そんな記憶を彼は今船室内でたどっていたが、急に起き上って暗い階子段《はしご》を登り、そして甲板《かんぱん》の上に出た。

時は深夜、空には星もなく、ま暗であった。港には彼の乗る船の外に、も一つのやはりかなり大きな蒸気船がいた。それには高い檣《ほばしら》に青、赤、黄の灯が付いているだけで、それさえなければ、船の存在すら分らぬ程、闃然《げきぜん》と鳴りを静めているのであった。

自分の船の方はそれに反して、ちょうど艀舟《はしけ》が来たりなんぞして、下はがやがやといっていた。船艙から荷物を運び出すので「ひとお……ひとひとひと……」二つ三つと数える声が、さもさも夜の港らしい、しんみりとした感じを与えた。

船は海岸からはよほど離れて停泊したらしく、灯火の乏しい岸の街区は、定かに見極めることはできない。ただ海岸の一所にどっさり火を焚いていて、そこの部分だけ、いろいろのものが明かに見えた。無論黒い人影の動くのも分る。それがまるで他界の形象であるかのごとき感じを与えた。

乗客を積み終った一艘の艀舟は本船を離れて、船頭が何かの俗謡を歌った。

夜、物の姿、物の影が明かに見えないだけに、彼の熟知するこの港は、彼にいろいろの連想を与えた。幼少の折尋ねて行った親類の家のことなども思い出された。随ってまた彼に、その時分と、今の境遇との甚しく相違していることも自覚する機会となったのである。「堕落した中学生」の追懐には、世間の正道を歩んで郷父兄から賞賛されるような学生の知らない、また知っても深く体験しないような、濃厚な人情味を持った経験があった。

その第一は同性の恋で始まった。

暗い甲板に立ちながら、彼の目は対岸の市街を見ないで、自分の悲しい過去ばかりを見ている……

上京の時は彼の親類に当る仏僧の子の伊藤若證というのが道連れであった。この男は彼より年上で二十二歳だったが、東京の真宗の大学へ入るというのであった。それが朝早く彼の家を尋ねてくれるという約束になっていた。

そう昔の事を考え出すと、伊藤若證のいろいろの逸話が回想せられた。賢くてその上剽軽《ひょうきん》な男で、自分の事も人の事も善悪ことごとく話してしまうたちであった。

彼の家はお寺とはいいながら、父には妻女もあり、子供もあり、奴婢《ぬひ》もあり、俗人の家と異ならぬ生活をしていた。

若證がいよいよ東京へ出立するという前の晩に親父の了現がこう云ったそうである。

（若證は口まねをして話した。）若證お前も二十二になるのう。お前は十七の時から他処へ出ているから旅には慣れている。そやかて俺はお前のお袋のようにつまらん心配はせんのや。唯一つ心配になるのはお前の年齢やて。お前は酒も飲まない、煙草も飲まない、気性もしっかりしているから俺も安心している。がこれから四、五年というものは魔が指す時や。まあ十分気を付けてやってくれのう。この四、五年の間はお前に金の心配は掛けないつもりやが、悪い友達は決して持つなよ。

そう云って了現は若證の母に白絹の切れと筆硯とを持って来させて、立どころに「莫放逸」という文字を書いた。了現は能書で、しばしば書を頼まれては書いてやった程の人であった。終りへ某年春三月、息若證の東游を餞《せん》す、了現六十六歳と書いて、判を捺して、その絹を抛り出して、大きく笑って、まあ拙《まず》いがこんなものを書いた。荷物の中へ入れて置いて、東京へ行ったら壁にでも貼って置け。そのうち誰か良い人に書いて貰うとええが、それまで貼って置けと云ったそうである。

若證の部屋には長い間この書が掛っていた。若證が後に道楽を覚えた頃も尚懸っていた。若證は父の口跡を真似てよくこの話をした。それで彼は若證のことを考えると、すぐこの書の話を思い出すのが常であった。

その晩は親子三人一晩中ほとんど寝なかったとも、後で若證が話した。

その若證が約束の日の朝は四時前に彼の家を尋ねたのである。

彼が何かがやがやする声で、ふと目を醒ますと、土間に近い隣の間がぼんやりと明るかった。そして直ぐ、ああ、なるほど自分は今朝旅立をするのだなということを思い出した。思い出す途端に直ぐもう変な気分になって、床から起き上りたくないという心持を起した。時刻になったら誰か起してくれるだろう。それまで寝ていようと思って、ぼんやりと天井を見諦《みっ》めていると、母の話声が手に取るように聞える。それは同じ事を幾度も幾度も繰り返して若證に云っているのである。若證が来ているということがこれで分った。

もう湯は沸いたかえ、御飯ができたら、何かお鉢の蓋のような小さいものに移して、早く冷ましてむすびを握りなさい。金盥《かなだらい》へ湯を取っておくれというような差図を遠い台所へ一々しているのである。

その間に彼の枕元に立って、英一と一声呼んだ。彼は目が明いていたから直ぐ返事をした。おおもう目が醒めているのかえ。もう起きてもよかろうと云うのであった。そして沢山いろいろの注意をした。彼はそれが若證に聞えるのが恥しいことに思った。

外の庭へ出ると、まだ暗い空に数々の星が散爛《さんらん》と光っていて、川を流れる水音がことごとしく響いた。いかにも堪え難い四辺の情景であった。川へ小便して、さらさらと水音を鳴らしながら、彼は便りない心になって、ぼんやり物を考えた。考えても定かな考えは出ないで、悲しい気分ばかり洶《わ》いた。

家の方を見ると、一枚開けた戸から、家の中の灯火が赤く地の上へと流れた。炉には火がどんどと焚いてあって、そこに母が坐って何かしている。そういう有様を見るにつけても、彼の心は込み上げて来た。

女中が取ってくれた湯で顔を洗って、それから酒倉の方へ行った。そこはもう母屋から大分離れていて、人の声も聞えず、倉の後ろの松林に時々風の渡る響がした。そこで彼は小声に、嚮の日歌った軍歌を歌った。

彼が戻って来ると、「まあお前はどこへ行っていたのだえ、御飯ができたから、さあ早くお上り」と母が言った。

膳に付いたけれども、もう胸元が塞《つま》ってしまって、少しも物が食べられない。「さあ卵をお上り、卵をどっさり上ってお出《い》で。峠が長いから呼吸《いき》が切れるといけないから。」

母は傍《はた》から切りと勧めるが、生卵などは、一つ啜るさえいやな気がした。日頃好物であった白い鮭の塩焼も、葱と豆腐の入った味噌汁も、金山寺の味噌もどうしても食べることができなかった。

父や姉に、いつもと違って四角張った挨拶するのも恥かしいことに思った。咳で寝ている祖母の室を尋ねると、祖母は枕の上に腹這《はらばい》になって、顔を擡《もた》げて、少時黙って彼の顔を見詰めた。そうして咳をしながら起き上って、押入れの戸を開けて、その中の古臭い用箪笥から、汚い巾着を出して、紙幣と銀貨とを交ぜて紙に包んで彼に与えた。

彼は他人に対してのように辞退すると、そんな事をするもんじゃない、持ってお出でと云った。だが無駄遣いをしちゃいけないよと云った。

後で紙を開けて見ると一円と八十五銭あった。これほどの小遣を貰ったことが嬉しいことに思われたが、祖母の室を出て、元の間に帰ると、父が英一と呼んだ。

父の呼ぶ方に行くと、父は巖乗《がんじょう》な錠前の掛った、小さい押入の前にいた。そして英一がその前へ坐ると押入から八円紙幣を出して、これが今月分の学資だといって彼に与えた。その他に五円札一枚と銀貨を二円雑《ま》ぜて、これが旅費だから、大事に持って行くのだといった。そこへ母がでてきて、もう二円おやんなさいと云った。到頭父はもう二円彼に与えた。

こんなにどっさりお金を貰って、彼は嬉しいような、相済まぬような気持になった。母は金遣《かねづかい》のことについてまたいろいろの注意を与えた。

草鞋《わらじ》を穿いて、いよいよ出発となると、祖母も咳をしながら、上り段の所まで出て来た。父さえも門口まで出た。

古くから使う下男が弓張提灯を持って先に立った。母がなおなお一緒に続いて来て、到頭山の上り口になる所まで来た。そして別れ際になって、袖口を出して涙を拭った。……

彼はこんな回想をすると、その時分の心持と、今の心持との、余りにその差の甚だしいのを知って、言いようのない辛さを覚えた。

心のやさしきに過ぎた、涙もろかった過去の自分を考えると、恥しいようでもあり、腹立たしいようでもあった。……

山の中腹まで来ると、彼等は足を停めて故郷の低地を顧望した。ちょうど空の一方がほのぼのと白みかける処であった。

夕刻出帆の汽船に間に合うためには、彼等は長く休んでいることはできなかった。下男は港まで送った。……

その港は即ち今のこの次の港である。全く別の心持になって彼はやがて、同じ港の岸を踏むのであると思った。

高らかに汽船は笛を吹いた。碇を上げる音が一しきりして、船はまた航行を始めたのである。そして彼も亦もとの船室へ帰った。

暗いランタンが見残した夢のように、依然として低く懸っていた。

始めて東京へ出てのち、彼は一月ばかり若證と同じ下宿にいた。若證は中学寮を一年飛んで来たから入学試験を受けるといって赤い毛布を腰に巻いて勉強した。例の「莫放逸」が壁に掛っているのである。

彼はその間に極めて猛烈な郷愁に掛ったが、自分に気の付いたことが二つある。一つは東京が春とはいいながら滅法に寒いということで、も一つは空想の力が思いの外に強いということである。

何時でもそう思うと、故郷の家の様子が、現在自分がそこにいるように鮮明に見えた。第一が祖母の室である。また皆の一緒に食事する食堂である。また裏の濁流と小犬の「丸」のことである。夕方腹が空くと、今頃家郷にあったら何か甘いものを食べていたろうなどと思った。

こういう郷愁の情をば、学校の生活に対する反感が一層煽動した。

陰気な性分の彼には友達ができないで彼の使う田舎訛《なま》りを嘲るものが多かった。ことに落第して一年級に止まったものには東京生れが多く、単に彼の言葉や動作を嘲弄するばかりでなく、こちらから何にもしないのにわざわざ向うからでてきて拳固《げんこ》をくれたりした。

「今度〇〇中学に入学したる新入生はおよそ二百五十名近くなり、凡て東京の学校は田舎と違い、諸国の者入りあいにして、田舎のごとく、朝も夕も共に遊び、苦楽を等しうするがごときことなきなり。従ってまた悪しき者あり。一年落第生のごときは実に手の付けようなきものなり。苦は楽の種、斯《かか》る者共に染まらず、白きは白きままに長ずべきなり。前途多望なる余はこれ等の者に染まらず、益々善を取り、悪を捨てて進み、もって志望を達すべし。いささか記して自ら誡《いまし》むの言となす。守護とはこの事なり。成田山等のもの何になるか。」

彼の小さい手帖にはそんな事が書いてあった。それは日々の小遣をも同時に書き止めて置くような手帖であった。

一、四銭　かし。一、三銭　かし。一、五銭五厘　少年世界。一、七銭　理髪店。一、四銭五厘　車及馬車。一、二銭　見世物。一、五銭　歯磨。一、五銭　揚子。一、三銭　遊就館。一、一銭　下足。一、十銭　昼飯そば。一、十四銭　弁当箱。一、八銭　神田パノラマ。一、五十銭　Shashin……というような記録があった。

「ああ、菓子を食いたきかな。」

「凡て事が満足に行くということは万分の一もなかるべし。一幸は一禍のために追われ、喜は悲のために退けらる。一楽来れば百苦これを襲う。嗟《ああ》、世の中は苦界か。これをもってすれば人はかえって禍苦を幸楽となし、幸楽を禍苦となしたる方が可なるべし。斯る世間なれば大なる満足を希《ねが》わず、少しく足るれば満足となしおれよ。少しとて悲しむな。皆苦とするを止めよ。」

始めて他人の中へ出たこういうつらい心持の所へ、三つの喜びができた。

「四月八日。山中先生に遇い、旧情に堪えず。然れどもよく分らず、間違いてはいけぬと思い挨拶せず。」

「同月十一日。出校の途中錦町の交番前において山中先生に会う。上野で会ったもまた先生なりしならん。当地の親類が病気で二週間ばかり前に来りしなりという。夕茶頃先生我を尋ね来り共に神田まで遊び、常盤亭にて牛肉を奢らる。（34 × 2）九時頃帰宅す。而して帰れば Uncle 我を尋ねて来りおり、先生の許に行きたるに、こんなに遅く一人で歩きしとて大に叱かられたり。」

彼にはいわゆる Uncle（当時理科大学卒業受験生）のなぜ叱ったかを理解することができなかった。彼は田舎に在った時は、友達と二人で、夜中に四、五里の道を歩いたりした。が彼の Uncle が彼を叱ったのには、他に何か理《わけ》がありそうであった。がしかしその理を Uncle は明かに語らないで、東京は悪い書生が多いから、田舎から出たての学生などは夜一人で歩いてはいけないと云った。

そこで彼ははっと思い浮んだことがあった。しかしそれをば Uncle には話さなかった。

彼が神田から牛込の方へ帰るとて、松の植った土手に沿うた道を足駄でとぼとぼと歩いて来ると、後ろの方で喧《やかま》しい口笛が鳴った。何かと思って後ろを向くと、二人の汚らしい書生が二人来て笑っている。その一人が突然後ろから彼の帽子を奪った。彼はびっくりすると同時に怒った。書生はにやにやしている。彼は帽子を返せと云うと、道が寂しいからそこまで送ってやろうと云った。彼はこの書生に対して別に悪い感情を起さず、何て無《ぶ》躾《しつけ》な、しかし人なつこい男だろうと思って、大に寛容の態度を示した。そのうち明るい通りに出て、書生は帽子を返し、彼の住所を尋ねた。彼は住所を教えて丁寧に挨拶して別れた。書生たちはまた口笛を高らかに鳴らしつつ別の方角へと行った。——これ等の事件は、別に彼の注意を引く程のものでなかったから、家へ帰ると直ぐ忘れたのであったが、それを Uncle の話で思い出した。そしてあんなのが悪い書生であろうと考えたが、その悪いという概念の内容をば少しも悟ることはできなかった。

　山中先生に思いがけなくも東京で会合した喜びの外には、四月の末に父が上京したことである。父の上京は醸酒業の商務上の事で弁護士を尋ねたことである。その父に連れられて諸所方々を見物したことはこの上もない喜びであったが、父が帰ったあとは、上京当時にも増して寂しい気分になった。

　当時若證は寄宿舎に入ることになったので、彼は父の帰るとき、理科大学の Uncle に預けられた。大学生とはいいながら、もう妻君があって、極めて厳格な人であったから、彼も若證と一緒にいたときのような我儘《わがまま》ができなかった。そのうちで最も困ったのが、間食ができないことであった。この間食のできないということがまた彼をして二つの悪事を覚えしめる機会となった。

　その事はしばらく措《お》き、彼の喜びの第三は、彼に始めて新しい交友ができたことであった。

五月になって入学した一人の少年があった。眉目端麗で名家の生れであるような印象を与えた。彼は少年時代から、美しい人に対しては女男と限らずに、ある無意識の愛着を感ずる質《たち》であった。そしてその新入生を一見した時すでにこの人と親しくなりたいという衝動を受けた。所がその男が偶然にも彼の知己であったのを知ったのはまた大なる喜びであったのである。

彼がまだ田舎の小学校にいた時分に、その町へ東京から赴任した役人があった。そして高等科の一年へその家の息子が入学した。

顔の色の真白な少年で、眼のどこかに愛嬌があって、その母のさぞ美しかろうということを暗示した。田舎の生徒は袴など穿くものはなかったのに、この少年だけは袴をはき、羽織も、女の子の着そうな絹物で、八つ口の所に小さい孔があって、そこを派手な浅葱《あさぎ》の絹裏でくけてあった。少年はよくここから両手を懐《ふところ》に入れる癖があった。

また羽織の裏の左の方には、丈が鯨で一尺もありそうな大きな隠しを拵《こしら》えてあって、少年はここへ色んなものを入れていた。この隠しだけは、彼は早速真似て、自分の薩摩絣の二子の羽織の裏へつけて貰ったが、少年世界や、少国民を通じて東京の子供の風采言語に対して強い惝怳《しょうきょう》を持っている彼には、この少年のすることなすことが、皆瞠目《どうもく》の種子であった。

彼は当時もまた早くこの少年の親友になりたいと思った。そして次のような事をした。午後に学校が終って、皆一緒に街道を帰って来る時、かの少年は彼より後にあった。それを知っている彼は、自分の前を歩いている童子に、そ知らぬ顔して悪戯をした。それは馬の尻毛の先きに小さい紙片を結んだもので、その童子の耳を軽く打ったのである。童子は始めは蠅かなどと思って、耳を手で払った。その事を二、三回するうちに、群の童子の二、三のものは笑った。最後に耳を弄《ろう》せられた童子が後ろを振り向いた。そこで彼はあわてて彼の釣道具をかくした。群の童子たちは皆笑った。而して彼の愉快なる発見として、かの東京から来た少年も笑ったのである。彼は家に帰ってもその少年のことばかり考えた。

次の日食後の時間に、東京の少年は学校傍の崖の上にある神社の段に、一人たよりなさそうに寂しく腰かけていた。それで彼もその石段を登って行った。何となく恥しいような心持がした。

少年は神社の廻りを歩き出した。彼もまた反対の側から神社の廻りを廻った。神社の後ろの所でかの少年に会った時には、彼は偶然図らず彼と出会ったような顔をした。二人は行き過ぎた。そしてまた二度相会した。三度目は彼は駆っていた。四度相会した時は向うも駆っていた。そしてそれから後には、どちらが先きに始めたのか、会う度毎に兵士のするような挙手の礼をなした。

二人はかくして親しくなった。東京から来た少年は、その無意識に話す話によって、彼の好奇心を誘った。発句と絵とを内で習っているというのであった。

「この間内で発句の会があった。」と少年が話した。「皆で題を付けろというから僕は朧月夜に柳という題を出したら、みんな賞めた。」

「僕」という一人称が彼をいい心持にさした。自分もその言葉を使いたかったが、憚《はばか》った。同窓の間では「わし」とか「わしら」とか「おら」とかいうのが当り前で、「わたし」などというものをば、皆が嘲弄した。彼は僕という言葉を使いたかったが、公衆の圧迫を恐れたのである。

　とにかくこの少年の住んでいる世界には、彼等の家などと違った雰囲気が存しているということを想像することができた。

　その後彼はその少年の家を尋ねたことがしばしばあった。美しいその母には、かの少年の他に、尚女、男の子供があったように覚えている。――

　そういうことを彼はどうして思い出したかというと、新入の青年の目元の表情であった、その二重瞼《まぶた》の、切れの長い、女らしい嬌羞《きょうしゅう》を持った特殊の美が、たちまち彼に四年前の記憶を蘇生したのである。

　凡て美を感ずる素質を多く持った人のように、彼は再びこの美しい青年に対して一種の羞恥の念を覚えた。そして自ら進み、自ら下手に出てその青年に親しくすることが憚られた。何か偶然の機会があって二人がまた親密になればよいがと思うのみであった。

「君は井上君でしたねえ。僕は立石です。」

「やあ偶然ですね。」と青年が答えた。しかし久しぶりで会った時の会話はそれ以上進まなかった。

彼は昔小さい童子であった時分、無意識で為《なし》たほどの卑劣な行動をもって、この青年の甘心を求めようとまではしなかった。

青年は制服がまだできないと見えて、柄のいい飛白《かすり》の着物を着て、対照鮮かに白い縞の袴を穿いていた。

「あの好少年《よかちご》は白袴隊だな。」

と級中二、三の者が私語《ささや》いた。無論その言葉は彼の耳に達したけれども、その言葉の内容は、彼はまだ全く理解することができない境遇にあった。

その後青年は紺色の羅紗の洋服を着て来た。多くの生徒は、地の荒い、黒のメルトンであったが、その青年と彼と、その他四、五の人々のみが、ややその値の高い紺羅紗を着ていた。この事は彼の内証の喜びであった。

昔はあんなに違っていたが、今は彼と自分と、そう大した差異はないというようにも思われた。

かの少年は彼とはあまり親しくはならなかった。むしろ落第生の二、三のものと親しくするように見えた。彼の内心には、まだ自覚に上らない嫉妬の情があった。

間食に餓えている彼には、また人に話されない秘密の快楽があった。

　中学のどの級にもそんなのが必ずあるように、彼の級にも奈良原という低能児があった。「足掛」という綽名《あだな》である。機械体操の足掛一つするのに、非常な骨折をして結句できないので、体操の先生が毎日足掛を三十分宛やることを命じた。それから付いた名である。

　彼はいつの間にかこの「足掛」を配下に隷属させて、しつこく調戯《からか》った。彼にはこのしつこく調戯う癖があった。

　家が同じ方角であるから、いつも午後は一緒に帰った。そして広い空地になっている崖の処へ来かかると、彼は「足掛け」に五銭の白銅を与えて、餡麺麭《あんぱん》を買わせて、二人でむしゃむしゃと食っては、相撲を取って負かしてやった。「足掛」は洋服なども汚ないものを着ている所を見ると、小遣も手薄らしく、この餡麺麭に随喜して彼の家来になった。漢文の素読が気の毒なほどできなくていつも先生に叱られてばかりいる癖に、江州辺の生れだけに、宗門の事に詳しくて、般若心経を暗記していた。

　それから学校の生徒控室は、酒保のようになって、弁当屋が這入って弁当を売っていたのである。六銭と十銭ぐらいで四角な箱にはいっており、高い方のには、温い飯に牛肉か馬肉を載せ、その上に半ば凝固した卵を掛け、更に塩辛い肉の煮汁を掛けたのであった。

彼はこの弁当が食べたくて仕様がなかったが、家から貰って来る弁当があってどうもできない。弁当は十一時と十二時との二期に食べることになっていたから、始め十一時の休みに控室に行って、家から持って来た、蓮根の菜《さい》の付いた弁当を三分の一ばかり食べて、あとはそっと残飯箱に入れ、そ知らぬ顔をして帰って今度十二時の時にまた行って弁当を買って食べた。いかにも甘くてたまらない。家から弁当など持って来ないで、毎日この弁当を買って食べる生徒などがあったが、それが羨しいことに思われた。

　彼はそこでこういう芸当を覚えて、それで時々弁当二度食いを行ったが、ある日友達が、「何だ、君は二度弁当を食っているじゃないか。」と何の気なしに言ったのが胸にぎくりと応えて、それからは、なるべく人目を忍ぶようにして弁当を買って食った。またある時は、家から持って来た弁当を食わないで帰って、かの崖の所から、そっと捨てたこともある。こう秘密にすればするだけ、快楽がますます大きくなるように感じられた。

　がしかし食物に対する欲望はまだそれだけのことでは我慢ができなかった。ことに甘いものに対する欲望は、時として極めて猛烈なことがあった。甘いものももう餡麺麭でなくて、日本菓子のしつこいものが欲しかった。そこで彼は時偶、そっと菓子を買って、本の風呂敷包の中へ入れて家へ持って帰った。大福は一銭に三つしたが、三銭位買うのは流石に羞《はずか》しい気がして、五銭買ったり、七銭買ったりした。

　家に帰って隣室に人のいないのを見計らって、風呂敷包みから、そっと菓子を出した。まず風呂敷の結び目を解いて、孔になった所から中に手を入れて、竹の皮の透きから触る大福を取り出して食う。どうしても竹の皮の音がすることが、堪え難い苦悩になった。また大福のような皮のある菓子は、いくらそっと食べても、食べる音がした。一方に耳を澄まして注意を張り切らしながら、食べるのである。四つや五つはぺろりと食べた。それで腹はかなり一杯になっても、あとに菓子が残っていると、どうしても気がかりになって、買っただけは皆食べてしまわずにはいられなかった。そうすると今度は竹の皮の仕末に困った。

餅菓子を半分食べかけている時に隣の室に足音がした。それを聴いてびっくりして、唾でごたごたになった食かけを懐の中へ吐き出した。

それは女中であった。そしてお汁粉ができたから食堂へ出てお食《あ》がんなさいと言うのであった。彼はもう甘いものにはたんのうして、げっそりとしているのであるが、事情をかくしているから断るわけにも行かなくて、その上汁粉を二、三杯飲まなければならないようなことが度々あった。

令状。

一、勉強の時は必ず姿勢を正しくすべし。

一、漸々諸方を片付くべし。

一、日曜日には必ず靴を磨くべし、但し雨天はこの限りに非ず。

一、外出（散歩及び数十分間以上に亘るもの）には必ず袴を着すべし。

一、今後決して菓子の買食を為すべからず。
一、今後決して奈良原とは交わるべからず。
右本日より施行。

そういう風な自誡を定めたが、行われなかった。

がとにかくそんな風にして、彼の東京生活の第一学期は事なく過ぎた。そのうちに夏の試験が来たのである。彼は田舎の小学校では碌々勉強もしないのにいつも一番を通したが、東京の中学の試験にはさすがに狼狽した。ことに代数学と物理学とはさっぱり分らなかった、彼は徹夜したりした。

「家に帰る日も二旬ならずして将に来らんとす、一笑家門に入れば父母を始め犬猫といえども、苟《いやしく》も我顔を知るものは喜——」

そういうことを楽しみにしては、勉強した。

始めての夏休みに帰郷した時は汽船から下りて八里の山道を歩く途中に、いつか草いきれの烈しい夕日頃となり、また程なく薄暮となった。それから一里半ばかりは、ほとんど駆足をして、一緒の人々より三十分も早く郷に入った。後から皆に嘲弄されたが、悠々と緩歩するには堪えぬほどの感情の激動があったのである。二個月の休みの間というものは、彼はほとんど毎日何等為すことなく鎖《とざ》し過してしまった。それでも家の人々は彼の大人っぽくなったこと、行儀のよくなったことを喜ばしく思った。

九月に入ると紀州沖は荒れる。それで凪《なぎ》の良い日に早目に立つという事にして、彼は朝早く起きた。いつも朝寝をする彼が、珍しく早く起きたので、朝の気分がさなきだに常とは変っている。

裏庭の濁流に沿うてやや大きな草花の畑があるが、大輪の天竺牡丹にはまだ朝の銀色の露が重たげに止まっていて、その根本のところでは蟋蟀《こおろぎ》の虫が鳴いている。はたと鳴き止んだと思うと、また他の方面から鳴き始める。

初秋の、ただでさえそういう風にしんみりとした空気の中に立って、彼は今日郷里を見捨てるという悲しい感情があった。少年の心には、女の心に似た所がある。天竺牡丹の花の弁のようにかよわく、柔い。彼はぼんやりそこに立って涙を流した。

九月学校へ出ると、午後には運動場の樹立にみんみん蟬が来て鳴くこともあった。それを聴くと彼の頭の中にありありと故郷の家の居間、食堂、裏庭等の光景が浮び出るのであった。

が九月が終り、十月が来るようになると、彼はまた東京に慣れた。

十月になって学校で一日止まり遠足があった。遠足が終って十日ばかり立つと不思議な訓令が来た。

各級の主管教員が生徒に申し聞かして、これから以後各年級の生徒は、同級の間だけで交際し、下級または上級の生徒と交際してはならぬということである。

彼にはこの訓令の真意が分らなかった。

ところがその内段々と彼の耳にもいろいろのことが入るようになった。

「Bは今度の旅行で……。」

そういう内証話である。無論Bというのは男児である。彼と同級で組の異る生徒である。

彼にはこの語が理解せられなかった。

次にまだ彼に不通な語彙《ごい》があった。彼はその発音を始めは好《よ》く聴き取ることができなかった。あたかも白墨の勘定でもするように、一本とか二本とか云った。そしてそういったあとでは必ず皆の人々が声を出して笑った。もう寒くなって暖炉が出た頃で、そういう話は多くその傍でなされるのであった。

この暖炉の回りに集るものは、落第生と、無頼漢的の肌合を持った生徒たち、及びそれにおもねる灰色の者であったが、彼の愛する井上君は決してこの仲間ではなかった。それを彼は非常に喜んだが、井上君が最も親しくしている男は、彼の最も好まない男であった。

授業中でも彼は時々黒板や教壇から目を外らして井上君の横顔を見た。異性の間ではないから、井上君は美貌であって、それが彼の美を求むる心を刺激し、また一種の恋愛に近い感情を喚起するのだなどとは決して意識しなかった。ただ遠くから井上君の顔を眺めて、視線を額から目、目から鼻筋を下って口に至り、更に頤《あご》に滑らせると、何ともいえない快感を覚えるのであった。それ故彼はこの視線の運動を幾度も幾度も繰り返した。一度はそのために教師が自分の名を呼んで課題を命じたのさえ聞き漏らして、二、三度注意されて始めて気付いたことがあった。

　先生は皮肉に出て、まだ彼をば叱らない。彼は机の上の本を取り上げて立ち上ったが、前の人がどの切れまで読んだか分らない。困って隣の人にそっと聴いたが、席順、点数ということに非常に利害を感じている彼の次席はいじ悪くこれを教えない。彼はいらいらして少し大声で尋ねたら、この時よとばかりに先生が肉迫して来た。

「君は何しに立ったのですか。」と先生が聞いた。

　彼は黙っている。

「さあ読んでご覧なさい。」

　彼は周章《あわ》ててしまって、どうしていいか分らない。それでもできるだけごまかそうという心があって、何となくここらしいという感じのする所を読み出すと、思いがけなき彼の驚きにまで、全級の人々は声を立てて笑った。

「君はいままでどこを向いていたのです。」と先生が尋ねた。そしてじりじりと苛《いび》り始めた。

「君はそのままそこに立って居給え。」と先生が命じた。そして次の人を指定した。

　彼は小学校の秀才としてまた凡ての教師の寵児として、未だ嘗ってこんな刑罰を受けたことがないので、本を手にして立ち上ったが目は涙で曇って紙面の文字はこれを理解することができなくなった。くやしさ、恥しさでしばらくぼんやりとしていたが、そのうち心の中に、いろいろの事を考える余裕ができた。

　この級の中で一番立派な人格を持っている自分が、この下等な英語の教師などから、堪うべからざるの侮辱を受けるのも、これは畢竟《ひっきょう》井上のためである。井上のためであるとなれば自分のこの苦痛も殉教者の苦痛のように、苦痛であって実は快楽である。そう考えると非常に心が晴々として来たが、同時にまた自分自身を憐れむ甘美なる悲哀の感情が起って、再び目に涙した。

　田舎の小学校で自分が級長をしていて、運動場から教室への出入りに、級中の人々を行列させ、号令をかけたが、人々は余り好く彼の命令をきかないで、高声に談笑するものがあった。その時この様を傍から見ていた、彼よりやや年嵩《としかさ》の女生徒があったが、低い声でその朋輩にこう話した。

「英一さんが余りおとなしいともって馬鹿にするのだね。随分だねえ。」

　彼はこの会話をちらりと小耳に挿んで、一種悲壮の情に打たれた。

　も一度は「旗取り」という遊戯をして争った時、力の強い二、三人の生徒が彼を捕え両手を後ろに回してひどい目に合わした。彼はこれに対抗したがどうする事もできなかったが、その時学校の二階の窓から彼の最も好む女生徒の二、三の者が彼を見下《おろ》して大に同情していることを知って、この時もまた彼自身を悲壮劇中の主人と比較して喜んだ。

　彼は罰せられて立っていて、こんな事を思いながら、ふと前の方を見ると、生徒から馬鹿にされている強度の近眼の先生の時間は、教壇の方から見ては静粛でも、裏面にはいろんな悪戯が行われていた。彼は席順が上の方であるから、後ろからそれが好く見えるのである。

　二人ずつ並ぶ机の、前の方の明《あい》た口から絵本を出して、そっとそれを繙《めく》って喜んでいる一群がある。また傍の方では画のうまい生徒が雑記帳へ一生懸命に先生のカリカチュアをかいていると、傍のやつが我慢ができなくて笑い出した。すると後ろの机の奴がそれに感付いて、首を延ばしてそれを見ようとする。画いている奴は、自分を中心として、余り視線が集り過ぎるから、少しく恐れをなして雑記帳を引込ませる。最も烈しい奴になると、弁当用の餡麺麭を袋から出して下を向いては口へ入れてもぐもぐしている。

　彼はこの様子を見て、自分が刑罰の人であることをも忘れて大に憤慨したが、ふと井上君の机の方を向くと、彼はそんな人事で腹を立っておるべき段ではなかった。彼は突然はっと云って、ある激動を感じた。

　井上君が雑記帳の紙を破って、それへ鉛筆で何か書いては、前の机の人（即ち井上君の最も親しくし彼の最も慊う所の秋元である）に渡す。すると前の奴が返事を書いて渡す、二人はいかにも心易げである。

彼はこれを見て堪えられぬほど不快であった。それが嫉妬の感情だと自覚しないから、変に身を責めるような悲しいことに思った。

そのうちに先生が突然「立石君」と呼んだ。「立石君、君はもう許す。一体、悪い事をして立たせられたりすると、反《かえ》って反抗して見たり、やけになったりするものである。が君は実におとなしい。過失はあったが、君の態度は立派である。さすが君は成績がいいだけに違っている。君の罪は十分に償われたから、もう坐り給え」といった。彼はくすぐったいような変な気になって椅子に坐したが、その時また級中の人々がどっと笑った。彼はまた侮辱されたように感じた。

やがて午《ひる》の時間となった。がそれからあと彼は非常に不愉快な気分になって、どうすることもできなかった。それで到頭その日は午後から休んで家に帰ったが、陰鬱になった心の中には、もう下等な英語の先生から罰せられたという記憶は全く消失していて、偏《ひと》えに井上が秋元と親しくするというのが面白くないという感情ばかりが残っていたのであった。

最も激烈なる嫉妬を感じたのは、しかしそれより遥か経ってであった。井上君が病気で一週間ばかり学校を欠席したことがある。すると二、三日して秋元の所へ長い手紙を寄越した。しかるに彼に向っては何等の挨拶がない。ただ秋元の手紙の末に彼にもよろしくとあったが、よろしくと云われた人の名には、彼の外に尚二、三があった。そしてその手紙の中には、恐ろしく感傷的な事が書いてあって、自分は今病気でいて、いろんな事を思って心細い。母や姉が傍にいるけれども、彼等は少しも僕の心に同情することができない。病蓐《びょうじょく》のうちにあって、僕は偏《ひとえ》に君の事ばかりを考えているというような文句が、美文式の語呂のいい文章で書いてあった。

　彼はその手紙を読まないような振りをして実はそっとわきから読んだが、どうしても堪らなくなって、教室の外へ出て庭の片隅に立っている大きな銀杏樹の下へ行って、ぼんやりと色々のことを考えた。

「何かの口実を設けて秋元と決闘しよう。」というような空想が、今も直《す》ぐすべき現実の用事のような圧力をもって彼の心に迫った。

　しかし彼とても決して井上と疎遠な間柄ではなかった。ことに喜ばしいことは井上が家を移して、彼と同じ方角へ帰るようになったことであった。毎日三時頃は彼と井上とも一人近角というベエスボオルのうまい男と一緒に同じ道を帰ったが、それが毎日々々の、彼の唯一の楽しみであった。

「足掛」をば彼はもう疎んじていた。午後の帰り途に秋元が一緒でないことは、彼の殊に嬉しく思ったことである。

　彼はこの道に井上と多く語る機会を得た。そして毎日沢山の話題を作ることに苦心した。それにはどうしても発句のことを知らなければならなかった。井上は小学校以来発句と俳画とを習っているのであった。

　そこで彼は博文館発行の百科全書の俳句研究の書を買い求めた。

　この発句研究ということが効を奏して、彼はまんまと井上を生捕《いけど》ることができた。発句というも

　　秋の野の尾花がさらば〳〵哉

の程度のものに過ぎなかった。毎日紙へ清書して来ては、段々集めて帳面にとじて、その帳面の厚くなるのを喜んだものである。

　彼は井上の興味が彼から離れないことに、意識無意識の努力をした。井上が彼と話しながら、偶然にもその手を彼の肩にかけたり、また井上の呼吸が彼の耳の辺に懸ったりするような時には、彼はいいようのない、肉体上の快味を感じた。井上が機械体操をやるといって制服の上着を脱して、その当時の流行に倣った、白い綿フランの、折襟のシャツになるような時には、彼はその視線を井上の襟から首にかける曲線から離すことができなかった。

　しかし井上はどうかすると、運動場で秋元やその他の友達とベエスボオルの話に熱中することがあった。ベエスボオルのみならず、概して運動ということに全く興味を持たなか

った彼は、そういう時には一言も言葉を挿むことができなかったのである。すると井上は話に興じながら、その場にいる彼には少しも注意を与えないで、秋元等と校庭の他の方角へ歩き出してしまったりする。彼は後から彼等を追ってその仲間に入ることをば何となく羞かしいように思って、名状しがたき不快の感情をもって、その後を見送るようなことがあった。

　がしかしその時分から彼と井上とは手紙の往復が繁くなった。情緒に飽和した、若い女同志でもやり取りしそうな手紙を送りかわしたが、かく文通上の交際が繁くなり、感情的になればなるだけ、彼等が学校における直接の交際は疎になった。何かお互に相語るのを憚るような気がして、井上は秋元と、彼はまた他の友達と、かえって相親しくして、お互にはかえって疎遠にした。

「余は今日むねにあること委《くわし》くこれを告白せんと欲す。君ならで誰にか見せん梅の花色をも香をも知る人ぞしる。嗚呼《ああ》我今堪えがたくなりぬ、友よ、願くば余の重荷の幾分を分つを許せ……。」

「……余は試みに他郷に遊ばんとす、山姿水態の変化は余が頭脳に幾分の快味を与うるものあらん。」

「……友よ我になおこの外に大なる悩み事あり。そは今茲《ここ》に明言しがたけれど余はこの事件のために夜益々不眠となりつつあるなり。余がしばらく東京の母姉のもとを去って遠く他郷に遊ばんと思えるも一つはこの事件より遠ざからんと思えばなり。ああ余は老いたるかな。（希《ねがわ》くば余に事件の真相を語るべく強《しい》ることなかれ、他日機あらば余自ら語る時あらんに）……」

　その手紙の中には黄《きい》ろく乾からびた、小さい梅の花が一つ封じてあった。この手紙を受取ると彼はまた校庭の隅なる大銀杏樹の下へ往って、嬉しいような、悲しいような一種変てこな気分になって、盟友のことを考えた。彼の眼にはとめどもなく涙が流れた。

　もちろん学校の内外には、田舎出の彼の驚くような事件ばかり沢山あったが、一年級の秋以来一番彼の胸に強い印象を与えたのは井上との交誼《こうぎ》であったから、多くの教師、多くの校友の、性情、行動から得た感じは段々と忘れられた。

　そういう風にして彼は一年級を卒業したが、成績はかなりいい所であった。そして春休になり、二年級の夏休となり、休中にはいろいろの友だち殊に井上と至極多感多涙の手紙を往復していたが、彼が少し東京に慣れた第二年の第二学期から彼は不思議な運命から呪われるようになったのである。

　ある九月の午ごろ彼は中学校の門の所に立ってぼんやりと街道の方を見ていた。すると彼の視線に当って粗野な身なりをした書生が四、五人通った。その当時は、彼はすでにこの書生がどんな種類のものであるかを知っていた。

汚れた鼠色のソフト帽子の帯の取れたのを目深《まぶか》に被って、皀角子《さいかち》の木の太い枝のステッキを手に持ったのが一番年上で、また一番すごかった。その中には一人の年少《としわか》な奇麗な紅顔の青年が雑《まじ》っていた。彼等のある者は片手の指を口に入れて、高い音の口笛を鳴らした。

彼はぼんやりとこの一行を眺めていたが、何となく気味わるく感じて、視線を外らし、何気ない体で校庭の彼方に去ろうとした。この時遅し彼《か》の時早し、群うちの一番すごい男は突然彼に近づき、その両手を彼の両方の肩へ当てて、穴の明くほど彼の顔を諦視《みつ》めた。そして「貴様は立石だな。」と云った。

彼は蒼白な顔になって、唇をぶるぶると振わした。

「生意気野郎奴《め》、好く俺の顔を覚えていろ。」と云った。そしていきなり拳固で彼の頬をなぐったまま、悠々とそこから立去った。

校庭内では二、三の人が遠くからこれを眺めた。彼は目から止めどなく涙が流れ、ともすると啜泣《すすりなき》の声が漏れようとするので急いで、また彼《か》の銀杏樹の下へ行った。すると、故意か偶然か、そこを通りかかった一人の生徒がある。彼に向って言うとはなしに、小さい声で「態《ざま》を見ろ」と呼んだ。

彼は心中私《ひそか》に他の同情を求めていた時だからして、その時愕然として驚いた。そして過大の自己憫憐《れんびん》の情を捨てて急いで歩き出した。

その日学校の帰途に彼は嚮《さき》とは異る一群の悪書生に道を擁せられて、苛《ひど》く顔を打たれた。

あたかも彼の周囲には、彼の目には見えぬ網が張ってあって、そのどこに彼が触っても、たちまち彼に敵対する機関がはたらき出すように感じた。

毎日毎日彼は感情の緊張を経験した。しかしこの緊張は彼のみならず中学全体の人々も感じたのである。

どこの街道にも必ず物凄い服装の書生が居、またその吹き鳴らす口笛が聞えた。

白い汚れた袴を着た髯むしゃの書生は、陸軍軍人の外套のような黒の外套を頭から被って、口笛を吹き吹き歩いた。あるいは白昼街道を、薩摩琵琶の歌を高声に誦してゆく男もあった。歌は石童丸の歌、または九州某藩の侍平田三五郎等の間の男色の関係を物語るようなものであった。

学習院、附属などの生徒の品定めを歌にしたような「お江戸日本橋」の曲の作りかえなども歌われた。また美少年と短艇を河に浮べて、遥に品川灯台沖に至るの情趣を物語る「雪の行軍」歌曲の換歌《かえうた》などもあった。そのために「雪の行軍」の歌さえ、警察から停められた。

校庭には屢《しばしば》他校の生徒が私《ひそ》かに入り込んで来るようなことがあった。

この間に彼が気が付いたことは、彼が井上の友達として嫉妬せられ、憎まれる外に、尚彼を美少年として付けねらうものがあることがあった。しかしそれは悪書生としても余り有力なものでもなかった。中島という名であったが、いつも一人の年の少い生徒と一緒になっていた。

井上は最も危険な地位にあった。

級中の落第生のうちの美少年には、校外の有力なる一悪書生の頤使《いし》に甘んじているものがあった。その生徒を見ると彼は恐ろしいような、可哀そうな気がした。その少年はしばしば二、三の同級生からからかわれることがあった。その少年はしかしそれに反抗することができなかった。

こういう物々しい状態にあって、比較的似たる地位にある彼と井上とはますます親密になった。

そのうち十月の遠足の期となったが、今度は全校揃って同じ地方に行くことは廃せられて、各年級ずつ別々の方角に行った。

彼は井上と同じ所へ宿泊するということについて人知れぬ喜びを予感した。

彼等の年級は二つの宿屋に分宿した。いずれも十五、六前後の年齢のものであるが、中には二十に近い落第生もあって、私《ひそ》かに酒なぞ飲んだりした。

宿舎に別宿して、比較的相親しいもの同志が互に群を作り、菓子など食って雑談した。

彼は井上等と一群を作った。そこへ突然年のやや嵩《ふ》けた生徒がやって来て彼をなぐるといい出した。

その男は顔色を真青にして彼等の群へやって来たので皆驚いた。同時に殺気立った。がしかしその男をなだめるものがあって、事は大きくならなかった。がそれからは不安の念が彼等の胸に漲り入って、どうしても愉快に会話していることができなかった。

血相を変えて乱暴をはたらきかけた生徒側の一人で、多少その側の有力者であった津上という男があとでそっと彼の耳にある事を私語《ささや》いた。それを聞いて彼はいよいよ不安になった。

彼の年級より上の、四、五年の級の一、二の悪生徒が、他校の、より以上の悪書生と一団になって私《ひそ》かにこの土地に来り、ある小さな宿屋に宿っている。今夜、夜中になってどんな事が起らないとも限らない、用心をしろというのである。

用心しろといったとて、どうしていいか分らない。津上の密告は少しも彼のためにはならないで、不安を大きくするばかりであった。

とにかく彼はそれを井上と、他に近頃二人に親しくなり出した鶴田に告げた。

鶴田は二年級以来一緒の組となって、彼とも井上とも直ぐ親しくなった。正直な好人物であったが、それすら井上とあまり親しくするので、彼は嫉妬したことがあった。

この三人は宿屋の八畳の間の片隅に揃って寝た。同じ部屋には、その他、彼等に親しい方の生徒が二、三人いた。

皆上衣とズボンだけを脱いでシャツのまま寝た。十月の中旬だが、宿屋の蒲団は供給が十分でなくって、肩のあたりが寒いのである。

一番隅に鶴田が寝た。次に井上、次に彼、それから他の人々という順であった。井上は例の白シャツを着てい、それが上着を脱いで白シャツとなった時には、一種の性的の刺激があった。無論彼はまだこれを性的の刺激とは自覚してなかったのである。自覚はしなかったが深くそれから印象せられた。意識の上ではそれはしかしよほど精神的のもので、彼を井上の最も親しい友達だと思わせたい。彼も井上を限りなく愛したい。まあそういう風な心持であった。

こういうセンチメンタルな情緒を作るべく、彼は、彼、井上等が同じような危地にいるということを誇張して話した。彼等は団結して道徳的の行為をなし、飽くまで邪道のために反抗しようというような話である、道徳的の交誼を締するという約束が、最も彼等の情緒を喜ばした。

三人ともに強くセンチメンタルになって、首と首とを近づけて横たわった。

このやさしい、センチメンタルな心持には、井上とこう肉体的にも相近づいているという状態が最も適《ふさ》わしいものに感じられた。

井上の新しい白シャツの中から、やさしく温い感情が暖炉のように放射するかと思われた。

がしかしこの境遇も彼に対してはこの上もなく嬉しいものではなかった。彼はやがて心中に人知れぬ苦悶を抱くようになった。

井上は鶴田の方を向いてしまってそして多く鶴田と話した。時々彼等は小さい笑声を立てふざけながら「もう話はよして眠ろう、眠ろう。」といっては、尚話していた。

彼は井上の背の所に鼻を埋めて、寂しい心持になり、目をしばたたいていた。がしかしそのうちにうとうとしたらしい。そこへ突然どやどやと人の入り込むけはいがした。

彼は顔に非常な痛みを感じたのである。驚いて起き上ると、黒い帽子を目深にかぶった男が二、三人彼の枕下に立っている。

井上もその群の一人から殴打されたらしい。

彼は起き上りかけると、また一つ頬を打たれた。頬がゴム毬のように膨れたかと思われ、涙が散弾のように迸《ほとばし》った。彼はそこへ尻餅をついた。

「立石貴様ちょっと来い。」といったものがある。それは嚮《さっ》き血相を変えて彼に向って来た男である。

彼はただ坐っていた。

「来いったら来ないか。」とその男はまた言った。

彼はなおも坐っていると、何か知らぬ、痛いものでまた彼の顔を一撃した。

「早く来い。」と別の男が言った。

彼は驚怖の前にいぎたなくも啜り泣きをしてしまった。

井上はどうなっているか、もう彼は注意している所ではなかった。彼は一群の人に無理に引っ張られて、宿屋の裏庭から、暗の夜へと出て行った。

それから先の記憶は、彼には明かに残っていない。余りひどく打ち据えられたので、十分周囲を注意することができなかったのである。

それでも彼は引摺り込まれた家に、いつか彼を中学校の門の所で殴打した男がいたのを気付くことができた。

津上などはその男にはヘッヘッして、そして意地わるく彼を見て笑った。

何でも連判帳のようなものを目の前に出してこれへ名を書けというのであった。無論彼は始めはそれを拒んだ。拒むと案の条殴打せられた。彼はぶるぶると振える手で自分の名を書いた。その時気がつくと、彼の書く直ぐ前の処に、井上宗造という字がまだ生々しく書かれてあった。その字の所には血がにじんでいた。

彼にも血判をしろといった。

すでに井上が名を書き血判を捺《お》したという事が彼の心を慰めた。井上と一緒ならどうなっても可《よ》いと思った。彼が指先を紙の上に載せると一人の男が小刀を出して、彼の指を傷つけた。

それから後の事は、彼は今になっても思い出すのを欲しない。

が後二ヶ月ばかり経つと、彼と井上とはもはや鶴田や、その他席順の上の人々の友だちではなくなって、かえって津上や秋元の友達となった。

こういうことがあった。——

彼は牟田の前に犬のように隷属する自分を見出すのであったが、ある日彼はそういう人々の群より四、五丁先立って独りで歩いていた。

ある物騒なる街には、悪書生たちの吹き鳴らす口笛の音がさわがしく響いた。狭い坂町で両方から樹の葉の生え繁ったような道に来ると、たちまち岐路から二人の書生の姿が見えた、近づいて見るとそれは中島と三橋とであった。

知らない顔をして行き過ぎかけると、中島が一種異様の響のある細い声で「おい、立石、立石、」とせわしく呼んだ。

彼は尚知らない風をして歩いた。二人のものは彼の後に続いた。それで彼が駆け出すと、二人もまた駆け出して彼に追いすがった。

「立石、ちょっと用事があるから来い。」と中島が言った。

「僕はいやだ。」と彼が答える。

「何、生意気を言うと、なぐるぞ。」と中島が威嚇した。

「僕はいやだ。」と言いながら彼が駆け出すと、二人は到頭後ろから彼を捉えて、寂しい道の方へ引張って行こうとした。

それを牟田の群が遠くから見ていた。時分は好しと、中島等の前に立ちふさがって、黙ったままで、物凄い目をして彼等をにらまえた。

びっくりしたのは中島と三橋で、咄嗟の間に知恵も出でず、顔を真青にして逃げ出そうとする所を、牟田は持っていたステッキで思いしな中島の背中を打った。中島はあっといってそこへ倒れてしまったくらいであった。

「勘忍して下さい、勘忍して下さい。」といかにも哀れ深く中島は愁訴した。牟田は懐からピストルを出して、中島の目の前に据えて、心持好さそうに笑って見せた。

ちょっと目を移すとおどおどしながらそこに三橋が立っている、牟田はピストルの先で三橋の顔を打った、その頬からは血が流れた。三橋は歔欷《すすりなき》をした。

こういう光景を目の前に見ながら、彼はもう何とも思わなくなった、自ら省みたり、自ら憐れんだりするような心はもうなくなってしまったのである。

いろんな破廉恥なことを一つ一つ覚えてゆくことが今や彼の内証の楽しみとなった。彼は二本の指先を口の内に入れて、巧みに高い口笛を鳴すことを稽古した。また学校の帽子を目深かに被って喜んだりした。私《ひそ》かに煙草を飲むことを覚えた。ベエスボオルを習った。そしてまた自分より年下でちょっとかわいらしい顔をしている生徒を見ると、そっとその傍に近づいて、その右の食指を握ったりしてふざけた。けだしそう指先を握られたものが、それを有意的に動かして見せるか否かを試みるためであった。

　学校及びその付近においては彼はこういう行動を示した。がそれでも伯父の家に帰るときは、今迄と全く変りのないような風をした。夜に入って家に帰るようなことはなるべく注意してこれを避けたが、それでも万一帰宅が遅くなるようなことがあれば、学校に演説会やボオトの会があることにした。

　が破綻は段々とこれを繕《つくろ》うことができないようになった。二年の一学期に十一番であったものが、二学期には中以下に落ちた。そして最も困ったことは、三学期の試験の時幾何学の問題が一題も出来ないので、そっと机の下で本を拡げて、問題と同じ軌跡の例題の解き方を見たのを監督教師に見破られたことである。

「立石、ちょっと来い。」と強飯《こわめし》という綽名《あだな》の付いている体操の教師が突然命令した。

「はっ、何ですか。」

「貴様はもう答案など出さなくてよいから退場しろ。」

　級中の人の視線が彼の顔の上に集った。

　彼は顔を赤めてぐずぐずした。

「出んか。」

「出ません。」

「出んなら引っぱり出すぞ。カンニング野郎奴《め》。」

彼はたまらなくなって憤然として叫んだ。

「出すなら出して見ろ。」

強飯はその逞しい痘痕面《あばたづら》に、一種のアイロニイの微笑を湛えて、前とは反対に、異常に緩かに言った。「立石、貴様もえらくなったものだなあ。」

彼はこの言葉に対してははなはだしい屈辱を感じた。そして黙ったまま椅子へ腰を下ろして、その顔を両方の前腕に埋めて、さめざめと流涕《りゅうてい》した。

少時《しばらく》たって、彼は湿った眼で教室を出た。


他に行く所がないから彼は井上を訪ねた。井上の家にはこの日始めて行くのである。一旦悪書生の群に入りかけた井上には、その頃有力な後援の群ができて、彼はその性格を一変したように見えた。そして立石とも自《おのずか》ら疎になった。

井上の家は小じんまりとしたしもた家で、彼はおずおずと尋ねて行くと、若い奇麗な女が取次ぎに来た。年齢は十九か二十ぐらいに見えたが、彼は多分これが井上の姉であろうと思った。自分よりは年上でありながら、彼ははっとしてどぎまぎした。

「あなた立石さんでございますか、お名前は弟からよく覗《うかが》っております。弟がいろいろ厄介になったそうで、有り難うございます。宗造は今お湯に行きましたが、もうすぐ戻って来ますから、何卒《どうぞ》しばらくお待ち下さい。」とその女の人が、やさしく姉らしく言った。その言葉や感情にいかにも親身らしい所があって、彼は自分が今のような厭うべき状態でなく、昔純潔であった時分、なぜこの清い家を音訪《おとず》れなかったろうと思った。

座敷に上って待っていると井上君の母も出て来られた。井上君の姉さんらしい人はお茶を酌んで出したり、菓子を持って来てくれたりした。冷く厳かな自分の〝uncle〟の家、荒涼たる学校の空気の外に、こんな穏かな、やさしい世界のあることは、彼は夢にも知らなかったので、彼は今何もかもすっかり忘れてしまって、田舎の家に帰ったような気になった。

井上に女の同胞があるということは彼はもとから知っていた。がそれは井上の妹であるような気がした。井上の妹ならさぞ美しいだろうなどと思ったことがあって、井上のことを思うと、彼の一度も見たことのない、空想上の女性が聯想となって纏絡《てんらく》した。が今目の前で見る人は彼より年上の女性である。一種崇高の感じが彼の胸に起って、これを崇拝する念を生じた。

そのうちに井上が帰った。近頃学校で疎遠にしているに引きかえ、この日は兄弟のような親しみを見せた。そして到頭夕飯の御馳走になった。

春の日暮れがたの重い、憂鬱なる空気の中に、灯火もつけないで、彼等は話し込んだ。話は主に宗教とか、道徳とかということであった。こういう心持から感激して、彼等はこれから先きに生活を一新することについて論じ合った。そのうちに彼はもう帰宅せねばならぬ時刻だと気が付きながらも、今話している話は、決して浮薄の悪事ではなく、人生の根本義に触れた大事のことであるから、この為に帰宅の時間が遅れるぐらいのことは構わぬというような気を起した。

　そして今日の学校の事は、人間の大きい一生涯に比較すれば、ほとんど論ずに足らぬ小事である。その位のことで決して失望すべきではないと思って、自ら慰めた。

　少年同志は涙を流し合って、前途のことなどを語ったが、それでも時計が十時を打ったのに驚いて立ち上ったときには、彼の胸は再び不安から襲われていた。

　そして途々、家に帰ったら何と弁解しようかということを考えながら、いつとなく帰り着いて、玄関をまたいで家に入り、伯父夫婦の部屋に挨拶に出ると、二人は、今日はいつもよりも変った顔色をしているように見えた。その時彼はもしやと思ってはっとした。

「英一。」と伯父が呼んだ。「学校からこんな手紙が来ている。」

　伯父は英一の前に一封の郵書を出して示した。彼はそれを見ると、もう何をも考えることができなく、今にも目がくらむような気がして、じっと首をうなだれてしまった。

　その夜の十一時過ぎに彼はそっと伯父の家を抜け出して、当もなく外へ出た。始め井上の家へ行ったが、門はもうしまっており、また始めから起してとめて貰うほどの気もなかったので、すごすごとそこを立ち去り、結局牟田等の住む悪書生の巣窟へ落ちていってしまった。……

暗いランタンの下で、彼はこれまで考えると、涙がはらはらと湧き出してくるのを感じたのである。

同じ年期を二度繰り返す苦痛は、自己に対して誇りを持っている彼においては一通りのものではなかった。

かつて自分が一年期の落第生に対して抱いたような侮蔑の感情を、新たに来って同級となった彼の後輩が彼に対して持つらしく見えた。級中の誰ともそれ故彼は交際しなかった。一方に悪書生の群においても、彼はその住むに最も気持のよい雰囲気を見出すわけには行かなかったのである。彼等の「悪」の行動には痛快な所があった。彼等の低い趣味のさせる鬱散逸楽にはしかし下劣の分子が多かったのである。

その頃は彼は伯父の家を去って漢文の先生の営む素人下宿屋的家塾に棲むようになっていたが、そこの同窓には碌なものとてはなかった。ここでも彼はいろいろの下等な悪事を覚えた。間食や、女義太夫の寄席を聴くことや、その他の青年のあらゆる破廉恥的行動である。

がいつの間にかそういう生活に慣れて来ると、その下劣な趣味、不道徳の快楽等に、相当の興味を見出すようになった。

学校を欠席することなどは何とも思わなかった。また食前食後ごろの、面白くない授業時間には、出欠簿の点呼に対する返事を他人に頼んで置いて、そっと二、三人で校門を抜け出て、近くの洋食屋で弁当を食ったり、菓子を食ったりした。そういう所の年若い女中に対して笑談を言うことを覚えた。

　急転直下に堕落の坂を転がり下ることが、急峻な丘の雪を滑り下ると同じような、一種冒険的遊戯として味わわれるようになった。

　が無論静かな夜などに自分の身を反省するようなことはあった。そうすると、もう長く意識の底に隠れているような、宗教心や道徳的欲求などが復活した。そして何時も井上の姉の姿が思い出された。その姿を思い出す時には、毎に甘美な道徳的感情が付随した。それがタンホイゼルをヴェヌスの洞から救い出した美女のように彼を贖罪と幸福とに導いてくれるものと思いなされた。

　巡礼の歌が「羅馬《ローマ》へ、羅馬へ、聖き羅馬へ」と響く。

　その哀調にも比すべきものは、「わが海軍の日の御旗」の歌曲であった。彼はある冬の日暮に櫟木の多い郊外の原を歩いていた時偶然この歌を思い出して、その一連を歌って見ると、名状すべからざる悲哀の情緒に襲われたのであったが、懐旧の情をそそるこの歌曲の悲哀の中には、新に井上の姉を思う哀愁の念が加味していた。

　その時分には彼はもう井上とはほとんど往復するようなことはなかった。たった一度会ったことしかない、年上の井上の姉の姿は、その後彼が転々として堕落した四年の間彼の瞳底から去らなかった。

即ち、後に彼がある貧しい看板絵かきの娘（一時寄席芸人をした女である）と関係ができて、それにおいて動物的あるいは人情的愛慕の欲の実際の対象を見出す時まで、かの空想的のマリア像が彼の心を支配していたわけである。

汽船が一声笛を鳴らした、多分向うから来た汽船への挨拶だったのであろう。その時は一時甲板の上の方に人の足音や話し声がしたが、少時するとまた元の闃然《げきぜん》たる寂寥に帰って、心臓の鼓動にも比《くら》ぶべき、船底の機関の音のみが、一種不安の印象を与えた。船室の外の夜も暗いらしい。

彼は窮屈な臥床に仰臥して、僅かの時間に自分の閲歴の大体を想い出して見たが、別段それから悲しい気分をも起しはしなかった。凡て素質により、境遇により、あるいは運命によって、人の道は決するのだというような諦念が、彼にいやな考えの起るのを阻止したのである。

一体自分が真面目なのか、狂気になっているのか分らない。自分は別段父親に対して反抗の心を持っているのでもない。しかしまた母親や姉妹というものに対して、そう深い親しみの感情を持っているのでもない。

ある妙な考案をして、自分の親の家に金を貰いに行くという自分の心はどうして起ったか分らないが、しかしそれは決して深い決心から来たものでも何でもない。ただある時偶然考えた思い付きからこんなことをするつもりになったのである。無論そのうちには、実際的の結果を予想した行動の外に、芝居気から出た衝動もあるには違いない。

　がしかし他に道がなかったからでもある。彼が東京に残した女は、我儘な悪婦である。それにもかかわらず、彼の生活の欲も楽しみも凡てその女から来ている。その女がなければ、彼はこの世に生きるのも面倒くさくないと思っている。

　一年来馴れ染めた女を喜ばすために、積年の恩ある故郷の親達を困らすということが、彼にはこの上もない愉快のようにも思われた。が、そういう方向の思想系統が消失してまた別の系統が意識へ現われ出ると、彼は身に迫る不安の念に堪えることができなくなった。いっそ身を海中に躍らしてしまった方が心易いと考えるのであった。

　そう思っていると、汽船はまたあわただしく笛を鳴らした。とこうするうちに機関の音が止った。船は進行を停止したらしい。今けたたましい響きのするのは、あれは錨を下すのらしい。その時突然船が強く動揺した。

　いよいよ自分の船を下るべき港へ着いたのだと思ったとき、彼の胸はたちまちずきんとしたのである。

お小姓児太郎／美小童

室生犀星

■むろう・さいせい　一八八九〜一九六二
石川県生まれ。金沢高等小学校中退。詩人。小説家。

初　出「お小姓児太郎」「中央公論」一九二〇年十二月
「美小童」「近代風景」一九二六年十二月
底　本「お小姓児太郎」『室生犀星未刊行作品集1』三弥井書店、一九八六年
「美小童」『室生犀星未刊行作品集2』三弥井書店、一九八七年

お小姓児太郎

一

髪結《かみゆい》弥吉は、朝のうちのお呼びで、明るい下り屋敷の詰所で、稚児《ちご》小姓児太郎の朝髪のみだれを撫でつけていた。快よい髪弄《いじ》りで睡不足の疲れが出て、うとうとと折柄膝がしらを暖める日ざしに誘われながら、い睡《ねむ》りをつづけていた。

頸《くび》すじが女のように白くたわわになり、梳《す》き手の揺れをつたえるごとに、弥吉の手ごたえを重くした。弥吉は、飽かずそれを眺めていたが、いかにも疲れ込んでいるらしい児太郎の様子が、それとなくお宿直《とのい》の、さまざまな取沙汰を思い出させた上、このように正体もなく居睡りをつづけていることが、軽い憎しみをさえ感じ出させた。生白い手をきちんと膝の上にかさね、それすら、ぐったりと、累《かさ》ね手の重みで感覚もないように見えた。お弓蔵近くの桜が白く晒されはじめ、詰所詰所では、うす睡い碁将棋の音も途絶えていた。

――或る日、ちょうど弥吉が奉公してから一と月ほどあと、児太郎は、自分の部屋へ弥吉を呼んだ。

「無聊《ぶりょう》だから盃をとらす……。」

そう言われて始めて弥吉は、詰所結いを望んで、児太郎の屋敷へ勤めたこと、鷹狩の、鞍ケ岳の池で始めて児太郎を見たことなどを話した。そのことも、何時の間にか児太郎にはわかっていたらしかった。行燈《あんどん》のかげで、静かに微笑ってみせ、自分でわざと酒をついでやったりした。そういう情事になれている児太郎は、高ぴしゃに弥吉を眺め下ろしていた。「爪を剪《き》ってくれい。」そう主人の命咐《いいつけ》を酔った手つきで、白脛《すね》の投げ出されたときは、実際からだが震えるほど、ぞっと嬉しかった。「下手だの。お前のをお出し。」そういう主人を、弥吉は、あわてて手で遮った。

「勿体ない。」

「いや関《かま》わぬ。指を出せ。」

児太郎は、自分の白い手の上に、若者の指を乗せ、ポツンと深爪を剪っていたが、みな肉が切られ、あかいものが滲んで出た。弥吉は指頭をしたたる血と、それの痛みを怺《こら》えるため顔を歪めていた。

児太郎は、弥吉の苦しそうにしている様子をみると、惨酷にちかい微笑をうかべながら、しまいに興もなさそうに手をつき放した。——主君利治公の御寝所で、ある晩、肩揉みをしていて、爪があたっていけない、どの爪だと、これも血のにじむ深爪を切られたことを思い出したのである。その自分が弥吉をこうするのは、べつに悪いことだとは思わなかった。

「弥吉、肩をあたれ。」

「はい。」

弥吉は、日頃思っている主人の、優肩《やさがた》に手を触れる快適さに身をふるわせ、肩につかまったが、爪さきが痛んで、指頭が立たなかった、「どうした、利かないじゃないか。」児太郎はそう叫ぶと、煩《うる》さそうに肩さきを振って、弥吉の手を払った。

「指さきが痛むというのか、これしきのことがなんだ。」

児太郎は、手を叩いて近侍を呼び、鞭を持たさせた。近侍がびくびくさし出した三尺なめしの鞭は、弥吉の、背すじに向って激しく打ちのめされた。弥吉は、絶え入るような声で、あたりをのた打ち廻った。ふゅーと鳴る音がすると、からだじゅうの肉地が一どきに裂けるような痛みを感じた。怨めしげに児太郎を見あげると、その真赤な顔は、百万石の主君の寵愛をほしいままにしているだけ、わけても逆上《のぼせ》気味で美しかった。振り上げられた二の腕の鮮かな白さが、うめき声を上げながらも、なお執念《しっこ》く目に残った。

「弥吉、いたむか。」

鞭を投げ出した児太郎は、そういうと、弥吉を抱き起した。ふしぎな発作のあとの、さらりとした児太郎の顔は、やや蒼褪め、凄艶《せいえん》として震えて見えた。

「お怨《うらめ》しゅうございます。」

弥吉は、あまりと云えば無理な主人だ。いっそ飛び蒐《かか》って白い喉笛を食い切ってやろうかとまで、劇しい忿怒《ふんぬ》にかられていた。

「弥吉、これを見い。」

児太郎は、くるっと背後向きになると、肌を脱いでみせた。美しいふた峯の背すじに、幾すじとない紫色を帯びた鞭の痕が、逡巡としてまざまざと残っていた。

弥吉は、一と目みるなり身ぶるいを感じた。そしてうつ向いて泪《なみだ》ぐんだ。児太郎は昂奮していたが、こんどは落ちついていた。しばらくしてから、弥吉は、顔をあげると、

「もっとお打ち遊ばせ。」

そう微笑んで言った。児太郎は、頭を振って、きゅうに女のように笑うと、強う、弥吉の目をさし覗いた。

「予がからだを自由にせい。よいか。」

児太郎は、寂しげな、しかも慣れた目付をしながら、それが常《いつ》も女のような姿をしつらえているように、立って弥吉の肩をそっと打叩いた。弥吉は静かに女性にみることのできない、いわば歯がゆいような凜とした美しい顔をあげた。

「ついて来い。」

児太郎は、そのまま部屋へはいった。間もなく弥吉は、主人の××××××のである。

——弥吉は、それからそれへと考えているうち、児太郎の惨忍な性情が日増しに募っていることが感じられた。鞭打ちなどより、慄毛《おぞげ》の立つような恐ろしい目に会ったりした。が、弥吉には、それが又不思議に、そうされるごとに、却って児太郎の美しさを滲み込むように体内に感じるのだった。そういう不思議な発作のあるごとに、児太郎の上気した、さっと鮮紅を帯びた頬は、いつも弥吉を恍惚とさせた。それに何時の間にか慣れてしまったせいか、静かにしているときの主人より、凶暴なときの児太郎がかれの総てを刺戟したからである。

　弥吉は、髪のほつれをすっかり仕あげると、居睡りをしていた児太郎はうっとり目をさました。

「つい睡って了《しま》った。ご苦労だった。」

　弥吉は、髪道具を前に、きちんと隔って坐って、優しゅう疲れている児太郎の、それゆえなお美しく見える目をみつめていた。いつになく児太郎は上機嫌であった。そういう日は殿宵《とのい》の首尾もそれと察せられ、弥吉は、とうてい容れられない妬ましさに、じりじり心を苛立てていた。

「今宵参っても苦しくないぞ。」

　児太郎は、機嫌にまかせ、どうしたら彼《ああ》いう目になるだろうと思われるくらい、艶やかに光をうるませ、微笑んで自分でうなずいて見せた。が、弥吉は……対手《あいて》のそういう好意のあり過ぎるときに、ちょいと気持ちが沈んでならなかった。

「いえ、今宵は参りませぬ。ゆるりとお休みあそばせ。」

児太郎は、すぐ顔色を変え、声を尖らせたのである。

「なぜ参れないというのだ。匹夫《ひっぷ》のくせに口が過ぎるぞ。」

「いえ、お疲れでございましょうと存じますので。」

弥吉は、恐る恐る、一つには児太郎を休ませるつもりだった。が、児太郎は、すぐ真赤になって怒り出した。

「無礼なことを云う奴だ。殿づとめするのを嫉《や》きおるか、たわけ。」

弥吉は、そうでない意味を言いあらわそうとすると、額口を扇子でぴしっと打叩かれ、巻きかえし打すえられた。弥吉は、そのまま縁側に手をついたなり、俯向いてしまった。磨きをかけた縁板に、児太郎の小姓袴の銀縫いの影がちらついていた。口が過ぎたのだ。言わなければよかったと、後悔が正直一図な彼を流涙させた。

「汝等ごとき蛆虫《うじむし》が分に過ぎた言い分だ。弥吉、面《おもて》を擡《あ》げい。」

「はい。」

児太郎は、そのとき故意《わざ》と声を低め、やや微笑をふくんだ眼眸《がんぼう》を弥吉にそそいで言った。

「そちにも予が殿づとめするのを苦しく思うか。」

弥吉は、揶揄《からか》うつもりでそういう児太郎であるか、それとも本気でいうのか、確めようと眼をさしのぞいたまま、急には返事をしなかった。

「返事をせい。」

弥吉は、しかたなしに

「左様にございます。」

そう答えた。児太郎は、弥吉の苦しそうにしている眼を、自分が難題を持ちかけたためだと思い、興がった。

「嫉妬の情は人間にあるものだ。そちもそれに駆られておるのだろう、包まず言うたらよいぞ。」

「いえ、そのようなことは御座いません。」

「では予をそちは思わぬのか。」

児太郎は、また嚇《かっ》として睨まえた。弥吉はどう言っていいか分らなかった。どう言っても歪《ま》げられてしまうのが何時もの言葉癖ゆえ、黙ってうつ向いた。そして低い声で、うつ向いたまま答えた。

「左様なことはございません。御主人様を束の間も忘れたことはございません。」

児太郎は、それきり奥の間へ黙って這入ってしまった。弥吉はぼんやり坐って、このごろは唯呵責《かしゃく》と折檻《せっかん》よりしか児太郎から受けない彼は、なおそこから脱け切れない自分を自分で呪うていた。ときには思い切って屋敷をぬけ出そうと心構えしても、やはり未練があった。そう言っても、これ以上勤めることは彼にとって日夜耐えがたい苦痛であったのである。弥吉は、檻《おり》詰めにされた優しいけだもののように、馴れるに従って卑屈になっていた。

二

夏が過ぎ、水の澄み工合がきまると、町の諸方から刀研師《とぎし》が呼び出され、腰の物お手入れが始まりかけていた。児太郎の屋敷でも、あぶら引きを済ましておさめられた刀剣類のなかに、児太郎は、主馬寮《しゅめりょう》にいる父親がするように、十八歳のかれにしては老人くさいような坐り方をして、焼きと光とから玉走る刃がしらの匂いをかいでいた。

弥吉は、鐙櫃《あぶみばこ》のほこりを鳥毛さいはいで、ぱたぱた払っていた。丸腰の、武家には珍らしい町人腰に前垂れをしめ、新しい手拭をあたまに着けている姿は、どこか、意気で、ならしげに児太郎にはながめられた。実際、いつも女役のかれにとっては、ふしぎに対手に、×××××××最中は、かえって快感が多かった。弥吉の、何でもない後姿が、習慣のせいか、児太郎を刺戟した。重い刀剣類を朝からいじくり廻したため、手の平のあぶらが柄糸《つかいと》に吸い取られ、かさかさしているほど、目も疲れ込んでいた。

児太郎は鋭い一本の、研ぎの入った小柄《こづか》に似たようなものの手入をすましかかったが、その薄手の刃がしらは、ナイフのように、ものの内部に刺し徹される味いを、しらずしらず刺戟していた。

「弥吉。これは何か知っているか。」

児太郎は、その小柄ようなものを差し出して見せた。

「馬刺剣でございましょう。そのように思われます。」

「戦場で用立てるものかの。知っているかどうじゃ。」

「馬斃《たお》れんとするとき、それを馬の尻につき立てて気附するものでしょう。」

弥吉は、そう答えたとき、なぜか、しまったという気がした。それは、児太郎の目のいろが粗暴な荒れ方をしながら、がちがち震えていたからである。

「よく知っているの。」

そう言って、凝然《じっ》として見戌《みまも》っている児太郎は、しだいに、その眼底に髣髴《ほうふつ》する焦燥をありありと燃え立てさせた。弥吉は、からだの竦《すく》みを感じた。――三角に削り立てられた鋭利な馬刺剣は、四寸くらいの長さで、きらりとキッ先きを、畳の上に向けられ、いまにもぷっつりと畳目にさし徹されるような気がした。

「弥吉、これへ来い。」

その目いろは最早や疑いもなかったため、弥吉は、鐙櫃に、にわかにさいはいを入れはじめた。

「これを済してから参ることにいたしとうございます。最早、日脚もあの通りでございますから……。」

庭後の、植込みのあたまにうすら日がちらついたまま、間もなくその影をおさめようとしてい、踏石のまわりの土もいくらか夕湿りを催しかけ、褐色に沈んで見えた。

「いや、ならん。これへ来いと申したら来い。」

弥吉は、震えた。が、つぎの瞬間には、児太郎は、大きな弥吉のからだを羽掻《はが》い責めに抱きすくめ、馬刺剣は、その××××××られた。弥吉が、小さい叫び声をあげたときには、児太郎は、馬刺剣を拭きながら立っていた。

弥吉は、つッ伏していたが、控え部屋へ手当をしに立って行った。一言も言わなかった。

児太郎は、蒼ざめた顔をゆがめ、悪いことをしたときの窮屈な冷笑をうかべながら、馬刺剣を庭木の肌を目がけ投げつけた。李《すもも》のいらいらした肌にぴいんと立ち、蜻蛉《かげろう》のように震え、やがて停った。児太郎は、病的にちかい目と手つきとから静まって、冷たい縁側にぺたりと坐った。弥吉は、とうとう来なかった。虫がひいひい啼いている、あたりは暮れかけはじめていた。

「なぜ其方は逃げ出したのだ。それほど痛むか。」

児太郎は、ふたたび弥吉が部屋へはいってきたとき、そう言いながら、顔を歪めている弥吉を見戍《みまも》った。その顔は卑屈にしびれ切って、眼底に微かな反抗がうずまいていた。

「無調法をお目に停らせると恐れ入りまするので、あちらへ参りましたのでございます。」

「ふむ。」

児太郎は、それきり何にも言わなかった。頭が静まると、次第に自分のしたことに、いつものような後悔が募り出すのを感じたのである。

「痛むか。」

「いえ。」

弥吉は、わざと元気に立ち働いて、部屋じゅうに散らばった物を片附けはじめた。が、ときどき苦しそうに腰部をさすりながら、児太郎を偸《ぬす》み見た。その目の底に燃えるような憎念がたぎりぎらついていた。

「其方、斯様な目に遭って無念に思わぬかな。」

「すこしも思いませぬ、よく御存じ上げて居りますから。」

「では、予が為《す》ることを先き以って存じていると言うのだな。」

「何となく感づくことがございます。」

そういう弥吉の目には、測り知れない例の憎念が、微笑んでいるに拘わらず、児太郎の目に停らぬ程度で現われていたのである。とうてい叶わない諦めもあったが、それにしては消えがたい底強い光が潜んでいたのである。

つむいていた。

「弥吉、殿勤めはつらいぞ。」

児太郎は、そういうと後悔の念《おも》いを今はハッキリと面にあらわした。弥吉は、黙ってうつむいていた。

三

そのうち不思議にも、児太郎の乱行は、ぱたりと止んだ。そのかわり殿宵の勤め泊りの声も、おかみからは下りなかった。夜は、ほの暗い行燈と虫声の繁い屋敷うちに、児太郎は端然と寂しく坐っていた。弥吉は、それを知ってから、なるべく児太郎に顔を合さぬようにした。

弥吉は、鞍ケ岳の池のまわりで、そよりと立った鷹狩の、児太郎の可憐な姿を、いまは何処にもみることができないのに気が附いた。ふしぎにお小姓は、長くて三年の器量といわれているだけに、もう児太郎の顔容は、その目つきばかりでなく、コワそうなうす青い髭の芽生えからも落ちかかっていた。その何よりも荒れ沈んだ眼底には、しおらしゅう匂う色艶がいつの間にか掻き消されていたのである。弥吉は、そういう児太郎の沈んだ姿を、下座敷のなかに、夜はいつも何ごとをか考え込んでいるのも見た。それと同時にふしぎに弥吉の心にも、何となく児太郎を慕う気が起らなくなっていた。呵責と折檻とから放されたような彼にとって、思いしずんでいる主人を時にはこころ宜《よ》いまで復讐的な気分でながめていたのである。

或る晩、髪を上げてくれるようとのことで、弥吉は、そのうしろに立ち、鏡立てをした児太郎が静かに心沈むという風に、それを覗き込んでいるのを、例によって、むしろ投げ遣りな気もちでながめた。

「お上からのお召しも遠いようでございますのは、心がかりに思います。」

弥吉は、そう多少皮肉な気分で言って、しずかに髪の地に櫛をいれた。

「いや、そのうちにあろう。上は忙しくあらせられるからの。」

児太郎は、新参の大隅という、二つ年下の、鶯《うぐいす》のような声音をしている小姓仲間を思い出した。それの出仕と同時に自分への沙汰のなくなったことを考えると、なよらしゅう立働いている大隅が憎くてならなかった。

「弥吉、そちは大隅をみたことがあるかどうだ。」

弥吉は、瘠《や》せてはいるが、今小姓仲間の孔雀といわれている大隅を、そう言われて急に思い出した。なぜか児太郎とくらべものにならない気がした。

「ぞんじて居ります。」

「予といずれが際立ちおるか。つつまず申してくれ。」

弥吉は、すぐ返事ができなかった。そのため、立鏡にうつる自分の顔をわざと鏡の外側へずらせた。が、そのとき児太郎はそれを素早く見つけた。

「どうじゃ。」

「はい。」

児太郎は、その隙間にぐさりと突き込んで言い放った。

「予の方が劣るか。」

弥吉は、こう言い乗せられると、益々あわてて吃《ども》って、あいにく、喉絡まりをした声がかすれて出なかった。

児太郎は、立鏡を足で蹴り上げた。裏切りものめ、そう叫んだ児太郎は、髱《かもじ》にかけた弥吉の手をとると、いきなり庭さきへ叩きつけた。起上ろうとするのを上から乗り寄せ、丁々と額を打った。弥吉は、唇を噛みしだきながらも、手向いをしなかった。そして正面から児太郎の顔をゆっくり凝視《みつ》め、冷えわたるような笑みを漏らした。

「児太郎様にくらべると、大隅さまはずっと立派に居られます。」

児太郎は、身うごきもせず、そう大胆に言い退ける弥吉の顔をむしろ呆然とながめた。その口惜しさは一どきに頭を混乱させ逆上させた。はんたいに気持ちは落ちつき返っていた。

「そちでもそう思うか。」

「はい。」

弥吉は、そのときどういう酷い目に遭うかわからないと思ったが、却って冷然としている主人をみると、自分があまり急所を衝《つ》きすぎたような気もした。一面から凋《しお》れている児太郎にたいする日頃の鬱憤がいくらかずつ晴れてゆくのを快よく感じた。

「部屋へ下ってようございますか。」

かつてそう言い出したことのない弥吉を、児太郎は自身にひきあてて、悲しげに打棄《うちすて》るような調子でしりぞけた。——弥吉は、部屋へかえると、通しをかけてあった大隅への奉公口の返事を、口入業のある町家をさして出かけて聞きに行った。どうせ浮いた髪結業だ。それにこの屋敷にいる気がしなかったからであった。

翌朝、弥吉が暇乞いに出かけると、児太郎は、黙って、それを許した。そのとき主人は最早や稚児袴を着けずに、わざとらしく鉄扇を持ち、座敷に坐り込んでいた。弥吉は、冷笑をふくんで、児太郎の屋敷を立ち出でた。

美小童

一

むかし、紫金台寺《しこんだいじ》、御室《おむろ》に、千手という美々しい童がいた。七つの孔をふさいで笛吹く指さきは、弱々しげであったが、その触りは優にろうたげであった。

「千手さまのお通りになったあとの匂いは耐りませぬ。」

猥《みだ》りがましい町の端《はし》た女《め》らは若い千手の体臭を乾いた秋の日の中に、嗅ぎあつまると言っても嘘ではなかった。それほど千手は美しい瞳と頬と、張った男らしい丈夫な大腿《ふともも》とを持っていた。千手自身も町の女らに会うと自ら微笑《わら》うて、美しさを頒《わ》ける心になっていた。

或日、千手は高い築地院の木扉のかげに、けん紋紗の両面の水干《すいかん》の袖に、むばらこい雀を縫い合せた紫の袴をはいた姿をして、御室への道を辿ったのであったが、ふと、自分より十間くらいさきに、同じい紋紗の袖に、蝶くずしを綾に縫い抜き、上を濃い紺に、下ほど薄い白地の袴をはいた美しい童の歩いている姿を眺めた。その美しさはあまりに女子めいていたが、町の女らは今日は千手に眼をとめないで、その童の嫋《たお》やかさに見惚れていた。

「あの童はどこから來たのだ。」

千手は供にそう尋ねたが、供はまぶしげに手を額の上に置いて、あれは参河さまにございます。御室さまのお招きであがる噂になっておりますと答えた。

千手は参河に追い付いたが、何故か心に打たれる美しさがあった。参河の方でも千手に眼をくれたが、間もなく二人は去り気なく別れた。千手は供のものに囁いた。

「美しい童ではないか?――」

供のものは千手の心を思い察して返事をしなかった。

御室の御前で千手は何時ものように笛を吹いたが、喉かすれが笛の音にも入り乱れて、冴えを発することができなかった。左の親指がともすると孔を隙間つくる程、心は参河の美貌に嫉《ねた》み傾いていた。

「笛の音色が曇っているではないか、何か思うことでもあるのか?」

御室は千手の憂しげな眼と、笛のくもりに心を留めて言った。

「いいえ、そのようなことはございません。きょう道すがら池の鯉が蜂を食べていたのを見て気分すぐれぬのでございましょう。」

「それはまたどういう訳か?」

御室は稀《めず》らしげに耳を立てられた。きょう道すがらの池に、鯉が水を濁しておりますゆえ、立ち寄って眺めておりますと鯉がどのようにして落したものか、一匹の蜂をツッついているのでございます。蜂は水の中でくるしみながら息もたえだえになり、鯉のためにその羽根をつつかれているのでございます。蜂の羽根というものは鯉が好きと見えるのでございましょうか、それとも藻のような触りを感じさせるのでしょうか、ともあれ蜂はそのうち何度も水の中に引かれて、もうその肢《あし》をうごかさなくなりました。その時分に鯉は蜂を嘸《の》みくだしたのでございます。わたくしは怖うございました。

「それゆえ、わたくしの笛の音がいつものように立たぬのでございます。」

千手はそう答えたが、眼の内にあざやかな参河の姿がうつり、悩ましげに心を刺してくるのであった。

「蜂は鯉の腹を刺しはせぬか。」

御室は不安げに言ったが、「いいえ、もう蜂が死んでからでございました故、なにごともございませせぬ。」

千手は笛に拭布《きぬ》を当てながら言った。

「御身のような心やさしいものがそのようなものを見ては、心いたむであろう、笛はもうよい。」

千手は錦襤褸《つづれ》袋に笛をおさめた。こよい、月の催しにも出なくともよいという御室の言葉であったが、千手はその言葉を聞き流すことができなかった。

「わたくしは今宵こそ笛を吹きとうございます。今の不首尾に代えるために是非上りとうございます。」

「しかし疲れているであろう。」

「いえ、疲れはいたしませぬ。」

御室はそれ以上何も言わなかったが、なにか悩ましげであった。あるいは今宵参河が初見に上るのではなかろうかと、千手は幽かな震えを心にも体軀にも感じた。

千手は外書院の長廊下から下りて来る時、折柄、廊下の果にふいに浮び出た美しい蝶くずしの袖を見、参河だと思うた。ではやはりここに来ていたのかと、寵深かった己れがこの日頃そのつれない長廊下をすごすごと帰る身を思い返した。

参河の姿はあともどりして消えた。

二

月の宴には参河は御室の傍近く坐っていた。千手は笛も吹かずに御室の前を下ったが、参河の美しさは御室の寵をほしいままにしていることが分り、千手は久しく紫金台寺の苔を踏むことをしなかった。

千手は御室の心にそわぬ己れを殆ど無常に近い心で下り、宿の椽《たるき》端に毎夜の月の欠けゆくのを眺めながら、諦らめた心でいた。もう月も欠け欠けて、糸のように繊《ほそ》れゆく晩のことだった。二頭の白い馬が雲の間を駛《はせ》ると夢見てさめると、にわかに鏡を立てて久しぶりで眺めた。憂い、寂情のために蒼ざめてはいたけれど、美しさは清まる一方だった。雲の間に駛る白馬を夢見ることは、むかしから吉報がおとずれてくる印《しるし》である口碑《こうひ》があった。

気がつくと表に御室からの使者が立っていた。

「いまごろ御使いのことは何故でございます。」

使は白絹の千手への包みを下げていた。

「お招きにございます。」

「わたくしは用なきうつけもの、御室へは色あせしものをお呼びなきようおつたえ下さい。」

千手は無理に使をかえして、幽居の内に己れを遊ばせる気安い心になっていた。月が西へ廻る初更《しょこう》に御室からの使は、再び千手の門口に立っていた。

「枉《ま》げてのおまねきにございます、お立出でをおねがいいたします。」

千手は辞《いな》む言葉が無かった。支度して久濶《ひさしぶ》りで御室へ参じた。月更けた御室には、まだ人々は明るい燭の火を継いだばかりの賑やかさで笊が終ったばかりの静かさであった。

「千手、ひさかたぶりで舞うてくれぬか。」

「…………」

千手の憂愁はろうたげな皮膚の上にあらわれ、指さきもしなやかであった。千手は膝の上と袖の塵を軽く払うと、

過去無数の諸仏にも
すてられたるをいかにせむ
現在十方浄土にも
往生すべきこころなし
たとひ罪業おもくとも
引接したまへ弥陀仏。

千手の心は一座の人々につたわり、みな頭を垂れて、悲しめるもののようであった。御室は涙もよおす心もちで、千手を凝視の後、きょうは久かたの鮮やかな美しさに愁の色も加わり、耐えがたく、憐れであった。その憫れむ心は昔日のなさけを御室のこころに加えて行ったのである。

「千手、嘆いていたか?――」

「いいえ、わたくしは唯、月のほそれるのを一日ずつ数えていたに過ぎませぬ、こよいはまるで月も糸のようにございます。」

寝所を囲む夜冷たい老松《おいまつ》の幹の間に、幽かに月がほそれて懸っていた。興宴の人々はその月をながめた。誰の心にも秋夜の物哀れさが住みこんでいるのを知り、その物あわれさは千手の今様の歌をきいたときから起った哀れさであることを知った。

「わしの心はそとに向いていたが、いま月の暗くなるのを数えていたお前に、泪《なみだ》をさそわれた。わしはいままで哀れを知らなんだ。わしを怨むことはせぬか。」

千手はそのようなことの有りませぬと、頭を垂れた。

「千手よ。」

御室は千手の手をとり寝所への、椽高い夜深い板の間を行った。そのみちみち、千手の柔らかい、小さい蟠《わだかま》りのあるからだを抱かせ愛せられた。

「このようにわたくしが再びあるとは思いませなんだ。」

「わしの心はうごいていたが、また元のおん身にかえったことを喜んでいる。」

御室は洛中に二つとない美しい千手を、しずしずと己れのかたえに寄せられた。

三

ほとほとに夜は更けて軒を繞《めぐ》るものは松風ばかりであった。明けると御室は枕もとに薄葉の紙に書きつけてあるものをふと眼に入れた。

尋ぬべき君ならませばつげてまし入りぬる山の名をはそれとも

覚えのある手蹟だと思うたが、正しく参河の手であった。昨夜、千手を求めたので、もう参河は味気なく去ってしまったのか、御室は千手にその薄葉の歌を見せた。

「参河どのへわれらは何と言いようも知りませぬ。」

優しい千手は、己れ用いられ、参河用いられぬを身に引き当てて物さびしく思い鬱《ふさ》いだ。

「お前は古くからわしのそばにいるものだ。嘆くな。ただ哀れなのは参河の身である。」

御室は、朝早くの使を立てて参河を呼びに遣ったが、行方知れずとだけで、誰も知るものがなかった。千手は己れ自身も思いふさいでいて、まだ話したことのない参河に逢いたい望みを有《も》った。

千手は御室の前を下がり、朝夕に参河をたずね歩いた。町と家々、寺や院の房々。しかし参河の姿はなかった。千手は御室の使が日にしげく門を叩いても、

「しばらく待たれよ。」

と言ったきり、もはや御室へ上ることをしなかった。身についたは寒い無常感であった。参河に会うことだけが、いまの千手の望みにすぎなかった。

千手は或日、高野山の下で、参河がこの山の上にいるということを聞いて、ただ、あて

もなくとぼとぼと歩き出した。霜月の終りの寒さは枝葉を透いて、千手の繊《ほそ》いからだに沁んで來た。

「美しい若ものを此の山のほとりで見ませぬか。」

かれは路で行き会う人ごとにそう尋ね、同じい溜息をついて登って行った。かれの頭には御室の寝所もなく、唯、参河に会うことの樂しみだけであった。しかし彼自身は参河をいつぞや町で見たときから、恋い慕うていることに、まだ気がつかないでいた。かれ自身は参河に同情《おもいやり》していること、さぞ自分がいるために辛い思いをしたであろうということのみに、考えを置いていた。しかし依然《やはり》参河を恋うていることを知らなかった。

とある松林の中に美しい泉があった。千手はそこにしばらく憩《やす》んで、冬の迫った瘠《や》せた草に眼を遣ったが、ふと幾十日となく手入れをせぬ自分の顔に手を遣った。皮膚は荒れていた。

山河の荒きにしみてわが袖の破れを問はむ人を求めなく

千手は間もなく松林を出て、山うばのいる茶店に辿りついて、山童を使して記して御室に送った。

小松林

綿貫六助

■わたぬき・ろくすけ　一八八〇〜一九四六
群馬県生まれ。陸軍士官学校卒。一九一四年に除隊後、早稲田大学文学部英文科を出て小説家となる。

初出・底本『霊肉を凝視めて』自然社、一九二三年

この一篇を私の最愛なる
老漁夫の霊前に捧げる。

一

哲二は、変人なので、将校仲間からも組外れにされていた。日曜や祭日には、ほかの将校たちは、上官を訪問したり、倶楽部や集会所あたりで、酒を飲んだり、玉突きなどをしているのであるが、哲二は同僚などの知らないこっそりとした楽をあてに、衛戍地《えいじゅち》からかなりに遠い、郊外の方へ出てきたのであった。

とある道際の土手に腰をおろして、帽子をとると、五月の明るいかげろうのなかに、まっ白な額があらわれて、普段の日にやけた顔を一層黒く見せた。彼は、急《せ》く気を静めるようにして、上衣の釦《ボタン》をはずし、汗でにたにたとする胸に風を入れたりした。

S市の街道を通ってくるときには、厳めしく突ッ堅めた顔が、はじめて本当の哲二に帰ったらしく、子供のようににっこりと笑った。というのも、彼がいつも監獄か何かのように思っている兵営から脱けだして、小鳥のように飛び廻ることのできる悦しさに、若い胸の血の躍るのを押えることが出来なかったからであろう。

新緑のなかに、見えかくれする百姓家、まだすき返さない田圃《たんぼ》一面に、紫、赤、白などをまぜた蓮花草、殊にもいろいろな香を含んだ微風が、ゆるやかに流れまわると、どこからともなく、麦の穂の薄緑色の波が起って、菜の花の花粉に酔った蝶々が、ひらひらとまいこぼれたり、風のなかを泳いだりした。

野道を横切って、足許をぬるぬると滑る小河の水が、薄曇りの底明るい海気の滲んでいる真珠のような空色を映しだしていた。

ひと息吐くと、彼は、汗をふきふきたちあがって、またせかせかとあるき出した。

広々とした田圃のそこ此処にある村の間をぬけてゆくと、彼の眼の前には海の景色が一歩一歩にひらけてきた。

もう、黒い松原の間から、波にぬれた砂浜が見える。その向うに盛りあがったように見える濃碧の海原は、どこから起るともない白い波を松浜の方に押しよせて、岸へ岸へと打ちつけていた。

哲二の胸は、こうした海の美しさにのみ波打つだけであろうか。不思議な楽しみが、彼を待っているのである。

それは、梅の花が寒げに光っている頃のことであった。哲二が、中隊の兵を連れてこの海岸へきたとき、とある村端れの茶屋で、ふとしたことから知り合いになった、船頭の親方の、ハーキュリスのような好老爺が、彼をまっているのである。

哲二にとっては、地団太をふみ身をふるわせるほど恋しく思われる、あの船頭の倉吉爺の住む漁村が近づいてきた。懐かしくてたまらない海の匂いが漂ってきた。海よりの方と、松原の方へはいる別れみちまでくると、彼は少しくやせた顔を右の方に傾けてたち止まった。

すぐ爺やの所へ行こうかしら。まてよ、それとも、この前初めて逢った茶屋まで行ってみようかな？　茶屋にはいないかもしれん。三、四艘でいつも乗り出すということだったから。まあ、とにかく茶屋へゆこう。そこから何処へでも、爺やのいる所まで案内してもらおう。こう考えをまとめると哲二の胸は、どきどきッと高鳴って、悦しさに全身がぞくぞくとしてきた。

気が急《せ》くにもかかわらず、倉吉にあう前の悦びを、沁々《しみじみ》と味わいながら、哲二は道ばたの土手に腰をおろした。手袋をとった右手をポケットに衝《つ》っこむと、新らしい俸給袋の角が気持ちよく指にさわった。

と、彼の眼には、倉吉の顔が浮びだした。栗のいがのようなごま塩頭、きょとんとした人の好さげな眼つき、大きい鼻、部厚な唇がくっきりと見えてきた。それにつれて大きな手足や、子供のように出張った下腹や、可愛らしい笑顔までも思いだされた。

来るなら二、三日前に端書《はがき》でも出すようにと倉吉から云われたのだが、哲二は自分に対して何の心設《もう》けのない倉吉が見たさに、殊更ら手紙を出さずに、だしぬけにやってきたのであった。

哲二は、ふと、同性愛の対象をなくした外国のある紳士が、泣きながら月の夜更けに海辺を歩いていたとき、突然、夢かと思われるような、大兵な漁夫に出逢って、前に亡くした偉丈夫の再来を神に感謝したという、その胸の悦びを思いだした。哲二には、そのあわれな紳士の気持がよく解った。海に立って、胸をとどろかせたり、うれしがったりした紳士の寂しい姿がみえるような気がした。

戦場に見た恐ろしい死の影も、幾回か経た重い負傷も、哲二は烈しい意志の力で征服してきたのであった。が身内から起こってくるこうした不思議な魅力をどうすることもできなかった。

哲二は、十七の秋から八年ほど軍隊生活をしてきた。その間じゅう圧えつけられて凍てついたような美しい情緒は、ある動機から不思議な方へ芽を出したのであった。で彼のミケランゼロが憧《あこが》れたような力強い男性の肉体美に霊魂のとろけるような魅惑を感じるようになったのであった。

彼は、初めて倉吉に逢ったときのそのもの云いを思い出して、にっこりと笑った。そのとき倉吉は、白粉と紫がかった顔の木地が、別々に光るような、血太りのした茶屋女のなかに大あぐらをかいていたのだった。

「こんなよかいいな軍人さんと飲んだら、酒もうまかっぺなあ。おい軍人さんや！　お前一

殺意
サスペンス小説集

井上 靖

文庫オリジナル

愛憎、秘密、悲哀……。戦中戦後の混乱期を背景とした昭和サスペンスの至宝。表題作ほか、「傍観者」「雷雨」「ある偽作家の生涯」など全九篇。〈解説〉米澤穂信

●946円

チキンライスと旅の空

池波正太郎

自分が生まれた日の父の言葉、初めての人と出会う旅の醍醐味、薄れゆく季節感への憂い……国民作家が語る食、旅、暮し。座談会「わたくしの味自慢」収録。

●968円

台湾鉄路千公里
完全版

宮脇俊三

一九八〇年、戒厳令下の台湾全線乗りつぶしの旅のエッセイに、増設鉄路をカバーし、全島一周を達成したその後の紀行を増補した完全版。〈解説〉関川夏央

●1100円

人でよっくら遊びにきなせえや。静かなとこがよければ別荘もあるだよ。こんな片田舎でもあまッ子だって何ぼでも好きなのがいるだから……あッはァ……」

　めぐりに立ってきいていた兵士たちが、おもしろがって笑うと、倉吉も大きなからだをゆすって笑った。赤い歯ぐきの端れにくッついている黒い歯をむき出し、眼頭にはみだしてる白い肉をふるわして笑った。その時にちらりと見えた胸毛あたりから、熟柿のようないい匂いのする酒の気が、むっとするほど気持よく哲二の鼻を打ったのである。

　彼は、なつかしげに、あたりの匂いを嗅ぐようにしながら、急にたちあがって、漁村の方へ駈けだした。

　藍色に染まった遠くの山の上に落ちついた夕日は、ルビイのような光を斜めに海に投げかけて、黒ずみかかった水の面に、点々と浮いてる帆を、真ッ白く光らせていた。

二

　夕暗《ゆうやみ》のなかをたどってきた哲二の眼には、吊り洋灯《ランプ》の黄色い光が、軒に斜に立て掛けてあるよしずのわきから、まばゆくぱっとさしてきた。と、倉吉のなつかしい横顔が、くっきりと彼の眼に映った。彼は、店に入るのをことさらためらっていた。悦しさに躍る胸を両手で押えながら。山羊《やぎ》のような眼が、ちらりとこちらをすかして見た。

「誰かきたようだ。たれしゃ？」

　太い地方訛の声が、静かな漁村の夕暗のなかに響いて、大きな躰が少しく前こごみのまゆらゆらと出てきた。哲二は、それに吸いつけられるように急いで近づいた。倉吉は、太い煙管を摑んだまま、上り框《がまち》の端まできてちょっと腰をかがめ、長い眉毛の下から嗅ぐようにすかして見た。

「やあッ、中尉さんか。よッくとこらしッたなあ！」

　倉吉は、自分の眼を訝《いぶ》かりでもするように、夕暗のなかをまじまじと見すかしていたが、うれしげな気持は、顔じゅうに浮きあがっていた。哲二は倉吉を慕う自分の心持とは、まるで別なことを云っていた。

「海の景色も随分よかろうと思って、散歩かたがたやってきたんです……けど……」

　こう云って哲二が甘えるように肩をすぼめると、倉吉はにがみ走った顔じゅうを子供のように笑いくずして、幅広の肩をゆすりながら、

「よッくこらしったなッ！　足が疲れさッたんべ。はーあ！　可愛いな軍人さんは。よっぽどおそくあっつァさ出てこらしたか？　道が随分と遠かったべなッ。」

「いいえ。大変に近かったんです。この前の半道ぐらいにしか思われませんでした。」

　倉吉の方では、思う存分に、その胸の思いを云い表わすのに、哲二は、倉吉を恋しいと思う自分の気持を少しも云い出せなかった。倉吉は肉づきのいい尻ッぺたからすべり落ち

そうなへこ帯に、大きな煙草入れを差しこみながら、

「まあ、こッつァさ上らんえッてば、中尉さん。」

哲二は、いそいそと火鉢のそばへ座った。腰掛けで、コップをあおっている老爺が、驚いてこっちを見ている。今迄女とふざけていた若い衆も、急に座りあがったりした。女たちも金切声を潜めて驚きの眼を哲二の方に向けた。で倉吉は得意げに、女たちを叱り廻したり、要もないのに何か云いつけたり、女たちに一言云っては哲二の顔をのぞき、また一言云っては哲二の眼を見た。

するうち奥の障子の影から出てきたのは、三十恰好のちょいと垢ぬけした女であった。哲二は眼早く、妾だなと観てとった。と急に云いようのないさびしさや、焼きつくような嫉ましさが、哲二の胸のうちを掻きむしった。

倉吉は、火鉢の向うにあぐらをかいた。

「よッくこらしった。ふんといに、よッくきてくらッしった。今夜は、林の家《うち》さいって飲むべえ。夜なかになったらば、海からお月さまもあがらっしゃるべえ。あッつァの家《うち》さ泊りさせぇてば！　な？　中尉さんや。」

こう云いながら、障子のそばに立っている女の方へふり向いた。その自慢らしい倉吉の顔が、哲二には、にくらしくも、可愛らしくも思われた。女は、艶のいい丸髷の手柄の淡紅色と、円みのある顔の薄化粧がしっくりとあって、紡績か何かの大柄な模様の袷に、繻

子の丸帯もよく似合っていた。めりんすの襦袢の下からすっと出た、ぽっちりと太ってる白い手が、古風な銀の平ら打ちのかんざしに触って、たっぷりとしたたぼのあたりを軽く掻いたりしながら、

「いらッしゃいまし。」

甘っ苦しい嬌態をしながら、魅力のあるぱッちりとした眼を哲二の方に向けた。

「おとッつァん！　私の留守に大勢の兵隊さんと一緒にきた、面白い将校さんちうのは、このお方なのかえ？」

と、倉吉は、にこにこしながら、

「うんそうだ。中尉さんだ。渡辺中尉さんだ。ほうれ、おたつ、何うぼんやりしているだ？　お茶を入れろ。」

おたつに凝《じ》っと見られると、哲二はぽっと顔を赧くした。

「この前は、隊のものが大勢あがりまして、いろいろお世話になりました。」

おたつは、徐ろに座って、ペッかりとしなう白い指を畳につけた。

「はあ、そうでしたか……よくまた、お出でくださいましたこと。」

哲二は、渋色の頑丈な爺と、美しい女を見較べながら、自分が憧憬《あこが》れて倉吉のうちに求めてるものは、もう、とうの昔に、この女の手に確《しっ》かりと握られているなと思った。いてもたってもいられないような、ねたましさや焦燥《いら》立たしさが、ぐるぐると胸のうちを渦巻

いた。倉吉は、大きな獅子ッ鼻を、掌ではすに上の方へこすりあげながら、

「中尉さんや、こりゃうちのばばあだ……」

おたつは、それに続いて特別な声を出した。

「まあ、お初めて、どうぞよろしくお願申します。」にっこりとして、大きな丸髷をさげた。哲二の暗くなった顔を、倉吉はすぐにみて取った。

「これおたつ、おめえ本家へ行って、作のやっこに林のうちさ掃除させろや。あかしを持ってってな。」

おたつは、倉吉と何か眼くばせをしながら、帯の上に前垂をしたり、白地の手拭をおッかさん被りにしたりして、そわそわとでて行った。で倉吉は、哲二の顔を見入って、

「あれはこの店を預けとくだけなんだ。下女と同じだ。何も心配はねえだ。俺らはもう年さ取ったで、女にャ用はねえだ。中尉さんやお前と二人で飲むのが一ッちよかいだから。」

倉吉は、こう云いながら、大きな手で哲二の肩を摑んでなだめた。哲二はおたつがいなくなると、爺に対する恨めしさが高じて、ぐっとこみあげた。あぶなく泣きださないばかりになって息をはずませていた。が、倉吉が自分の微細な気持を、よく知っていてくれたのが、うれしかった。で哲二はとうとう、なき出してしまった。

三

茶屋の世話やきで疲れたおたつと、船から帰ってきた倉吉が、本家のどさくさしている孫子から離れて、二人でゆっくり骨を休める所が、この林の家《うち》なのである。

それは、小さなかやぶきのまッ四角な平家であった。小松の繁っている小高い岡の上にあるので松の葉越しに海がちらちらとみえた。広い土間に接した板敷には、藁ねこだが敷きつめられて、上り框《がまち》の所には、大きな囲炉裡が切ってあった。官軍騒動か何かの錦絵が、鼠色にぶちた古唐紙を境にして、縁なし畳を敷いた八畳の一間が、念に箒を入れたらしいその後に、かびくさい臭気を漂わせていた。軒場には、空き樽を埋めた小便所があって、その臭いが座敷まで海の風と一緒に流れこんでいた。

古びた飯台に向かいあって、倉吉と哲二が座った。おたつは、茶屋の方から、酒や煮肴などを運んできた女と、炉ばたで何か話していたが、その女が帰ってしまうと、自分もあつ燗の徳利をもってきて、二人の間にすわりこんだ。

倉吉は、厚ぼったい唇に肴の小骨などをひッ付けたまま、除隊記念か何かの大きな盃であおり立てていた。愛嬌のある皺を、眼尻によせながら、干した盃を哲二に渡し、銀のような髯のまばらに生えてるあごで、女にお酌を云いつけ、渋うちわのような掌を頂くような恰好に哲二の方へさしあげて酒をすすめるのであった。

おたつは、盃の糸尻をちょっと乙につまみ、まるい顔を少しかしげるようにしながら、しなやかな手首もろとも徳利を外がわの方にまわして哲二の盃に注いだ。

哲二は、二人の盃を引き受け引き受け心持よく飲んだので、間もなくべろべろに酔ッ払ってしまった。

囲炉裡の釣竹に吊さってる大鍋には、円切りの青い魚が、山のように塡《しず》めこまれて、塩辛い匂いを湯気に渦巻かせて、脂をぎらぎらと光らせながら煮えくり返っていた。

おたつが起って海よりの障子をあけると、黒い海の上には、まっかな半円の月が、いつの間にかかなり高く昇っていた。月のまわりには、淡紅色のうす雲がかかっていた。深夜の月は、数知れぬ波のうねりを貫いた幾条かの金線を流して、きらきらとこまかくふるえていた。

「どうだえ中尉さんや！　佳《え》え所だべえ。」

凝っと見惚れて、何かの音でもきこうとするかのように、きき耳を立てている哲二の顔をみると倉吉はこう云って自慢した。

「中尉さんや、俺らは何ぼお前を待ってたかしんねえだぞ！　今夜はお前がきてくれてよかいだ。それ、ちゃッちゃッと注いであげせえ、おたつ！　何う、中尉さんの顔《つら》べえ見てるだ？……　本家から蒲団もきたしと……中尉さん、俺もな本家は伜がよくやってけるし心配ねぇだ。隠居仕事に海にゃ乗りだすが大抵うちにいるだ。茶屋の方から、これが、俺の飲み料位はけるしな。したがお前も鎮台勤じゃ、気がつまらッしゃるべな。どんたくにァいつも遊びにきなせえ。おたつと二人で待ってるだッぺちゃや。こうなればお前は俺らの子か弟だッペッちゃや。あッはは……ああそうだ、おたつ、中尉さんを本家の方へも連れてぐべえな。」

　おたつはぼっちりと赤くなった笑顔をふった。

「あんなごたすたのなかじゃ、渡辺さんの気保養にゃなりませんよ。やッぱりこっちの方がいいんですよ。ね？　渡辺さん！」

　おたつの顔は酔がまわってくると白粉焼けも、ちょっと曇ったような青みも消えて、生き生きと輝いてきた。その眼は、何とも云われないほどいい魅力を強めてきた。

　女にもかなり関係しないでもなかったが、おたつからのような沁《し》んみりとした魅力を受けるのは哲二にとってはこれが初めてであった。倉吉に対する不思議な恋心が、おたつから受ける身うちのとろけるような真紅な蠱惑《こわく》に、ぬりつぶされてしまったような感じを、哲二は沁々と味わったのである。

　倉吉と哲二の関係を、おたつが素早くのみこんだのは、妙に擽《くすぐ》ったい感じを哲二に与えた。そしてそれが妙にうれしかった。

　倉吉は調子づいて躍りだした。その無恰好な毛だらけな足が、未来派の画のように、乱れて幾本にも見えた。そして畳の波がざわざわとそれに織りまざっていた。哲二の眼はあぶなげにすわって、胴から上が留度《とめど》もなくぐらつき動いた。

おたつも自慢らしい声を絞りだして、二上リ新内をうたいだした。その節廻しにも、いい声にもさびしみが流れて、人の世の険しい道をあるく孤独な女の姿を、思わせずにはおかないような味があった。

倉吉も大きな手をもてあまして踊をやめて、哲二に引ッつくようにどしんと大きな尻をおろした。

海も月も雲も人も、女のかんがあり、のびがあり、うらがあって、なだらかに流れ廻る唄声にうっとりと聴き惚れていた。

哲二は、かなしくなってきた。自分の惨めな過去の心の絵巻物を眺めてか、光のない暗い未来を想ってか、青ざめたように酔った顔からは、とめ度もなく熱い涙が流れ落ちた。倉吉は、ぎごちない腕を哲二の肩にかけて、無暗《むやみ》にゆすぐりながら、

「こうれ！　なぜ泣くだ？　これほど俺が可愛がってやるだのに。そうれ佳ぇ晩だ、月でも見さっしゃれッてば。」

哲二は、うれしげに涙を光らせながら、食吉の胸に縋って、その熱い頬に接吻した。哲二の熱い涙が岩のような倉吉の胸にかかった。

倉吉は、荒い鼻息を吹きかけながら、太い腕で、すらりとした哲二のからだを抱きなが

ら、飯台のわきにばったりと横に倒れた。節くれ立った腕で、哲二の背中をたたきながら、鼻に掛った妙な声を出して、子守歌の節らしいのを唸っていた。

哲二は二十四の中尉だというのに、倉吉の前ではまるで子供のようだった。煤《すす》けた仏壇のカンテラや、古簞笥の前の吊洋灯の光をぼんやり見詰めたりしながら、頬に老爺のなめらかな熱い舌の触れるのを感じた。そして赤児のように泣き眠りにぐっすりとねこんでしまった。……

哲二は夜なかにぽっかりと眼をさました。暗い灯火にゆれるぼんやりとした意識に、見たことのない室が映った。ぐっと頭をもちあげる途端に、倉吉の林の家《うち》だということに気がついた。哲二は二人からはかなり離れた所に一人でねていたのであった。やっぱり一人ぼっちだというような悲哀が胸にあふれてきた。

冷しい海辺の夜ふけの風が、荒壁をとおしてさびしい枕許に通ってきた。

何だかこう力ぬけのしたような、大きな罪でも犯したような、とりとめもない悔恨の情が哲二の胸には浮んでいた。陸軍大学の候補者にまで選ばれた有為な青年将校ともあろうものが、こんな所へこっそりと抜けてきて、泊りこむということは、申訳もないことのように思われてきた。

哲二は、がんがんと鳴る頭を枕に押しあてて考え続けた。

俺は確かに、老爺を愛している。が何もわるいことをした覚えはない。それでも罪なのかな？　俺は、おたつを恋している。おたつは爺やのものだ。すれば人妻を恋するのだ、これは確かに罪だやめよう。やめよう。一時の心の迷いから、限りもない暗い所へ落ちて永久に苦痛を受けるのは恐ろしい。やめよう。……がまてよ……どうせ生きていれば腹に汚物があるように、幾らかでも罪があるにきまってる。そうだ後々の事よりも、いまが今のことが大切だ。今のたのしみにはかえられない。なにほど生きる体だとて。……

乾き切ってかさかさになった唇を、むにゃむにゃさせながら、哲二は苦しげにねがえりをうった。

仏壇のカンテラが、虹のような小さな傘を被って、暗い室をほんのりと照している。たがの細いまのびのした三升樽が、丁度しきりをでもしたように、哲二と彼等の間に転がってる。その向うのカンテラの光がとどくかとどかない位な所に、女の真ッ白な襟足と倉吉の節瘤だらけな赤銅色の太い腕が、哲二の眼に映ってきた。……

で哲二は、自分の五体が、むくむくと躍りあがるような気がした。歯の根ががたがたとふるえた。胸がどきどきして息苦しくなった。暗い室じゅうが動くように思われた。哲二は、たまらなくなって夜具を引ッ被ってしまった。

四

　障子の外から女同志の話声がきこえた。哲二がねがえりを打ちながらきいてると、何でも、本家から女がきて、おたつと朝のお膳立てについて何かしゃべってるらしい。哲二は、酒のほとぼりであつくなってる身内から、おさえ切れないような力が、むくむくと湧き起るのを感じた。自分自身の力のやり場に困って、明るい障子の骨をかぞえたりしながら、哲二はじっと眼をとじた。と今まであさの青い障子の映っていた眼には、薄紅い幕が張りつめられて、そのなかからおたつの云うに云われないほどいい眼が、じっと見すえている。で哲二は電気でもかけられたように、ぐっと夜具の襟を抱きしめ、眼を閉じたまま夢中になってもだえ狂った。

　ぎちぎちッと襖がきしると、古唐紙の間から、本物のおたつが這入ってきた。

「もう起きなさるの？　早いから、ゆっくりとおやすみなさいよ。」

　おたつの声は、美しくひびいた。哲二は何心ないふうをしながら、眼を低い屋根裡の方へ外らしてると、

「おとッつァんも本家からもう帰ってきましょうよ。今本家から娘がきてね、いろいろと御馳走をもってくるそうですよ。」

美しいおたつの眼を、夜具のなかから平気で見ていることはできなかった。で、そろりと夜具を被った。が、夜具のなかからは耳を立てるようにした。女の静かな息使いや、畳から耳に伝わる軽い跫音を感じた。哲二が夜具から顔をだすと、女は枕許にたってこっちを見ていたのであった。椿油や白粉に交った女の胸のほっかりとするようないい匂が、彼の鼻を打った。

「あなた⁉……」

おたつは、うるんだような甘ったるい声で初めてこう呼びかけた。

「そうきまり悪がらなくてもいいでしょう。まるで赤ちゃんなのねえ。昨夜は面白かったよ。私、あなたのような不思議な人初めてなのよ。おとッつァんも物好きは物好きさねえ……あの毛だらけな腕に抱かれたのをおぼえていて？　犬の仔見たいに、音をさせて顔じゆうをなめ合ったりしたんだよ。抱かれてねたのも知っている？」

哲二は、きまりのわるげな顔をして、

「ちっとも知らなかった。あんまり酔っ払っちまって。」こうは云ったが、哲二の顔はさっと赤くなった。

「おとッつァんも、あなたが本当に可愛いんですね。何のことやらさっぱり解らないわよ。男同志でさ。それもあんなお爺さんと、こんな赤ちゃんとさあ。」おたつは、しなやかな手で、彼の枕の端をばたばたとたたいた。哲二は寝ざめに見た二人の様子を想い浮べなが

ら、

「昨夜は、おとッつァんもあんたも、人をねせこかしといて……随分酷いねえ……」

あとはどうしても云われなかった。で子供らしい話に移った。

「おとッつアん、いくつなの」

おたつは凹みのよる手の甲の指もとをみせながら、

「そうね、私と三十ちがいだから、こうと、六十二なのさ。」

四十位から上の人には、そういうことはないと思っていたのに、哲二は今更のように眼を瞠《みは》って驚いた。それに、おたつだって自分よりも七つも年上と思うと、全身がちぢこまるような気がした。

「あなたよ、何をそうたまげてるのさ？　齢はいくつになったって、このみちばかりは別なのよ。気持は若い時と変らないものよ。男というものは大抵そうしたものね。あなただって年を取ると、ぐっと若いのが欲しくなるから今にごらんなさい。あなたはおいくつ？」

哲二は、きたなと思った。女に向って自分の年を云うのは恥かしかった。年しただと白状するのは辛かった。自分の男というものにきずでもつくように思われた。

「五十六。」きいておたつはかるはずみな声をあげた。

「御冗談でしょう！　その半分位さ。丁度私の弟位なもんさ。」

おたつは、胸をだくようにしながら、哲二の枕許にすっとかがんだ。いくらか鼻声にな

って、

「若くっていいわねぇ。おとッつァんの可愛い赤ちゃん！　ちょっとおててをおかしなさいよ。ね！　いいでしょう。」

　哲二は、胸をどきどきさせながら、女の顔を見ていると、おたつはにっこりと笑いながら、白い冷たい手を、夜具の襟元から突ッこんで、火のようにほてり切っている彼の手をぎゅっと握ってしまった。……

　倉吉は、人の好さそうな顔をにこにこさせながら、鍋や大皿などを担った若者をつれて本家の方からやってきた。その前に、哲二はそっとぬけだして、岸に降り、静かな朝の風に吹かれていた。

「ああ、しまった！　……思いがけなく……なぜあの時に、女を衝《つ》き退《の》けなかったんだろう？　考えてみれば、可愛い爺さんに誠にすまないことをした。」

　こう胸のうちで繰り返しながら、女の紅や白粉の香移りのしているように思われる体じゅうを、海の水に浸して洗った。踏んでる足の下から、清冷な気がからだじゅうに沁み渡った。まだ肌寒い海の水は、哲二のけがれた霊魂を洗い清めるかのように、荘厳な響を立てて押し寄せてきたが、彼の鼻についているおたつの匂を洗い流してしまうことはできなかった。哲二は、波に揺られながら、高く昇った朝日に向って手を合せていた。

からだじゅうを拭ってしまうと、縕袍《どてら》を引ッかけて水際にかがみながら、碧の海を見渡した。倉吉からもおたつからも、自分の体はおもちゃにされたのだなと思うと、哲二は云うに云われないさびしさを感じた。

五

哲二が凋《しお》れかえって家にはいってゆくと、もう酒の支度ができていた。

海の水ですっきりとした気持になってみると、あだっぽいおたつよりも、ぎごちない倉吉爺の顔の方が、やっぱり哲二の気に入っているのであった。お人好の爺に対して、しゃあらしゃあらとして何も喰わぬげなおたつの顔つきが、彼には忌やにさえ思われた。哲二は、まともに倉吉の顔をみることは、気がとがめてどうしてもできなかった。

爺の胆入りで、赤いかけぎれや半襟の雛びた小娘たちが二人ほどやってきた。倉吉は、哲二の軍服や軍刀を自慢らしく持ち出して娘たちに見せたりした。

「それみな中尉さんにお酌しろ。中尉さんのな……これ、中射さんの……うむう、お盃でも頂戴しろや……あんてまあぼやぼやしてるだっぺなあ。それ、ちゃッちゃと、ちゃッちゃとやれッてば、このあまッ子めらァ」

倉吉は娘たちを叱りながら、トラホームのこじれで腫れあがった眼頭の肉をしばたたきながら、ちらりちらりと哲二の顔をみた。哲二が娘たちには何の興味もないように素ッけない顔をしているので、今度は、倉吉が娘たちを持てあましてぼんやりしていると、おたつは気をきかして娘たちをこそこそと帰してしまった。

五月には珍らしく好く晴れた日であった。碧の空と海とが一ように融けこんでいるあたりから、薄綿のような雲が折り折り這いだして、海の面に黒い影を流しながら、北の方へ動いて行った。海の匂を含んだそよ風が、たえ間なく吹いてきた。

おたつは、いつの間にか、銀杏返しに結い直していた。小意気に掛けた奴元結が、しっくりと似合っていい感じを与えた。顔にはほんのりと、襟足には思い切り濃くつけたおしろいが、それしゃの匂いと、ほこりを見せていた。酒に酔ってくると、おたつの美しさが沁々と見えてきた。おたつは、ぽっと酒ぼてりのした顔を、海から吹きあげてくる風に吹かせながら、倉吉の大きなコップへほかほかと注ぎこんでいた。

倉吉は、もう何の性度もないほど酔っ払ってしまった。

「ほーれ！　おたーアつ！　中尉さんさお酌うしろ。ちゃッちゃと。」

呶鳴るように云って、図太い胴をぐらぐらとゆすぶった。

「な、なにが不足だと？　このあまめッ！　ねてえまま、おきてえままでけつかつて……」

倉吉は波々と注いであるコップを持った手と、太い胴ッ腹とをおなじようにゆす振った。

おたつは注ぎ切った徳利を、かたんと飯台の上におきながら、

「何が不足だもないもんだよ……この人は、まあ……本当に忌やらしいよ！」

ちらりと倉吉を睨んで、返す眼で哲二の方へ、にっこりと笑ってみせた。

「あんだと？　そんなまなくしやがって。ああげーえッ、ぷーうッ。よかい！　よかい！」

倉吉の眼は、何をみるともなく半ば開かれて、からだがぐたぐたに動いていた。哲二とおたつの眼は、ぴったりと合って、にやりと笑い交した。

九谷で金模様のある小さい盃は、倉吉の前を大ぴらに手から手にかわされた。

倉吉は、何か怒鳴るような顔で唄いだした。かと思うとまた、眼を細くし、眼尻に皺を寄せ、厚ぼったい唇をとがらせ、大きな鼻の孔を眼立つほど大きくして、耳たぼのわきのほくろの上に簇《そ》っくりと生えてるごま塩色の毛をふるわせながら、細いやさしい声を絞りだした。

「さんんさあしィ……ぐゥ……れェ……かァ……かァあぁやァ野ォのォ……雨ェ……かァ……」

おたつの手拍子と、倉吉の荒っぽい手の音が、調子を合せた。おたつの声もふるっていた。

「はア、おつけろ、おつけろ、おやまかちゃんりん、お豆は、はたちだ……」

哲二も二人のまねをして手をたたいていた。おたつは、まち構えてでもいたように、

「おとッつァん、お骨折りッ！」

倉吉の耳のそばへ、小さな口をよせて、こう云ってから、コップの酒を倉吉の大きな口へ流しこんだ。倉吉は、げふんと咽《む》せながらも、快よげに笑った。

おたつは、竹箸で挟みあげた煮肴を、倉吉の鼻先きに突きつけて「ああん！」と紅《べに》の口をあけた。と倉吉は、まっ黒な歯と赤い歯ぐきをあらわして、「ああん」と云いながら、あけた口に、その肴を放りこんでもらって、むしゃむしゃとかんだ。おたつは、おなじやりかたで哲二の方へも出したが、哲二はそう気軽に口をあき得ないで、きまりの悪い顔をしていると、おたつは、「あーん」と米粒のような歯を出して、催促するようにやって見せた。で哲二は思い切って口だけはあけたが、「あーん」と云ったような声などをだすことは、どうしてもできなかった。

「こづらのにくいほど恥かしがりやなのねえ。軍人のくせに。」

おたつは、勝ちほこったようにこう云って、箸を大皿のなかへ放りこみながら、わけもなく笑いこけた。倉吉の眼はどんよりとすわって、ものを見る力などはなさそうにみえた。

「俺え、コップさで酔わせてどうする気だ？　この女郎《めろう》が！　にしらは俺えどうする気だ？　こうれ！」

釜火のあたった太股《ふともも》のあたりに、はみだした褌《ふんどし》などには何のおかまいもなく、どこをみるともないとろんこの眼を、ひどく怒らせたりした。おたつは、忌やらしいと云った眼

配せで、哲二に頷いて見せてから、

「どうもこうもありゃしないよ。そーら！　渡辺さんの御返盃なんだよ……旦那のお盃なんだよ……確《しっ》かりとしなさいよ……だらしのないことは、ねえ！」

倉吉が鳥肌になってる咽《のど》ったまのあたりを、ごくごく動かしながら、コップで顔を覆うていると、おたつは哲二にとろりとした眼を向けて、気持よげに笑った。

間もなく、倉吉は、大きな体を横に倒すと、死人のようになってねてしまった。とおたつは片手で、胸を押えるようにしながら、哲二の手を、ぎゅっと握りしめた。……

ごたごたに喰い荒し、飲み荒したあとの臭気を、海からくる風がほどよく吹き散した。

六

「だって、お爺さんをおき放しにして、二人だけで松林のなかへ行くのは、変じゃないか。ここでこうして、お爺さんの寝顔でも見ながら、飲んでいる方がいいなあ！」

おたつは興ざめたようすで、圧しつけられたように笑いだした。

「つまらない事を考えたものねえ。やっぱりどうしても争われない赤ちゃんなのねえ。こんなほっ朽れ爺の顔を見ていたって、何が面白いのよ？　それより今のうちにこっそりと行ってきましょうよ。どうしたってここじゃだめですよ。それに、本家へゆく道だから、そのつもりででかけましょうよ。何も怪しまれるようなことは、少しもありゃしないのよ」

おたつは、こう云いながら、倉吉の顔を凝《じ》っと見惚れている哲二をせき立てたり、ゆるく波打ってる倉吉のふくれた腹に寝巻を掛けたり、自分の帯をきりりとしめ直したりした。それから、ちょっと考えて、

「あなた！　支度をして、お道具はみんな持っていらっしゃいよ。その方が郁合がいいわ。」

で、哲二はおたつの云うがままに、その後に跟《つ》いて、松林の方に出掛けた。

同性の愛に浸って、倉吉のうちに何かを求めて、海に尋ねてきた哲二は、夢にも倉吉の愛妾などとこんな係合になろうなどと思いもよらなかった。哲二は、今朝、倉吉がいない間の、寝床からの離れぎわに、女の烈しい抱擁を味わってからは、倉吉の肉体美に魅せられながら、倉吉を愛する情は燃えながら、別な方から押し寄せてくる女の蠱惑に、ぐんぐんと引きずられてゆくのであった。でも、哲二は、可愛がって抱いてくれるあの無邪気な、倉吉の心を思いやりながら、幾度となくたちどまった。

「何をまごまごしてるのね、さっさとおあるきなさいよ。おそくなってしまうわ。」

たまらないほど魅力のある眼が、哲二を睨みつけ、引きずり立てた。

道から外れて暫らく小松の間を行くと、女はちょっと立ちどまった。

「あなた！　この辺がいいのよ。ちょっと休みましょうね。」

しなやかな手つきで、こんもりとした小松の繁みを指すと、今度は哲二が先になった。

「いや、ここじゃあ。も少し奥の方へはいろうじゃないか。ここじゃあ……あんまり……何だから……」

哲二が胸をどきどきさせながらこう云うと女は顔を横にふった。

「あら、そんなに行くとだめですよ。畑なかへ出てしまうから。でね、ここが一番いい所なんですよ。」女は、メリンスの紫紺色の前かけを解いて、こぼれ松葉の上に敷き哲二に腰をかけさせ、自分はそのそばにより添うように引ッついて坐り込んだ。

どこからも見られない小松林の繁みのなかは、妙に哲二の胸を波立たせた。太った女のにおい、小松の鼻をつくような香気、こぼれ松葉の匂などが、ぽっかりとする五月の陽に渦巻いて、哲二の胸を押しつけていた。おたつは不思議に落ちついていた。

「あなたは今までに、あんな風な爺さんを、幾人も知っているの？　それとも、うちのおとッつァんがはじめてなの？」

「初めてちうこともないがね。」

「そんならお話しなさいよ。かくさなくッたっていいでしょう。」

哲二は、ちょっと険のある顔をあかくして話しだした。

「そうだねえ。私が十七の秋初めて陸軍の学校へはいったその翌年からだったね。その学校には、鹿児島出身の給養班長の下士がいてね……私も最初は恐ろしくなって、陸軍から逃げだそうかと思ったが、そのうちに、その道に這入ったとでも云おうかね、今度はこっちで、それがよくなってしまってね、一人でねるのや、長靴のなかに固パンが入れてないと淋しく思うようになったもんだよ。」

　哲二は、くんくんと香気を立て、松の葉をこまかく捲りながらここまで話すと、深い溜息を吐いた。

「私は、処女が、いたずら男に誘惑されて、堕落してゆく径路や気持が、よく解ったような気がする。初めは、身慄いするほど忌やでたまらないものが、よくなってくるのだからね。不思議なもんだねえ。それから私は、男から可愛がられる味をおぼえたんだ。通りすがりにでも、いい爺さんなどに逢うと、胸が躍ったり顔が赤くなったりするよ……だが、女もまた格別な味のあるもんだね。」

「それは、女は別ですともさ、男同志の無恰好とは異《ちが》いますからね。やっぱり男と女は、離すことのできないもんでしょうね。しかしあなたのようにお爺さんを慕って、それでどういうことをするんですよ。昨夜のように、口を吸ったり抱き合ったりするだけなの？」

　哲二の顔は、まっ赤になった。

「それは云われないな。そのときの心持でいろいろなことをするから、一概には云われないよ……が、白状すればね、お前のお爺さんとなら、ただ顔をみていればいいんだよ。で、お爺さんから一所に死のうと云われれば、心残りなく死ねるような気がする。が、あんたとなると、慕しいと云うよりも、何かこうそそられるとでも云おうかね……」

「本当に変りものね、双方とも、思いもよらない滑稽なものねえ。」

おたつはこう云ったが、一人ごとのようにつけ加えた。

「なにかしてるにちがいない。でもそんな事は、ほんの子供あそびのようなものね。」

哲二は、どうしても、倉吉に対するときのように、心底から打ち解けることはできなかった。あけ助な彼でありながら、心をうちあけることはできないので、話も宙ぶらになって行った。

「あんたは、ここへ来る前には、どこにいたんだえ？」

「あれ、あのこっちからとっ附きのね、八重垣町に勤めていたんですの。あんな爺さんの所へ落ちてきようとは夢にも思わなかった。人間は、どこへ流れてゆくものか解らないものねえ。この先だってどうなることやら、心細いはなしだ。」

哲二も、それをきいて、小松の根がたに簇《そ》っくりと咲いている、すみれの花を摘みとって、指先でくるくると廻しながら、

「お爺さんというものがあってみれば、私たちが一所になるわけにも行くまいしな。しかしまあ、そんなことは考えない方がいいよ。無駄なとり越し苦労だからね。」

哲二は、こう云って、おたつの眼を見ないようにした。話は中心に触れないように、な

った。おたつも、ほっと息を吐いて、

「それもそうなのね。」

哲二は、発作的に冷静な態度になった。

「もうそんな話はよそうよ。私は、あんたがああいう人の好い、あんたを可愛がる人の所へきたのは、幸福だと思う。私が女だったら、ああいう立派な体で威勢のいい、そしてよく可愛がってくれる、ああいう人を選ぶな。」

「そんな話はもうよしましょうよ。つまらない。」

が、やっぱり、おたつは話しつづけた。

「でも、うちの爺さんは本当に忌やになってしまう。お酒でものむと、夜の明けるまで、お汁でもすするような音をさせて、人の顔を吸うんだからね。あのずう体で、喰いついたら最後、もう離しませんからね。……これも、お金が仇なんですわ。」

哲二は、羨ましげな顔をして、沁々とおたつの顔を見入った。身うちからは、むくむくと烈しいものが頭をもちあげてきた。

「私は、お前のようにお爺さんに可愛がられたいな。まじめに愛してくれる人があれば、どんな人でもいい。お前がいてみれば、だめだからなあ……酔った気まぐれの夢のうちだけなんだからね。私を抱いてくれるッたって。」

女は、紅の口を尖らして、眼を男の方へむけた。

「あら、そんなことを云って。私よりもあなたの方がお爺さんによっぽど可愛がられてるわ。……男にも似合わない甘えやさんなのねぇ！　こんなきつげな顔でも、見かけによらないやさしいものなのね。」

　にっこりしながら顔をかしげて、男の肩をぽんとたたいた。

　こまかな松の葉かげは、色濃く二人の上にゆれて、真昼の陽はこともなげに、小さい神秘な世界を包む小松林の上に降りそそいでいた。……


　おんなは、とろりとした夢からさめたような眼をして、

「あの渡辺さん、おとッつァんとこへはよらずにね、ここからすぐにお隊へお帰りなさいよ！　ね？」

　哲二は、おじけたような顔をして、一も二もなく女の云うことをきいて、ふらふらと立ちあがった。女は弟にでも云うように、海とは反対の方を指して、

「あれ、あすこね、そら、あの山の上に松の樹が見えるでしょう。枝のたれ下ってる大きな松がね。あれを目あてに行くと本道にでますからね、あすこからは、大きな道ですから……それじゃ今日は、これで別れましょうね。でも、またいつくるつもり、この次の土曜は？　今度は私にもお土産をどっさりともってきなさいよ。ね！」

　こう云って、哲二の顔を覗きこんだが、

「あら、まあ！　渡辺さん泣いてるの！　いやだよ。子供じゃあるまいし。別れるときには清く別れてさ、また威勢よく来るものよ、ね。いつまでたってもこの赤ちゃんはねえ！　まあ……」

　男の背中に手をあてたが、独り合点して、

「おとッつァんには、私がよく云っておくわ……」前垂をしめなおしたり、膝についた松葉を払い落したりしながら、

「あのう、お勤めは大切にね。今日は気をつけてお帰りなさいよ！　途上で無暗にひッ掛ったりしないようにね。それからね、あの……」

　云いにくそうに袖を口に宛てて笑いながら、

「私んとこのね、それあの、おとッつァんより外の……外の女に浮気しちゃいやよ、ね！　いいかえ！　おとッつァんは、あなたのいい人でしょう。男というものはね、働くときには思い切り確《しっ》かりと働いてさ、遊ぶときには、また威勢よく奇麗にね。方々へ引ッ掛けてはだらしがないから、私んとこのお爺さんだけにきめてね、渡辺さん。」

　女は、こう云ってしまうと、たまらないほどいい顔をしてまたにっこりと笑って見せた。哲二は、女に見られまいとすればするほど、熱い涙が流れ出した。遊廓のような所にいた女だとは云いながら、あまりにさらさらとした淡い素振りが、哲二には恨めしいようにも思われた。

男は、黙って、小松の影に吸いこまれてゆく女の後姿をじっと見ていた。女は、一足毎に、倉吉の方に近くなってゆくのに、彼があるき出せば、一歩一歩に二人から遠ざかって、忌やな兵営に近づいてゆくのであった。

哲二は、さびしげな顔をして、うなだれながら、おたつに云われた小高い岡の小道にでると、道ばたには龍が組みうちでもしてるような根高な老松があって、そこからは松の葉ごしに海が見えた。

哲二は、海の方を見た。小松林に埋れたように、林の家のかやぶき屋根が見えた。哲二は、あの老漁夫と一所に暮すおたつがうらやましくなってきた。おたつと二人でこの海辺に住む老漁夫になって、小松林に埋れてしまいたかった。

年は六十をすぎても若い気もちで、おたつのような美しい女と、この海辺で自由に暮す倉吉に較べてみると、何と惨めな自分であるだろう！　つまらない人間が、かりに定《き》めた位などを、光でもあるように思ったりして、ああつまらないものだったな、と哲二は沁々と考えた。おおそうだ、この軍刀や将校の服などはぬぎすてて、いっそ倉吉の家のむこにでもなって漁夫で一生を自由に送ろうかな！　こう思いながらも、哲二は、たちあがってしぶしぶと、兵営の方に向ってあるきだした。

海は、真っこうからふりそそぐ陽をあびて、にこにこと笑いながら、限りもない深い波の底から、「おーい」「おーい」と呼んでいるように思われた。で哲二が眼を瞠って耳をすますと、倉吉やおたつのしゃべる声がきこえてくるような気がした。

と、ある坂のまがりめの所で、ま一度ふり返ってみた。なつかしい茅ぶきの小屋は、松の繁みにかくれて、その向うに拡がっている海が、かぎりもないさみしい色を湛えて、やっぱり「おーい」「おーい」と、兵営にかえってゆく哲二を、呼んでいるように思われた。

七

哲二の霊魂をとろかすようなおたつの眼つき、温かな力強い倉吉の腕、海の笑顔、呼びたてるような海の声などが、一人して山寺の奥二階に寝起きしている哲二の夢に、幾夜通ってきたことであろう。隊へ出勤している間も、彼は気抜けしたようにぼんやりとしていた。それはつまり、彼のもぬけのからだけが規則づくめの兵営生活のなかに、機械人形のように、動き廻っているのであった。

哲二は、悲惨な戦争を眼に見てから、熱心な仏教信者になったのであった。で、北山のある寺の高僧に就て参禅したり、暮れ方や、夜明けには、下宿している寺の鐘を撞くのを自分の心の勤めにしていた。彼は、弱く貧しい心の持主であったから、また普通の人の想像も及ばないような性慾のために、異状な憧憬をもっていたから、こんなことにでもたよらなければ、活きて行かれないような気がしたにちがいない。

その寺の後ろの峰つづきから、時鳥《ほととぎす》や雉子《きじ》の声が響いてきて、東の海の方がぽっかりと白み渡る頃、哲二は暁の風に吹かれながら、鐘楼へ登って行くのであった。重い綱を引ッ返し、消えかかっている星に眼をとめながら、

「諸行無常――」自分ながら、不思議な荘厳な声で、こう唱えながら綱を放すと、鐘は恐ろしい音を立ててゆれ出した。静かな明けの空に響き渡ってしまったあとの余音が、彼の心をゆするように、あたりに渦巻いた。

「色即是空――」我とわが気味の悪いような声と一所に、響は、空にきえて行った。限りない淋しさに、哲二はおたつが住む東の海の方をじっと見つめていた。

次の土曜日がきた。その日の午後は、舎内の清潔検査であった。丁度中隊長が出張不在中なので哲二はその代理として検査したが、倉吉やおたつのことで一ぱいになっていたから、仏教特有の「愛語」を振りまき、所謂、「要領よく」寛大にやってのけた。その講評もそこそこに、あくせく寺に戻り、絣の和服に着換えて飛び出した。が、不思議に不吉な予覚が胸をとどろかした。自分ながら、めいるような気がしてならなかった。で、とある馴染みの洋酒屋へはいって、あつ燗にしてもらった日本酒をコップで三つ四つぐっとやった。芳醇が伴う快よい刺激に、咽から胸にかけてぐーッと高鳴りがした。胃から起った渦巻きが、手にも足にも拡がって行く。頭のなかには、別に微妙な渦巻が起って、今までは何とか掻き消そうと努めたおたつの眼を、今度は求めても見たいような、別ないい気持ち

になってしまった。

　そうなると、気も大きくなり、ぜに使いも荒っぽくなった。おたつへ土産の単衣《ひとえ》物は、中形の明石縮み一反を、酒店の番頭に頼んで買ってもらった。倉吉への酒や缶詰は、その店のをすぐ荷造ってもらって、呼んでおいた車に乗るなり、威勢よく出掛けた。

　町を出はずれる頃になると、酒がしっくりと全身にまわって、何でも来いといったような、いい気持ちになった。金切声をふり絞って、詩などを吟じてみた。空を見あげても、地に咲く花を見ても、愉快でないものはなかった。哲二は、勢よく、ぺっと唾をとばした。

「何のこれが空《くう》なもんか、ばかな！　おれの眼の前には、あらゆるものが、躍ったり笑ったりしているじゃないか！　よしよし、やれやれッ、おい俥屋、しっかりやれ！」

　哲二が反り身になって両足を踏ん張ると、車夫は、こじあけられるように、かじ棒をあげてよろめいた。

「旦那！　大部に勢が好いだねぇ！」

　同じように酔の廻ってきた俥屋も、こんなことを云って笑った。

　道はいつか白っぽい砂みちになって、あたりには松が繁っていた。左へ折れると、小高い岡の上に小さいおたつの家がみえる。松のすきまから黄色っぽい障子が、海あかりに光っていた。

　土間にはいると、八畳から出てきたおたつは、哲二の顔をみるなりにっこりと笑った。

「あら、渡辺さん、よくまあお出でになりましたのね！　さあ、お上りなさいな。」

ぽっちりとほてった酒の香のする顔を明るくしながら、哲二がおいた風呂敷包のそばへぺたりとすわった。

「おとッつァんもね、昼前まで、あなたの事ばかり話して、飲みながら待ってたんですよ――昼すぎに、ちょっと本家へ行ってくると云って出かけましたがね。すぐよびに行きましょうね。」

なるほど、八畳の方をみると誰もいない。哲二が胸をどきんとさせて見廻すと、飯台の上には、皿や徳利などがそのままになっていた。そのわきには、表紙の切れた講談本か何かが散らばっていた。

「いや、迎えに行かなくッてもいい……そのうちに来るだろう……」

年上のおたつを下眼にみるような、これまでに味わったことのない、男だという心持が哲二の胸には渦巻き起った。

彼は、便所に出ながら、ま一度あたりを見廻した。松原は、静かに傾いた夕日を浴びて波の音もさびしく、人っこ一人見えなかった。

哲二は、また、胸をどきんとさせながら、家にはいるなり、飯台の前にどっかりとあぐらをかいた。

「おい、あ、あのね、あれを解いてあけてくれ。どうも荷物をもつのが嫌いだから、なにもろくなものは持って来ないんだがね。」

亭主のような心もちでこう云うと、女は、うれしげにいそいそしながら、

「おみやげ！　ほおお、大層重そうなものね。」

こう云いながら、みご縄を切ったり、風呂敷包を解いたりすると、洋酒の瓶や、缶詰や絹糸で美しくかがった、縮の反物などが出てきた。女は、その反物をちょっととりあげて、

「まあ！　随分若向きね。似合うかしら？」

にっこりとしながら哲二の顔をのぞきこんだ。

「お前に丁度好いだろう。あまり婆さんじみたのも変だからねえ。」

女は、蹄鉄形になっているハムの缶詰をとりあげて、

「こりゃ何ちゅう缶詰なの？」

「ハムだよ。あまり味のいいものじゃないけどねえ。」

女は、膝を浮すようにして中腰になりながら、ぐるりと一通り見廻してから、

「ほんとにお気の毒ねえ。これほどまあ！　でも、おとッつァんが、どんなにか悦ぶでしょうよ。」と女は、仏壇の下へそれを運んで並べながら、

「渡辺さん、あなたがお帰りになってから、おとッつァんてばまるで気ちがいみたようよ。村の若い衆などを茶屋の方へ集めて、飲ませたりしてね。『俺は、これでも、中尉さんと膝組で飲んでるんだ。嘘だと思ったら、おたつにきいてみろ。』なんて威張り散してね。」

こう云いながら、女は、みえを切って、倉吉の威張るまねをした。

「あれからは大抵飲みつづけなのよ。中尉さん中尉さんッて、あなたの事ばかり云っていたんですよ。『俺も中尉さんと交際するんだから若くならなくッちゃ』なんてね、今朝も早くから、髪床へ行ったりしてね……ただあまり飲みすぎやしまいかと思ってねえ。」

おたつから倉吉のことをきかされると、彼の眼には、いつかの夜中にみた、二人の抱擁があらわれた。で、息づまるように胸をどきどきとさせながら、乾き切った眼を瞠《みは》って、だしぬけに女の手を握ると、女は軽く笑い出してしまった。

「何がおかしいんだ？……」

哲二は、あとがどうしても云えなかった。からだじゅうがわなわなとふるえた。女は割合に落ちついた眼で、男の心をよむようにのぞきこんだ。彼は、いきなり女の肩に両手を掛けて、その唇に接吻した。と、その途端に外から太い咳払いの声がひびいた。

おたつは、全身を縮めて、哲二を押しのけた。

「おたつ！　おたつ！」

哲二もあわてて起ちあがったが、もうおそかった。とり乱した二人の前へ、倉吉は仁王立ちにたちふさがった。倉吉の顔は、白く変った。厚ぼったい唇が歪んでぶるぶると震えた。もの凄い憤怒の眼で、女を睨みつけていたが、それが悲しげな光を帯びて、哲二の方へ向けられた。

この瞬間、哲二は、可愛い倉吉を怒らせたのが辛く悲しかった。

倉吉は、大きなからだをゆす振って、まっ赤な歯ぐきをむき出し、きりきりと歯をかみしめながら、地団太をふんで、かよわいおたつに飛び掛った。おたつは、けもなく打ち倒され、胴のあたりを二つ三つ続けざまに蹴りつけられて、悲鳴をあげた。

哲二は、おどおどしながらも、二人を引き別けるように、その間に自分のからだを押し入れた。

「まあ、待ってくれ、待ってくれ、これ！　おとッつァん！　たった一言云いたいことがあるから話さなけりャ、解らないわけがあるんです。まあ、待って、待って、これ、おとッつァん。どうか待ってくださいッ！」

哲二が、声を絞ってこう叫ぶと、倉吉はまっ暗闇に狂い立った勢で、哲二の方へ突ッかかってきた。頑丈な平手で、片手を伸べて云い訳をしている哲二の類ッぺたを、三つ四つはりのめした。

「何の云い分があるッ?……からッきし、子供だと思って油断していたら、とんでもねえことをしやあがらァ！　ふざけやァがって！　いまいましいッ！……」

倉吉は、牡山羊のような眼をむき出して、獅子のように吼えたてた。

「ふむーッ、うぬッ、こうやってくれるッ！」

こう叫びさま、鼻で嵐でも吹くようにいきり立ち、囲炉裡の側の割木を引ッ摑んで、哲二をめがけて打ってかかった。哲二は、自分を、卑怯だとは思ったが、やむなく、倉吉の二の腕を、ぎッと押えて身をかわし、うんと一突きつきとばしておいて、戸口から逃げだした。

哲二は、倉吉を何とか取り押えて、言い訳をする力がないではなかった。が、彼には陸軍将校という、足かせ手かせがはめられていた。戦場や練兵場とは全くちがって、この場合哲二の剣術も柔道も何の役にも立たなかった。

倉吉は、一時、よろよろッと後ろによろけたが、引っ掴んだ割木を、真ッ向うにふりあげて、まっ黒な歯をむき出し、まっ暗闇な眼をして追っかけて出た。

「どろぼう野郎めがーッ、どろぼう、どろぼうーッ！」

哲二は、この前、おたつと二人で、こっそりと歩いた、小松林の方へ走りこんで行った。走りながら、彼は自分の胸を、引ッ搔き挘った。

「ああ、天罰だ！……俺に罰があたったんだ！……老爺だけを愛していたら、罪ではあっても、こんなことには、ならなかったろうに！……ああ、しまった！……俺に天罰が、あたったんだ！……」

哲二は、はッはッと息を切らしながら、乾いた口をあけて、声には出ない痛々しい嘆きをもらした。

ふりかえって見ると、倉吉は、激怒の神、そのままの相貌をして、夢中になって追っかけてくる。哲二は、その瞬間、神の罰を恐れるよりも、倉吉の怒った顔を見るのが悲しかった。

怒に燃え狂い、酒にもかなりに酔っている倉吉爺の足は、到底、若い哲二の素早さには、追いつかなかった。

「おーい！　誰か来てくれエ……どろほうだーア……どろぼうだーア……」

悲調を帯びたしゃ嗄れ声が、黙って、ひた走りに走る哲二から、次第に遠くなり、かすかになってしまった。青くなって走る哲二の顔に触れる小松の葉が、彼の心を、しくしくと刺し通した。

「おおーい！」

「おおおーいッ！」

こう呼びかけるように、哲二の後を追う波の響のなかへ、急に、吸いこまれてでもしまったものか、倉吉の怒鳴声は、ぱッたりと消えてしまった。

不思議な白雲のかたまりが北に流れて、おたつと別れたときのように波の響は、夕辺の空にとどろいていた。

II

画《え》の悲しみ

国木田独歩

■くにきだ・どっぽ　一八七一～一九〇八
千葉県生まれ。東京専門学校中退。小説家。編集者。
初　出「青年界」一九〇二年八月
底　本『国木田独歩全集　第二巻』学習研究社、一九六四年

画《え》を好かぬ小供は先ず少ないとしてその中《うち》にも自分は小供の時、何よりも画が好きであった。（と岡本某が語りだした）。

好きこそ物の上手とやらで、自分も他の学課の中《うち》画では同級生の中自分に及ぶものがない。画と数学となら、憚りながら誰でも来いなんて、自分も大に得意がっていたのである。しかし得意ということは多少競争を意味する。自分の画の好きなことは全く天性といってもよかろう、自分を独りで置けば画ばかり書いていたものだ。

独りで画を書いているといえば至極温順《おとな》しく聞えるが、そのくせ自分ほど腕白者は同級生の中《うち》にないばかりか、校長が持て余して数々《しばしば》退校を以て嚇《おど》したのでも全校第一ということが分る。

全校第一腕白でも数学でも。しかるに天性好きな画では全校第一の名誉を志村という少年に奪われていた。この少年は数学は勿論、その他の学力も全校生徒中、第二流以下であるが、画の天才に至っては全く並ぶものがないので、僅に塁を摩《ま》そうかとも言われる者は自分一人、その他は悉《ことごと》く志村の天才を崇め奉っているばかりであった。ところが自分は志村を崇拝しない、今に見ろという意気込で頻《しき》りと励んでいた。

元来志村は自分よりか歳も兄、級も一年上であったが、自分は学力優等というので自分のいる級と志村のいる級とを同時にやるべく校長から特別の処置をせられるので自然志村は自分の競争者となっていた。

然るに全校の人気、校長教員を始め何百の生徒の人気は、温順しい志村に傾いている。志村は色の白い柔和な、女にしてみたいような少年。自分は美少年ではあったが、乱暴な傲慢な、喧嘩好きの少年、おまけに何時も級《クラス》の一番を占めていて、試験の時は必ず最優等の成績を得る処から教員は自分の高慢が癪に触り、生徒は自分の圧制が癪に触り、自分にはどうしても人気が薄い。そこで衆人《みんな》の心持は、せめて画でなりと志村を第一として、岡本の鼻柱を挫いてやれというつもりであった。自分はよくこの消息を解していた。そして心中ひそかに不平でならぬのは志村の画必ずしも能《よ》く出来ていない時でも校長をはじめ衆人《みんな》がこれを激賞し、自分の画は確かに上出来であっても、さまで賞《ほ》めてくれ手のないことである。少年《こども》ながらも自分は人気というものを悪《にく》んでいた。

或日学校で生徒の製作物の展覧会が開かれた。その出品は重《おも》に習字、図画、女子は仕立物等で、生徒の父兄姉妹は朝からぞろぞろと押かける。取りどりの評判。製作物を出した生徒は気が気でない、皆なそわそわして展覧室を出たり入ったりしている。自分もこの展覧会に出品するつもりで画紙《えがみ》一枚に大きく馬の頭を書いた。馬の顔を斜《はす》に見た処で、無論少年の手には余る画題であるのを、自分はこの一挙に由《よっ》て是非志村に打勝うという意気込だから一生懸命、学校から宅に帰ると一室に籠って書く、手本を本《もと》にして生意気にも実物の写生を試み、幸い自分の宅から一丁ばかり離れた桑園《くわばたけ》の中に借馬屋《しゃくばや》があるので、幾度となく其処の厩《うまや》に通った。輪廓《りんかく》といい、陰影といい、運筆といい、自分は確にこれまで自分の書いたものは勿論、志村が書いたものの中でこれに比ぶべき出来はないと自信して、これならば必ず志村に勝つ、いかに不公平な教員や生徒でも、今度こそ自分の実力に圧倒さるるだろうと、大勝利を予期して出品した。

出品の製作は皆な自宅で書くのだから、何人も誰が何を書くのか知らない、また互に秘密にしていた。殊に志村と自分は互の画題を最も秘密にして知らさないようにしていた。であるから自分は馬を書きながらも志村は何を書いているかという問を常に懐いていたのである。

さて展覧会の当日、恐らく全校数百の生徒中尤も胸を轟かして、展覧室に入った者は自分であろう。図画室は既に生徒及び生徒の父兄姉妹で充満《いっぱい》になっている。そして二枚の大画（今日のいわゆる大作）が並べて掲げてある前は最も見物人が集《たか》っている。二枚の大画は言わずとも志村の作と自分の作。

一見自分は先ず荒胆《あらぎも》を抜かれてしまった。志村の画題はコロンブスの肖像ならんとは！しかもチョークで書いてある。元来学校では鉛筆画ばかりで、チョーク画は教えない。自分もチョークで画くなど思いもつかんことであるから、画の善悪《よしあし》はともかく、先ずこの一事で自分は驚いてしまった。その上ならず、馬の頭と髭髯面《しぜんめん》を被う堂々たるコロンブスの肖像とは、一見まるで比べ者にならんのである。かつ鉛筆の色はどんなに巧みに書いても到底チョークの色には及ばない。画題といい色彩といい、自分のは要するに少年が書いた画、志村のは本物である。技術の巧拙は問う処でない、掲げて以て衆人の展覧に供すべき製作としては、いかに我慢強い自分も自分の方が佳いとは言えなかった。さなきだに志村崇拝の連中は、これを見て歓呼している。「馬も佳いがコロンブスはどうだ！」などいう声があっちでもこっちでもする。

自分は学校の門を走り出た。そして家には帰らず、直ぐ田圃《たんぼ》へ出た。止めようと思うても涙が止まらない。口惜いやら情けないやら、前後夢中で川の岸まで走って、川原の草の中に打倒《ぶったお》れてしまった。

足をばたばたやって大声を上げて泣いて、それで飽き足らず起上って其処らの石を拾い、四方八方に投げ付けていた。

こう暴れているうちにも自分は、彼奴《きゃつ》何時の間にチョーク画を習ったろう、何人《だれ》が彼奴に教えたろうとそればかり思い続けた。

泣いたのと暴れたので幾干《いくら》か胸がすくと共に、次第に疲れて来たので、いつか其処に臥《ね》てしまい、自分は蒼々たる大空を見上げていると、川瀬の音が淙々《そうそう》として聞える。若草を薙《な》いで来る風が、得《え》ならぬ春の香を送って面《かお》を掠《かす》める。佳い心持になって、自分は暫時《しばら》くじっとしていたが、突然、そうだ自分もチョークで画いて見よう、そうだという一念に打たれたので、そのまま飛び起き急いで宅に帰り、父の許を得て、直ぐチョークを買い整え画板を提《ひっさ》げ直ぐまた外に飛び出した。

この時まで自分はチョークを持ったことがない。どういう風に書くものやら全然《まるで》不案内であったがチョークで書いた画を見たことは度々あり、ただこれまで自分で書かないのは到底まだ自分どもの力に及ばぬものとあきらめていたからなので、志村があの位い書けるなら自分も幾干か出来るだろうと思ったのである。

再び先の川辺《かわばた》へ出た。そして先ず自分の思いついた画題は水車、この水車《みずぐるま》はその以前鉛筆で書いたことがあるので、チョークの手始めに今一度これを写生してやろうと、堤を辿って上流の方へと、足を向けた。

水車は川向にあってその古めかしい処、木立の繁みに半ば被われている案排《あんばい》、蔦葛《つたかずら》が這い纏《まと》うている具合、少年心《こども》にも面白い画題と心得ていたのである。これを対岸から写すので、自分は堤を下りて川原の草原に出ると、今まで川柳の蔭で見えなかったが、一人の少年が草の中に坐って頻りに水車を写生しているのを見つけた。自分と少年とは四、五十間隔たっていたが自分は一見して志村であることを知った。彼は一心になっているので自分の近づいたのに気もつかぬらしかった。

おやおや、彼奴が来ている、どうして彼奴は自分の先へ先へと廻わるだろう、忌ま忌ましい奴だと大に癪に触ったが、さりとて引返えすのはなお慊《いや》だし、如何《どう》してくれようと、そのまま突立って志村の方を見ていた。

彼は熱心に書いている。草の上に腰から上が出て、その立てた膝に画板が寄掛けてある。そして川柳の影が後から彼の全身を被い、ただその白い顔の辺から肩先へかけて楊《やなぎ》を洩れた薄い光が穏かに落ちている。これは面白い、彼奴を写してやろうと、自分はそのまま其処に腰を下して、志村その人の写生に取りかかった。それでも感心なことには、画板に向うと最早志村もいまいましい奴など思う心は消えて書く方に全く心を奪られてしまった。

彼は頭《かしら》を上げては水車を見、また画板に向う、そして折り折りさも愉快らしい微笑を頬に浮べていた。彼が微笑するごとに、自分も我知らず微笑せざるを得なかった。

そうする中に、志村は突然起ち上がって、その拍子に自分の方を向いた、そして何にも言いがたき柔和な顔をして、にっこりと笑った。自分も思わず笑った。

「君は何を書いているのだ、」と聞くから、

「君を写生していたのだ。」

「僕は最早水車を書いてしまったよ。」

「そうか、僕はまだ出来ないのだ。」

「そうか、」と言って志村はそのまま再び腰を下ろし、もとの姿勢になって、

「書き給え、僕はその間にこれを直すから。」

自分は画き初めたが、画いているうち、彼を忌ま忌ましいと思った心は全く消えてしまい、かえって彼が可愛くなって来た。そのうちに書き終ったので、

「出来た、出来た！」と叫ぶと、志村は自分の傍に来り、

「おや君はチョークで書いたね。」

「初めてだから全然画にならん、君はチョーク画を誰に習った。」

「そら先達《せんだって》東京から帰って来た奥野さんに習った。しかしまだ習いたてだから何にも書けない。」

「コロンブスは佳く出来ていたね、僕は驚いちゃッた。」

それから二人は連立って学校へ行った。この以後自分と志村は全く仲が善くなり、自分は心から志村の天才に服し、志村もまた元来が温順しい少年であるから、自分をまたなき朋友として親しんでくれた。二人で画板を携え野山を写生して歩いたことも幾度か知れない。

間もなく自分も志村も中学校に入ることとなり、故郷の村落を離れて、県の中央なる某町に寄留することとなった。中学に入っても二人は画を書くことを何よりの楽《たのしみ》にして、以前と同じく相伴うて写生に出掛けていた。

この某町から我村落まで七里、もし車道をゆけば十三里の大迂廻《おおまわり》になるので我々は中学校の寄宿舎から村落に帰る時、決して車に乗らず、夏と冬の定期休業ごとに必ず、この七

里の途《みち》を草鞋《わらじ》がけで歩いたものである。

七里の途はただ山ばかり、坂あり、谷あり、渓流あり、淵あり、滝あり、村落あり、児童あり、林あり、森あり、寄宿舎の門を朝早く出て日の暮に家に着くまでの間、自分はこれらの形、色、光、趣きをどういう風に画いたら、自分の心を夢のように鎖《と》ざしている謎を解くことが出来るかと、それのみに心を奪《と》られて歩いた。志村も同じ心、後になり先になり、二人で歩いていると、時々は路傍に腰を下ろして鉛筆の写生を試み、彼が起たずば我も起たず、我筆をやめずんば彼もやめないという風で、思わず時が経ち、驚いて二人とも、次の一里を駆足で飛んだこともあった。

爾来《じらい》数年、志村は故ありて中学校を退いて村落に帰り、自分は国を去って東京に遊学することとなり、いつしか二人の間には音信もなくなって、忽ちまた四、五年経ってしまった。東京に出てから、自分は画を思いつつも画を自ら書かなくなり、ただ都会の大家の名作を見て、僅に自分の画心《えごころ》を満足さしていたのである。

ところが自分の二十の時であった、久しぶりで故郷の村落に帰った。宅の物置にかつて自分が持ちあるいた画板があったのを見つけ、同時に志村のことを思いだしたので、早速人に聞いて見ると、驚くまいことか、彼は十七の歳病死したとのことである。

自分は久しぶりで画板と鉛筆を提《ひっさ》げて家を出た。故郷の風景は旧《もと》の通りである、しかし自分は最早以前の少年ではない、自分はただ幾歳《いくつ》かの年を増したばかりでなく、幸か不幸か、人生の問題になやまされ、生死の問題に深入りし、等しく自然に対しても以前の心には全く趣を変えていたのである。言いがたき暗愁は暫時《しばらく》も自分を安めない。

時は夏の最中自分はただ画板を提げたというばかり、何を書いて見る気にもならん、独りぶらぶらと野末《のずえ》に出た。かつて志村と共に能く写生に出た野末に。

闇にも歓びあり、光にも悲《かなしみ》あり、麦藁帽の庇《ひさし》を傾けて、彼方の丘、此方の林を望めば、まじまじと照る日に輝いて眩ゆきばかりの景色。自分は思わず泣いた。

野薔薇

小川未明

■おがわ・みめい　一八八二～一九六一
新潟県生まれ。東京専門学校大学部英文科卒。小説家。児童文学作家。
初　出「大正日日新聞」一九二〇年四月十二日
底　本『赤い蠟燭と人魚　未明童話集』冨山房、一九三八年

大きな国と、それよりはすこし小さな国とが隣り合っていました。当座、その二つの国の間には、何事も起らず平和でありました。

ここは都から遠い、国境であります。そこには両方の国から、ただ一人ずつの兵隊が派遣されて国境を定めた石碑を守っていました。大きな国の兵士は老人でありました。そうして、小さな国の兵士は青年でありました。

二人は、石碑の建っている右と左に番をしていました。至ってさびしい山でありました。そして、稀《まれ》にしかその辺を旅する人影は見られなかったのです。

初め、互いに顔を知り合わない間は、二人は敵か味方かというような感じがして、碌々《ろくろく》物も言いませんでしたけれど、いつしか二人は仲よしになってしまいました。二人は、他に話をする相手もなく退屈であったからであります。そして、春の日は長く、麗《うらら》かに、頭の上に照り輝いているからでありました。

ちょうど、国境のところには、誰が植えたということもなく、一株の野薔薇《のばら》が繁っていました。その花には朝早くから蜜蜂が飛んで来て集まっていました。その快い羽音が、まだ二人の眠っているうちから、夢心地に耳に聞えました。

「どれ、もう起きようか。あんなに蜜蜂が来ている」と、二人は申し合わせたように起きました。そして外へ出ると、果して、太陽は木の梢の上に元気よく輝いていました。

二人は岩間から湧き出る清水で口を漱《すす》ぎ、顔を洗いにまいりますと、顔を合わせました。

「やあ、お早う。いい天気でございますな」

「ほんとうにいい天気です。天気がいいと気持がせいせいします」

二人は、そこでこんな立ち話をしました。互いに、頭を上げてあたりの景色を眺めました。毎日見ている景色でも、見る度に新しい感じを心に与えるものです。

青年は最初将棋の歩み方を知りませんでした。けれど老人について、それを教わりましてから、この頃は長閑《のどか》な昼頃には、二人は毎日向い合って将棋を差していました。

初めのうちは、老人のほうがずっと強くて、駒を落として差していましたが、しまいにはあたりまえに差して、老人が負かされることもありました。

この青年も、老人も、至って好《い》い人々でありました。二人とも正直で、親切でありました。二人は一生懸命で、将棋盤の上で争っても、心は打ち解けていました。

「やあ、これは俺の負けかいな。こう逃げつづけでは苦しくてかなわない。ほんとうの戦争だったら、どんなだか知れん」と、老人は言って、大きな口を開けて笑いました。

青年は、まだ勝味があるので嬉しそうな顔つきをして、一生懸命に目を輝かしながら、相手の王様を追っていました。小鳥は梢の上で、面白そうに唄っていました。白い薔薇の花からは、好い香を送って来ました。

冬は、やはりその国にもあったのです。寒くなると老人は、南の方を恋しがりました。

その方には、悴や、孫が住んでいました。

「早く、暇をもらって帰りたいものだ」と、老人は言いました。

「あなたがお帰りになれば、知らぬ人が代りに来るでしょう。やはり親切な、やさしい人ならいいが、敵、味方というような考えを持った人だと困ります。どうか、もう暫くいて下さい。そのうちには、春が来ます」と、青年は言いました。

やがて冬が去って、また春となりました。ちょうどその頃、この二つの国は、何かの利益問題から、戦争を始めました。そうしますと、これまで毎日、仲睦《むつま》じく、暮らしていた二人は、敵、味方の間柄になったのです。それがいかにも不思議なことに思われました。

「さあ、お前さんと私は今日から敵《かたき》同志になったのだ。私はこんなに老いぼれていても少佐だから、私の首を持って行けば、あなたは出世が出来る。だから殺してください」と、老人は言いました。

これを聞くと、青年は呆れた顔をして、

「何を言われますか。どうして私とあなたとが敵同志でしょう。私の敵《てき》はほかになければなりません。戦争はずっと北の方で開かれています。私は、そこへ行って戦います」と、青年は言い残して、去ってしまいました。

国境には、ただ一人老人だけが残されました。青年のいなくなった日から、老人は、茫然として日を送りました。野薔薇の花が咲いて、蜜蜂は、日が上ると、暮れる頃まで群がっています。今戦争は、ずっと遠くでしているので、たとえ耳を澄ましても、空を眺めても、鉄砲の音も聞えなければ、黒い煙の影すら見られなかったのであります。老人は、その日から、青年の身の上を案じていました。日はこうして経《た》ちました。

ある日のこと、そこを旅人が通りました。老人は戦争について、どうなったかとたずねました。すると、旅人は、小さな国が負けて、その国の兵士はみなごろしになって、戦争は終ったということを告げました。

老人は、それなら青年も死んだのではないかと思いました。そんなことを気にかけながら石碑の礎《いしずえ》に腰をかけて、俯向《うつむ》いていますと、いつか知らず、うとうとと居眠りをしました。彼方から、多勢の人の来る気配がしました。見ると、一列の軍隊でありました。そして馬に乗ってそれを指揮するのはかの青年でありました。その軍隊は極めて静粛で声一つ立てません。やがて老人の前を通る時に、青年は黙礼をして、薔薇の花を嗅《か》いだのでありました。

老人は、何か物を言おうとすると目が醒めました。それは全く夢であったのです。それから一月ばかりしますと、野薔薇が枯れてしまいました。その年の秋、老人は南の方へ暇をもらって帰りました。

ある神主の話

田中貢太郎

■たなか・こうたろう　一八八〇〜一九四一
高知県生まれ。小説家。随筆家。
初　刊『春宵綺語』日新閣、一九二〇年
底　本『綺談全集　歴史篇』改造社、一九二九年

漁師の勘作《かんさく》はその日もすこしも漁がないので、好きな酒も飲まずに麦粥を啜って夕飯をすますと、囲炉裏《いろり》の前にぽつねんと坐って煙草を喫《の》んでいた。

「あんなにおった鯉が何故獲れないかなあ、あの山の陰には一疋や二疋いないことはなかったが、一体どうしたんだろう」

その夜は生暖な晩であった。囲炉裏に焚く榾《ほだ》の火が狭い荒屋《あばらや》の中を照らしていた。

「二尺位ある二疋の鯉……二尺位の鯉が二疋欲しいものだなあ」

勘作は村の豪家から二尺位ある鯉を二疋揃えて獲ってくれるなら、云うとおりの値で買ってやると注文せられているので、二、三日前からその鯉を獲ろうとしているが、鯉は愚かろくろく雑魚《ざこ》も獲れなかった。

「網では獲れそうにもないから、明日は釣ってみようか、あの淵の傍で釣ってみてもいいな、釣るがよいかも知れないぞ」

勘作は酒の気がないので、もの足りなくて仕方がなかった。

「勘作さん家かな」

何人《だれ》かが入って来た。漁師仲間の何人《だれ》かが話しに来たろうと思って庭を見ると、色の白い小柄な男が来て立っていたが勘作には見覚えのない顔であった。

「お前さんは何人《だれ》であったかな、俺はものおぼえが悪いから」

「お前さんは知らないかも判らない、私は近比《ちかごろ》この村へ来た者だから」

「そうか、それなら、これからおつきあいをしよう、さあ、おあがり」

「そんじゃ、あげてもらおうか」

　小柄な男はそう云って囲炉裏の傍へあがった。

「お前さん、国はどこだね」

「東の方だ、東の方からぶらぶらやって来たが、この辺はいい処だね、漁もあるだろう」

「もとはあったが、近比《ちかごろ》はめっきり無くなった」

「そうかなあ」

「それにこの二、三日は、すこしもないので、今晩はすきな酒も廃《や》めている」

「そうか、それはいかんなあ」

「二尺の鯉を二疋獲ってくれと、二、三日前から頼まれて、この広い湖へ片っ端から網を入れているが、鯉は愚か、雑魚もろくろくかかりゃしない」

「そんなことは無い、私は近比来た者だが、それでも鯉の二疋や三疋は、買手を待たして置いても獲って来る」

　勘作は出まかせなことを云う対手《あいて》がおかしくてたまらなかった。彼は大声で笑いだした。

「お前さんが嘘と思うなら、私がこれから往《い》って獲って来てやろう、網はどこにあるかな」

「網は外の柿の木に乾してあるが、お前さん、狐にでも撮《つま》まれているじゃないか、俺はこの浦で二十年来漁師をやっているが、買手を待たして置いて獲る程鯉は獲れないよ」

「嘘と思うなら私が獲って来てやろう、待ってるがいい」

　小柄な男はひょいと庭へおりて外へ出て往った。勘作は冷笑を浮べながら煙草を喫んでいたが、櫓の音がしだしたので湖に面したほうの障子を開けてみた。朦朧とした月の光の射した水の上に岸を離れたばかりの小舟が浮んで、それが湖心のほうへ動いていた。櫓を押している小柄な男の姿も見えていた。

「俺に獲れないものが、あんな、小僧ッ子に獲れてたまるか」

　勘作は障子を締めて横になって煙草を喫んでいた。そして、小半時も経たないところで足音がして小柄な男が帰って来た。勘作が舟の中へ置いてあった空笊《からざる》を小脇にしていた。

「勘作さん、どうだな、注文の鯉を獲って来たが」

　勘作は起きあがって笊の中を覗いた。大きな二尺ばかりの鯉が四疋と、他に鮒《ふな》や鮠《はや》などが数多《たくさん》入っていた。勘作は驚いて眼を瞬《みは》った。

「注文の鯉を持って往けば、金をくれるだろう、これで一杯買おうじゃないか」

勘作は小柄な男を待たして置いて、その鯉を持って鯉の注文を受けている豪家へ往って二疋を売り、後の二疋を宿の旅籠《はたご》へ売ってその金で酒を買って帰った。

「お前さんの名はなんと云うんだ」

勘作が酒を注《つ》ぎながら云うと小柄な男は笑った。

「名は何でも好いじゃないか、これから友達になったからちょいちょい飲みに来るよ」

「好いとも、飲もう」

小柄な男は明方まで飲んで帰った。勘作はその男の素性が不思議でたまらなかった。翌日になって仲間の漁師達に聞いても何人《だれ》も知っている者がなかった。

小柄な男はその夜をはじめとして折おりやって来た。そして勘作が漁がなくて困っていると、彼は勘作の網を持ってちょっとの間どこかへ漁に往ったが、何時でも数多の魚を獲って来た。

勘作と小柄な男との間は三年ばかり続いた。勘作はもう小柄な男の素性を怪しいとも思わなければ、素性のことを考えもしなかった。某夜《あるよ》、平生《いつも》のようにその小柄な男がやって来て二人で酒を飲みだした。

「勘作さん、お前さんは、私をなんと思っているかな」

小柄な男が云うと勘作はすまして云った。

「なんとも思っていないよ、俺はお前さんが、鬼でも蛇でもかまわないよ」

「私は人間じゃない」

「どうせ、そんなことだろうと思った、なんだな」

「水におる者だ」

「河童《かっぱ》か」

「河童じゃないが、まあ、そんな者さ」

「それも好かろう」

「ところで、私は不自由だから、ひとつ人間になりたいと思っている」

「どうして人間になる」

「人間の体を借りるつもりだ」

「何時借りる」

「明日、午《うま》の比《ころ》、この傍の路を旅人が通るから、その笠を飛ばして、それを取りに水に入って来るところを引込んで、その体を借りるつもりだ」

「そうすると、その人はどうなる」

「その人間は死ぬるが、私がその体を借りるから、他の人には判らない」

「そんなくだらんことは廃《よ》せ、やはり今までどおりで飲もうじゃないか」

　勘作は何時の間にか睡って水の男が帰ったのも知らなかった。そして、朝になって水の男の云った言葉を思いだしたが、気の広い勘作はすぐ忘れてしまって漁に往《ゆ》き、午飯に帰って飯をすまし、庭前の柿の立木に乾してある投網《とあみ》の破れ目を繕うていると、家の傍の路を一人の旅人が通って往った。勘作はふと水の男が笠を落すと云ったことを思いだして旅人の方に眼をやった。と、さらさらと風が吹いて来て旅人の着ていた笠が、ひらひらと飛んでそれが湖の水際に落ちた。と、旅人は慌てて水際へおりて往こうとした。勘作ははっと思った。彼は走って往って大声で止《や》めた。

「おい、おい、水へ入ってはいかん、魔物が棲んでおるから引込まれる」

旅人は水の中に足を入れようとして止《や》めた。

「あぶない、あぶない、そこには魔物が棲んでおる」

旅人は笠をそのままにして、路へあがって来て勘作に礼を云ってさっさと前方へ往ってしまった。

水の男は勘作の顔を見るなり怒鳴りだした。

「やい、勘作さん、お前さんのような情なしがどこにある、おまえさんは、なんの怨があって、私の仕事の邪魔をした」

勘作は膳前《ぜんさき》に一本飲んでいるところであった。

「なんだ、なんのことだ」

「なんのことだ、おい勘作さん、とぼけちゃいけないよ、今日、俺が旅人の笠を飛ばして、旅人を引込んで、人間になろうとしていると、お前さんが走って来て、そこには魔者が住んでおる、入られんと云ったのを忘れたのか、おい勘作さん、忘れたとは云わせないよ」

「ああ、そのことか、そのことなら覚えている」

「だから、なんの怨みがあって、そんなことをしたかと云っているんだ、それを云ってもらおう」

「そうか、そのことか、そりゃお前さんがいけねえ、お前さんが人間になりたいと思って、他の人間を殺すのは道にはずれている、そりゃ、いくらお前さんと友達でも、そんなことはいけねえ、それとも、お前さんは、道にはずれていると思わないのか」

「そりゃ、罪もない人間を殺すのは、ちと気の毒じゃが、それ位のことは、眼をつぶらねばいけない」

「それは自分勝手の理窟じゃ、そんな道にはずれたことはいけない、まあお前さんもつまらん望みを起さずに、今までどおりにつきおうて、旨い酒を飲もうじゃないか、まああがるがいい」

　水の男は囲炉裏の傍にあがって酒を飲みだした。

「人間になったところで、たいしたこともない、このままで俺と何時までも旨い酒を飲もう」

勘作と水の男とは、又三年ばかりの交りを続けたが、某夜水の男は又勘作に云った。

「今度こそ人間になる決心をした、人間になったら、お前さんの処へ来られる」

「どうして人間になる」

「夫婦喧嘩をしている者があって、女房の方が家を飛び出して来ることになっているから、それを引込むつもりだ」

「そうか、どこでやる」

「この傍へ来る、明日の晩の亥《い》の刻じゃ」

翌晩になると勘作は、又水の男の云ったことが気になりだした。彼は亥の刻になると外へ出て湖水縁《べり》の路を歩いた。星の多い夏の夜であった。と、前方からばたばたと足音をさして走って来る者があった。勘作は星の光に透して見た。色の白い女が肌もあらわになって走っている。いよいよ家出女房であると思っていると、女はふと足を止めて水の中へ眼をやった。勘作は背後《うしろ》からそっと往って、今にも飛び込もうとしている女をしっかと抱き止めた。女は勘作の手を振り放して飛び込もうとする。二人が争っているところへ女の亭主はじめ隣家の者が三、四人やって来た。勘作は女を渡して帰って来た。

水の男はもう勘作の家へ来て坐っていた。

「おい勘作さん、お前さんは、なんと云う意地悪だ、何故私が人間になる邪魔をする」

勘作は莞爾莞爾《にこにこ》笑いながら上へあがった。

「お前さんも又、殺生なことまでして何故人間になりたいのだ、そんなことは、ふっつり思い切ったらどうだ」

「思い切れないからこそ、やってるじゃないか、何故邪魔をする」

「お前さんは、そんなことを云うが、お前さんに生命を奪られて体を借りられる人間の身になってみたらどうだ、俺が邪魔をする訳も判るよ」

「そりゃ、人間には可哀そうさ、だが私の身になったらどうだ」

「お前さんのことは道にはずれているから、そんなことは話にならんさ」

「お前さんは意地悪で困る」

「まあ、酒でも飲もう、宵のあまりがあるから、そいつを飲みながら話そう」

二人の交りは又三年ばかり続いた。そして、その年の春であった。某夜水の男は勘作が寝ている枕頭《まくらもと》へ来た。

「私は、お前さんのおかげで悪いこともせずにやってたから、今度、神になって祭られることになった。これからこの湖では余り漁もないし、お前さんも年が往って仕事をするが苦しかろうから、私の処へ来て神主になるがよい、場所はこの家の前の路を西へ西へと十日ばかり往くと、大きな川がある、その川の土手だからすぐ判る」

翌日になって勘作は、水の男の云ったことを考えてみたがどうも真箇《ほんとう》にできない。で、そのままにして相変らず漁師をやっていたが、それから水の男も来なければ漁もなくなったので、水の男の云ったことを思い出してその年の秋船も網も捨てて西へ向って出発した。

　水が枯れて河原の広々とした大きな河が来た。勘作はこの河ではないかと思って、渡船《わたし》場《ば》におりようとする河土手になった林の中を注意して歩いていた。と、路の上に新しい石《いし》磴《だん》があって、やはり新らしい檜の小さな鳥居が見えた。勘作は確かにこれだと思ってその石磴をあがって往った。

　夕陽の中を蜻蛉《とんぼ》が二つ三つ飛んでいた。石磴《いしだん》をあがり詰めると檜の香の紛々《ふんぷん》する小社《こやしろ》があった。勘作はその前に往って頭をさげて拝んだ。

「勘作か、よう来た」

　それは聞き覚えのある水の男の声であった。勘作は頭をあげて木連格子《きつれごうし》の間から中の方を見たがなにも見えなかった。

「二、三日のうちに家もできる、それまでは、堂の内で寝るがいい」

　勘作は縁に腰をかけて、肩に打ちかけた風呂敷包を置いた。

「お前はこれから、村へ往って来るがいい、その石磴をおりて村の方へ歩いて往くと、牛を牽《ひ》いた年寄が来る、その年寄に、今、水神様のお告《つ》げがあったが、今晩、大水が出るから、河原へ乾してある稲は、すっかり取り込まなければならんと云うがいい」

勘作はその言葉に従って石磴をおりて往った。そして、土手を内へ入って人家のある方へ歩いていると、果して牛を牽いた老人がやって来た。

「もし、もし、私は、今、水神様のお告げを受けたから、村へ知らしに往っております、今晩は大水が出るから、河原へ乾してある稲を取り込まないと流れると云うことです」

老人は半信半疑の顔をした。

「この天気続きに、おかしいなあ、しかし、神様のお告げと云うことなら、村の衆へ知らすことは知らしてやろう」

老人は牛を牽いて帰って往った。勘作はそのまま社へ帰って、堂の上へあがってみると酒や飯が三宝に盛ってあった。

「勘作、腹が空いたら、それを食うがいい」

勘作はその酒を喫《の》み、飯を喫《く》った。水の男は姿を見せなかったが、傍で勘作の相手になった。

その夜大水があった。水神の告げを信じて稲を執り入れた者は無事であったが、それを疑ってそのままにしてあった者は皆流してしまった。

村の人びとは、翌日水神の告げを知らして来た旅の男を水神の社《やしろ》の内に見つけて、それを神主として置くことになり、社の傍にその住居をかまえた。

過去世

岡本かの子

■おかもと・かのこ　一八八九〜一九三九
東京府生まれ。跡見女学校卒。歌人。小説家。
初　出「文藝」一九三七年七月
底　本『岡本かの子全集　第三巻』筑摩書房、一九九三年

池は雨中の夕陽の加減で、水銀のように縁だけ盛り上って光った。池の胴を挟んでいる杉木立と青蘆の洲とは、両脇から錆び込む腐蝕のように黝《くろず》んで来た。

　窓外のこういう風景を背景にして、室内の食卓の世話をしている女主人の姿は妖しく美しかった。恰幅のいい身体に豊かに着こなした明石《あかし》の着物、面高で眼の大きい知的な顔も一色に紫がかった栗色に見えた。古墳の中の空気をゼリーで凝らして身につけているようだった。室内でたった一人の客の私は、もう灯をともしてもいい時分なのを、そうしないのは、今宵私を招いた趣旨の螢見物に何か関係があるのかも知れないと思い、すこしは薄気味悪くも我慢して、勧められるまま晩餐のコースを捗《はかど》らせて行った。だんだん募る夕闇の中に銀の食器と主客の装身具が、星座の星のように煌《きら》めいた。

　女主人久隅雪子は私と女学校の同級生で、学校を卒業するとしばらく下町の親の家にいたことだけは判ったが、直ぐ消息を断った。それから十年あまりして私はすでに結婚していて、良人に連れられて外遊する船がナポリに着いた時、行き違いに出て行こうとする船に乗り込む遽《あわただ》しいかの女に、埠頭《ふとう》でぱったり出遭って、僅かにお互に手を握った。あとは私の帰朝後を待ってといい残して訣《わか》れてしまった。

二人ともいわゆる箱入娘で、女学生にしてもすでに知らねばならない生理的の知識に疎《うと》いところがあり、よく師友から笑い者にされた。その代り二人は競って難しい詩や哲学の書物を読んだ。そういった関係から、双方無口であり極度の含羞《はにかみ》やでありながら、何か黙照し合うものがあるつもりで頼母《たのも》しく思っていた。だが私が四年目に帰朝し、それから二、三年も経ったのに、かの女からは再び何の消息もなく、同窓の誰も知らなかった。一度こちらから親の家へ尋ね合した手紙は、久しく前に移転して住所不明の付箋で返されて来た。ところが突然かの女は郊外の新居というのから電話して来て、車を廻して寄越し、自宅で蛍見物をさすというのに、のん気な昔の友人訪問の気持を取り戻して、私は来て見たのであった。

淡い甘さの澱粉《でんぷん》質の匂いに、松脂《まつやに》と蘭花を混ぜたような熱帯的な芳香が私の鼻をうった。女主人は女中から温まった皿を取次いで私の前へ置いた。

「アテチョコですの？」

「お好き？」

「ええ。でも、レストラントでなくて素人のおうちでこういうお料理珍しいと思うわ」

「素人じゃございませんわ。店の司厨長《シェッフ》を呼び寄せて、みな下で作らしていますのよ」

「わざわざ、まあ、恐れ入りました」

「私、最近に下町で瀟洒《しょうしゃ》なレストラントを始めようと思って、店や料理人を用意してありますのよ」

　女主人はレモンの汁を私の皿の手前に絞ってくれ、程よく食塩と辛子を落してくれた。私は大きな松の実のような菜果を手探りで皮を一枚ずつ剝ぎ、剝げ根にちょっぴり塊《かたま》ってついている果肉に薬味の汁をつけて、その滋味を前歯で刮《か》き取ることにこどものような興味を湧しながら、

「まあ、あなたがお料理屋を、どうして」

「――何かして紛らしていなければ――独身女はしじゅう焦々《いらいら》しますのよ」

　そういって友はちょっと眉を寄せたが、友の内心には何処かさとりめいた寛《くつろ》いだ場所ができ、一脈の涼風が過不及なしの往来をしているらしくも感じられる。下手な情感的な態度を見せては案外友を煩《うる》さがらさぬともかぎらない。

「それよりも、私、私が今度買い取って落着くようになったこの家について不思議な因縁話があるの、あなたに聴いて頂こうと思って……そう陽気な話じゃありませんの。灯をつけて話しますわ」

　夕顔の花のような照り色のシャンデリヤがぽっとついた。室内の照明に負けて窓外の景色はたちまち幕を閉じて、雨の銀糸が黒い幕面にかすれた。一たん眼を瞑《つむ》った友はまたぱっと開いて私の顔を真面《まとも》に見た。これも昔見た友の癖である。

かの女は女学校を卒業して親の家で結婚前の生活をしている期間に、望まれて父親の知合いで郊外に隠寮を持つ退職官吏Yの家へ客分として預けられることになった。

退職官吏Yの考えでは、自分の蒐集品のことにこまかい細工ものの昔人形や、壊れものの陶もの類は、骨董美術品商の娘であるかの女の馴れて丹念な指先が、手入れ保存に適当だと思ったからであった。かの女の父はまたかの女がたとえ富んだ老舗《しにせ》の長女でも、下町の娘であるからには躾《しつ》けに至らぬ我儘《わがまま》なところがあろう。一度は上層知識階級の家へ入れて見習わしたいという昔風の考えがあった。雪子の父はなまじなよその夫人よりY家の主人を非常に厳格な躾け正しい人と信じていたから……

かの女はちょっとした嫁入支度ほどの調度を持って、Yの隠寮へ寄寓した。

あてがわれた庭向きの客座敷の隣の八畳へ調度を収めて、女らしい部屋にしてかの女は落着いた。家長のYは、かの女が落着くとすぐ部屋に兵児帯《へこおび》をちょっきり結びにした大兵の体を唐突に運び入れて来て、衣桁《いこう》にかけた紅入りの着ものや、刺繍をした鏡台の覆いをまじまじと見て、

「娘の子を一人持ったようだ」

これが精一杯のお世辞の挨拶だというように、ぶっきら棒に云った。そして直ぐ椽から

盆栽棚のたくさん並んでいる庭へ下りて行った。

その後はYは一度も部屋に見舞って来なかった。そしてとても仕切れないほどの所蔵品の手入れを命じたり、観賞するためにあれこれと蔵から出し入れさせられて煩《うる》さかった。彼は偏執症の蒐集欲以外に精力を使うことを絶対に嫌った。早く妻に訣れてからは、異性には全然関心を持たなかった。それは彼の最も世の中で価値ありとする品とか気位とか悧巧とかを誑惑《きょうわく》する魔性のものに外ならなかった。ただ彼は気短かになって、しばしば癇癪を起した。それらの性癖の諸点がかえって彼を厳格端正に表面化させたのだと雪子はYについての世評の裏を知った。

何にでも極度に好き嫌いをつけるYは、自分の息子兄弟にもそれをした。弟息子の梅麿は父の唯一の寵児《ちょうじ》だった。彼はやや下膨れの瓜実《うりざね》顔の、こんもり高い鼻の根に迫らぬよう切れ目正しくついている両眼の黒い瞳に、長い睫毛《まつげ》を煙らせて、地を見入っているときには、何を考えているか誰も察しがつかなかった。桐の花のように典雅でつくねんとした美しさが匂った。声も鋭さを鞣《なめ》して楽しい響きを持っていた。彼はいつでも不機嫌に近く黙って孤独で、地へ向けて長い睫毛を煙らせていた。雪子は新しく家族の仲間に加わった自分に対し、若い女性に対し、何の影響をも示さないこの少年に、焦立たしさと、不満を含まないわけにはゆかなかった。

だが、その美しさには雪子も呆然として息を吐いた。父は梅麿を自分の蒐集物の愛玩品の中に数え、しかもその中で最も気に入った一つのもののように、書斎で、庭で、二人は大概一緒だった。そして父はこの息子に下手からお世辞を使う態度を取っていた。梅麿は父がお世辞を使う気持を見抜いて、とぼけて悠々とお世辞を使われていた。だが決して調子に乗らなかった。そして、父が理由もなく癇癪を起しかけて来ると、少女よりややしっかりした綺麗な唇を嬌然と笑みかけて、あどけないことを云ったり、親を煽《おだ》てたり、他人の悪口をいったり、およそ父の弱点が喜びそうなところを衝《つ》いて、素知らぬ顔で父の気分を持ち直させることに、気敏《けざと》い幇間《ほうかん》のような妙を得ていた。

雪子はいやらしいと思う以上に、その技巧の冴えに驚嘆した。だが、梅麿は父以外にはその手は絶対に使わなかった。

父の気紛れが、面白くない仕辛い仕事を望むときには、梅麿はすーっと脇へ除けた。夜中に急に風呂を沸かさせたり、椽の下の奥に蔵ってある重いものを取出さしたり——そういうときには兄の鞆之助《とものすけ》が、ぶつぶついう召使を困りながら指揮して、その衝《しょう》に当った。

父はこのことを知っていて、

「梅は狡《ずる》いやつだ」

といって笑ったが、その狡さが気に入ってもいた。兄の鞆之助は反対に調法の外、何から何まで、父の気に入らなかった。父は兄息子の顔を見るとむっと黙ってしまうか、癇癪を浴せかけた。命令通り出来上った仕事も、その命令通りにした愚直なことが、そこに叱言《こごと》の隙間もないことで父を怒らせた。兄はしじゅうおどおどしていて、眼鼻立ちに神経の疲労と愁いの湿りがあった。濃い頭の捲毛だけが兄弟似寄っていた。兄弟は父が現代教育の方針に不満という理由で、一人は中学を、一人は高等学校を、途中から退学させられて、通って来る二、三人の家庭教師に就かされているが、実は父が家庭における享楽生活に手不足を来すのを、父は極力嫌ったためでもあった。

兄の鞆之助は雪子の部屋へよく遊びに来た。雪子が部屋の周囲に、蔵から出して来た、真ものの植物以上に生々と浮き出ている草花が染付けられている鉄辰砂《てつしんしゃ》の水差や、掌の中に握り隠せるほどの大きさの中に、恋も、嘆きも、男女の媚態も大まかに現われている芥子《けし》人形や、徳川三百年の風流の生粋が、毛筋で突いたような柳と白鷺《しらさぎ》の池水に彫み込まれた後藤派の目貫きのようなものを並べて、自分の店から持って来たいろいろの専門の道具や薬品を使って手入れしながら、面倒臭く思って伸びをしたり、または芸術という不思議な幻術が牽き入れる物憎い恍惚《こうこつ》に浸ったりしていると兄はおずおず入って来る。

彼はかの女の傍に立膝して坐ると、いくらか手入れを手伝いながら、かの女の気配を計った。かの女の丸い顔をいじらしそうに見た。

「うちは、これでね、思ったほど豊かじゃないんですよ。何しろ父はああいう風でしょう。何でも見付け次第買っちまって、ときどき月末の生活費の払いの現金にも困ることがあるんです」

　かの女は興味索然としながら話に釣り込まれた。

「あなた方ご兄弟は将来どうするおつもり」

「父が生きているうちは今の財産を使っちまっても、父の恩給で米代ぐらいはありますが、父が死んだらこんな道具類でもぽつぽつ売って食って行くより手はありません。それにしても贋物《にせもの》が多くて」

「持参金付きのお嫁さんでもお貰いになったらいかが。ご兄弟とも美男子だしお家柄はよし」

　かの女は揶揄《からか》った。鞆之助は真《ま》に受けた。

「だめですよ。第一僕等に学歴はなし、それにこう見えて、僕は女に対してうんと贅沢《ぜいたく》な好みを持っているんです」

「弟さんは」

「あれは父と同じに女嫌いらしいです」

　そうかと思うとまたの日は急に朗らかで、いそいそして来て、どこから探し出して来たか、古風な猥《みだ》らな絵巻物をかの女にそっと拡げかけるようなこともあった。かの女は極力平静を装って、彼の顔を正視した。

「それどこが面白いのでございます」

すると、彼は照れて、

「僕にはものを考えないというモットー以外には生きる方法はないんです。単に刹那《せつな》々々の刺激のほかには……」

と負け惜しみのようなことを云いながら、手持ち不沙汰にそれを巻き納めて部屋を出て行くのだった。

父のＹは旧幕の権臣の家の後嗣者であった。旧藩閥の明治の功傑たちは、新政府に従順だった幕府方の旧権臣の家門を犒《ねぎら》う意味から、その後嗣者を官吏として取り立てた。Ｙは相当なところまで出世した。しかし、Ｙの持って生れた度外れの気位と我執の性質から、とうとう長上と衝突して途中で辞めてしまった。遺産のあるままに生来の蒐集癖に耽《ふけ》って、まだ壮年をちょっと過ぎたくらいの年頃を我儘三昧《ざんまい》に暮そうと決めてしまった。恐るべきエゴイストの墓標のような人間であった。

Ｙの権高な気風と、徹底した利己主義に、雪子はやや超人的な崇高な感じは受けたが、下町娘の持つ仁侠的な志気はＹにひどい反抗と憎みを持った。あわよくば、Ｙが寵愛している弟息子を奪って、父の傲慢の鼻を明かしてやろうとさえヒステリカルに感じた。

兄の息子は、膨れ目蓋のしじゅう涙ぐんでいるように見える、皮膚の水っぽい青年だった。女のことで一度落度があったという噂だが、しかしそのことが原因ばかりでもない蔭の人の性分を十分持っていて、父や弟から、身内と召使いとの中間の人間に扱われ、雇人に混って、自然にこの別寮の家扶《かふ》のような役廻りになっていた。しかし、見かけほど悲劇的な性格もなく、どこかのん気で愚なところがあって、情操的にものを突き詰めては考えられなく、萍《うきくさ》の浮いたところがあった。

　母のいないこの別寮で、兄の鞆之助は主婦のような役目にもなった。雪子が来て二月ほどしたある日、弟の梅麿はかの女の部屋に来ていた兄のところへ珍しく入って来て、

「兄さん、僕に出してくれた着物、綻《ほころ》びが切れてるじゃないか」

と袂《たもと》をあげて脇を見せた。

　すると兄ははらはらしながら、美しく重圧して来る弟の黒い瞳に堪えないように眼を伏せて目蓋をぴりぴりさせ、

「だって、いま、婆やも女中も使いに出しちゃっていないんだから仕方がないよ」

　すると梅麿は苦いものに内部から体を縒《よ》じ廻されるように憂鬱な苦悩を表情に見せて、

「もう浴衣《ゆかた》でなきゃ暑くて、お父さんにいいつかった庭の盆栽へ水をやりに行けないじゃないか——兄さん自分で縫っておくれよ」

　兄の不甲斐ない性質に対する日頃の不満と、この弟を凝った瑩玉《えいぎょく》のように美しくしている生れ付き表現の途を知らない情熱と、生命力の弱いものに対しては肉身でも奴隷のよ

うに虐げて使ってしまう親譲りのエゴイズムとが、異様で横暴な形を採って兄に迫った。
兄は困ったような情けないような表情をして、突き付けられた浴衣に近寄って行った。
しかし、傍に雪子のいるのを見ると、薄い乾いた下唇をちょっと舌の先で湿らしてから、兄はにやりと笑った。

「無理をいうなよ——だめだよ。男になんか、縫えなんて……」

そして腕組みをして昂然とした態度を作った。それには不自然なところがあった。兄はありたけの勇を揮《ふる》って弟の瞳に睨《にら》み合った。

雪子の立場が切ないものになって来た。雪子は彼女の簞笥《たんす》の観音開きから急いで針道具を取出して来て、弟の持っている浴衣に手をかけた。

「何でもありませんわ。あたし縫ってあげますわ」

すると、梅麿は浴衣を雪子の手からすっと外して、なお兄に向っていった。

「兄さん縫っておくれよ。いつもうまく縫うじゃないか」

兄は赤くなった。弟は兄になおも迫った。場合によっては平気で、兄が雪子に聞かれて、もっと顔を赤くしそうな暴露の意地悪さを用意して、ぜひ兄に縫わせないでは置かない気配を示した。そこにはまた、雪子という第三者が入り込むのを潔癖に嫌ういこじさもあった。

雪子は弟が肉身の兄に対する執拗な残忍な仕打ちと、また女の身の雪子が折角の申出を態よく拒否された恥とで、心中怒りが盛り上って来た。何として仕返しをしてやろう——雪子は針道具をそこへ置いたまま、青葉の映る椽側へ離れて行って、そこの柱へ凭《もた》れてまじまじと弟を見詰めていてやった。

兄は雪子の気配を察するだけに、いよいよその場の処置が困難になって、ただ生返事をして萎縮していた。

雪子はふと、母もなく我執の父の下に育って、情のしこった弟息子の親への甘えごころが、兄へこうも変った形を採って現われるのではないかと気がついた。そして、生命力の薄い、物に浮れ易い兄は、到底弟のこの本能の一徹な欲求を理解もし負担もしてやる力はないのだと思った。兄は彼の紛らし易い性分から、彼の愛の欲求を何かに振り撒き、繋ぐことによって、彼自身だけの始末をつけていた。彼はこの頃いよいよ雪子に向けて心を寄せる傾向が見えていた。

兄は雪子の眼の前で針仕事をする姿を、何としても見せたくないらしく、いかに弟に迫られても薄笑いしていて、応じなかった。そして顔色を蒼ざめさしたり、急に赤めたり、しかもわきへ避けて行かないで、だんだん眼と口とが茫漠となるところを見ると、一種の被虐性の恍惚に入っているもののように見えた。

弟はこれに対してますます執拗になり、果ては凡《あら》ゆる侮誣《ぶぶ》の言葉を突きつけて兄に向った。

雪子は見てはいられない気がした。こんなに執拗に取組まなければ愛情の吐け口を得られない兄弟の運命や性格の原因をどこへ持って行ったらいいか、その詮索をするのさえいまいましいほど、心を不快に底から攪《か》き廻された。いまから考えると多分の嫉妬もあったように思う。そういう険しい石火《せっか》を截《き》り合って、そこの裂目から汲まれる案外甘い情感の滴《したた》り――その嗜欲《しよく》に雪子は魅惑を感じた。雪子の細胞には、他人のそういう仕打ちの底の心理を察して羨むだけの旧家育ちの人間によくある、加虐性も被虐性も織り込まれていた。

弟はとうとう兄の薄皮の手首を、女のようにじーっと抓《つね》った。兄は真赤に顔を歪《ゆが》めてそれを堪えていた。雪子は激動の極、少し痴呆状態になってかえって逆に刺戟を求めるころから、もっと眼の前で惨劇の進むのに息詰まる興味を持つようになっていた。

それが終ると弟は浴衣を抛り出して、手早く帯を解いて、それから着ていた袷《あわせ》も脱いだ。

「僕、縫ってくれないなら、裸で庭へ出て行くから――」

行きかける風さえみせた。

兄はあわてて弟を捉えた。

「だめだよ。そんななりで、君、感冒《かぜ》をひくじゃないか」

兄は弟が小さい時感冒から肋膜の気になったのを覚えていて、それを気遣《きづか》ったものの、もっと大きな原因は、この兄弟は生まれつき肉体の露出については不思議な羞恥《しゅうち》の本能を持っていた。他人に見られるようなところで、どんな必要の場合でも肌を脱いだり、裾をからげたりは決してしなかった。兄弟同志の間では、なお更それは猥《みだ》らなものを見るように嫌った。

いま弟がそれを敢《あえ》てするのは、必死の羞恥を突き付けて、兄に必死の決意を促す最後の脅迫手段だった。

「君、裸を垣根から通る人に見られるじゃないか」

「かまうもんか」

兄弟は死のように蒼ざめて争った。

兄は息が切れるように喘《あえ》いだ。眼を伏せて、なるべく見ないようにして、着物を弟に着せようとした。弟は肩ではねのけた。幾度か少青年の白磁色の身体が紺堅縞《こんたてじま》の大島の着物に覆われては剝け出た。兄はその所作の間に、しばしば雪子の方を振り向いてかの女の気配を窺った。

兄の気持を察すると、弟の童貞で魅惑的な肉体を、自分が心を寄せかけている若い娘に見られることは嫉《ねた》ましく厭わしかった。だが我意を貫くことと兄を脅すことの一図《いちず》に耽《ふけ》る弟は、今は全く雪子の存在などは無視した。弟は一体ふだんから雪子の存在をどう考えているのか、女というものに対してどういう感受性を持っているのか、全く不明だった。それは雪子を寂しく焦立たしいものにしたが、この場合、彼が何人に対しても嫌う裸身を雪子の前ですらりと現わすということは、たとえその目的は兄に向ってであるとはいえ、副作用として雪子は無視の軽蔑を斜に受けないわけにはゆかなかった。だが、ここに至って雪子は怒ろうと思ってもなぜか力が脱けた。

雪子は女として少しも顧慮されない自分を、急に魅力のない卑しいものに感じて、弟に対して感じているふだんの心の底の寂しさを一層深めた。

「仕方がないやつだなあ」

兄はとうとう負けて、雪子がそこへ置いて来た針道具を、ちょっとかの女に会釈《えしゃく》して、手元へ引き寄せた。針さしから手頃の針を抜き取り、針先を頭の髪の毛へ突き込んで油をにじませた。アイヌの郷土細工の糸巻から、弟の着物と似合いの色糸を見付けて、針の孔《めど》へ通した。それからいかにも物馴れた調子で綻びを繕《つくろ》いにかかった。

男の針仕事――。いかにぎこちなく、侘《わび》しい形でそれが行われることだろう。雪子はあらかじめぞりっと寒気を催すと共に、その不快な醜さによってかの女の神経の肌質《きめ》をささくれ立たされることを覚悟していたが、兄の手振りを見ておやおやと思って安心した。より以上に感心した。それは女のする通りの所作に違いないが、しかしその通りを男の青年がするのに、少しも男の格を崩し、また男の品位を塩垂《しおた》れさすような女々しい窪《くぼ》みは見出せなかった。従容として、ただ優しい仕事に、男がいたわり携わっている自然の姿に外ならなかった。結局、兄の性格としてそれは身についた仕事であり、弟へしてやっている平常からの馴れであり、実は好みの就業となっているのかも知れない。

「男の針仕事もいいものだ」

と、雪子は胸の中でそう嘆声を漏らしていた。

だが、雪子は羞明《まばゆ》いのを犯して、兄の縫う傍に立っている弟の裸身に眼をやると同時に、全面的に雪子に向って撞《つ》き入ろうとする魅惑を防御して、かの女の筋肉の全細胞は一たん必死に収斂した。すぐ堪え切れない内応者があって、細胞はまた一時に爆発した。そしてすっかり困迷して痴呆状態に陥った雪子の心身へ、若く甘い魅惑は水のごとく浸り込んだ。

雪子はこの若きダビデの姿をいかに語ろう――ミケランジェロの若きダビデの彫像の写真にしても、このときまだ雪子は知らない。後に欧州の彷徨の旅で知ったのである。それは伊太利《イタリー》フロレンスの美術館の半円周の褐色の嵌め壁を背景にして立っていた。それが持つ憂愁の甘美は、西洋的の動物質と東洋的の植物性との違いはあるが、梅磨が持つものとほとんど同じだった――。健かな肉付きは、胸、背中から下腹部、腰、胴へと締って行き、こどもの豹《ひょう》を見るようだった。流暢《りゅうちょう》で構梁の慥《たし》かな肩の頂面に、つんもり扇形の肉が首の付根の背後へ上り、そこから青白く微紅を帯びた頸が擡《もた》げられた。

だが、雪子の魅せられたのはそういう一々のものではない。何代か封建制度の下に凝《こ》り固めた情熱を、明治、大正になってまだ点火されず、もし点火されたら恨みの色を帯びた妖艶《ようえん》な焔《ほのお》となって燃えそうな、全部白蠟《はくろう》で作ったような脂肉のいろ光沢《つや》だった。それにはまた喰い込まれている白金の縄を感じた。

久隅雪子はほたる見物にことよせて私を招き、文学者である私にだけは是非この話をして、自分のこの家に落着く気持を分担して貰いたいのだった。この家はその奇矯な親子兄弟の棲んでいた家だった。雪子は話し終って、ほっとして云った。

「その父親が病死すると直《じ》きでしたの、その兄弟が心中しちまったのは……」

死ね！

豊島与志雄

■とよしま・よしお　一八九〇～一九五五

福岡県生まれ。東京帝国大学文学部仏文科卒。小説家。翻訳家。

初　出「文藝」一九三四年六月

底　本『豊島与志雄著作集　第三巻』未來社、一九六六年

私と彼とは切っても切れない縁故があるのだが、逢うことはそう屢々《しばしば》ではない。私はいつもひどく忙しい。貧乏で、わき目もふらず働き続けなければ、飯が食えないのだ。ところが彼は、いつも隙《ひま》だ。のんきに、夢想したり、歩き廻ったり、酒を飲んだりして、日を送っている。それかって、財産があるわけではない。私に金銭上の迷惑をかけたことも度々ある。「人の厄介になるよりは、なぜ自分で働かないんだ、」と私はいうのだけれど、彼はいつも平然と答える、「今に働くよ。」それが、口先だけのものではなくて、心の底から信じきっているらしい誠実さがこもってるので、私はつい、その「今に」を信ずることになる。だが、それは、いつまでも現在になることがなく、先へ先へと延期されていく。太陽を背中にした時の影法師みたいなものだ。進むだけ先へ進む。然し彼は、それをむりに追い捕えようともしない。そしてのんきに、ぶらぶらしている。どうやりくりしているのか、苦労の影さえない。それがどうも私には不思議だ。だけど、彼のその秘密にばかり関わってるほどの余裕は、私にはない。私は日々のパンのために忙しいのだ。そして忙しい者と隙な者とは、そう屢々逢えないものらしい。機会のくいちがいといったようなものがあるのだろう。

ところが、或る晩、彼に不思議なところで出逢った。

私はいくら忙しいといっても、毎日朝から晩まで働きづめでいるわけではない。そんなことは人間として出来るものではない。たまには肉体的息ぬき、精神的保養も、必要である。そんな意味で、ばかげた酒を飲んで、すっかり酔った。風がなく、なま暖く、空はぼんやり霞んでいそうな気配。外を歩いていると、家の中にはいるのが息苦しく思われるような晩だ。こんな時には、病院ではきっと誰かが死ぬ。

薄暗い横町の角のところに、下水工事の掘り返されてるのがあって、街路の片側に、コンクリートで出来てる大きな土管が転っていた。ばかに大きくて丸い。私はそれに気を惹かれて、ステッキの先でつついていった。ただコツコツと、岩石をつきあてるようなものだ。感心してなおコツコツやっていると、尖端の穴から、ぬっと男が出て来た。それが、彼だった。暖いのに、まだ冬のマントを着ていた。その長髪はばさばさして艶がなく、蒼ざめた頬へ疲労性の熱が浮いていて、瞳が据っていた。彼は私を見てとると、手に持っていた帽子を土管の上に投りつけた。怒っているようだった。

「何をしているんだ。」

私は呆れた。

「君こそ何をしていたんだ。」

彼はそれには答えないで、帽子を拾って頭にのせてから、私の方をじっと眺めた。私は軽蔑されるのを感じて、眼を伏せた。すると彼は私の腕をとって歩き出した。

「僕は面白いことを発見した。」と彼は話し初めた。「もうとてもいけないと思って、千代子にそう云うと……。」

　その、もうとてもいけないというのが、私から見れば、呆れはてた考え方なのである。前に云ったように、彼は殆んど借金で生活していた。友人たちから、借りられるだけ借りた。それから高利貸から借りた。利子が払えなくなると、他の高利貸から借りた。そういう風で、今に行き詰ることは眼に見えていた。然し彼は平然としていた。も一つの「今に」が控えていた。「今に仕事をする、そして借金なんか……。」その自信が余り大きかったので、他人の借金まで引受けるようなことをした。困ってる者が相談にくると、少々の金なら出してやり、都合がつかないと、借金の連帯保証をしてやった。それが全部かぶってきても、別に嫌な顔はしなかった。自分で借りたものよりも、そうしたものの方が多かったかも知れない。彼は田舎に多少の土地を持っていて、ほんとに困るとそれを売ったり、抵当にして金を借りたりした。だからわりに長く持ちこたえたとも云える。ところが、そうした借金はふえてくるばかりなのに、「今に仕事をする」その今にの方は、なかなかやって来なかった。なぜだか彼自身にも分らなかったらしい。人間の生活は、習慣に支配されてるもので、今に仕事をすると考えながら怠惰に日を送ることが、彼には一種の習慣となっていたのかも知れない。そして愈々《いよいよ》やりくりがつかなくなると、彼は借金を全部計算してみて驚いた。意外の額に上っていた。そこで決心をした、仕事をしようと。然しそれには、さし当って面倒なうるさい借金だけは整理しておく必要を感じた。そのために土地を全部まとめて担保にいれて、四、五千円拵《こしら》えようとかかった。ところが、それが出来なかった。千か二千は出来たろうが、それは半端で間に合わなかった。彼は首を傾《かし》げた。思った金額が出来ないのが不思議だった。彼にとっては、金の問題は凡て小学校の算術だった。これだけ借りて、こうして、これだけずつ払っていく。計算が明瞭についた。ただ、前提となるべき借金だけが出来なかった。それが彼にとっては不思議極まることだった。そんな筈ではなかったのである。水は高い所から低い所へ流れていく。今はこちらが水量が足りないから、よそから流しこんでおいて、やがて仕事によって水量がましたら、また他の方へ流してやるつもりだった。それが齟齬《そご》を来したのである。要するに、金を借りる時期と、支払う時期――即ち仕事をする時期とが、距《へだた》りすぎていたのである。後者の時期の方が前者の時期に先立たなかったことも、彼にとっては不思議に思われた。

　彼は少し疲れた。面倒くさくなった。こんな世の中ならもう死んでもいいと思った。元来、彼は生への強い執着を持たなかった。為すべきことが多くあるから是非とも生きていたい、そういう不遜な考えは少しもなかった。生きてる間何かをしておれば、いつ死んでもよいのだった。そういう気持なのに、現在、彼は少しも仕事をしていなかった。だから余計、いつ死んでもいいということになった。

　但し少しも仕事をしないというのは、彼の主観的な表現である。彼は少しは働いていた。然しそれは本当の仕事ではないというのである。借金がふえると同時に、びっくりして、種々のつまらない仕事をやめて本当の仕事に専心しようと考え、そのために負債整理を企てたのである。茲《ここ》に断るまでもなく、彼は文学者だった。文学者というものは、本当の仕事とかつまらぬ仕事とか区別をつけたがる。然しその区別は、ただ主観的なもので、恐らく神にだって分るまい。だから、本当の仕事がしたいというのは、実のところ、真剣に働きたいということに過ぎないかも知れない。

　負債に煩わされて真剣に働くことが出来ないとすれば、そしてそのごたごたした負債を整理することも出来ない世の中だとすれば、死んだ方がいいだろう、という風に、いつ死んでもいいという彼の気持は、死のうかなあという動きに変った。

「そこで千代子にそう云うと……。」と彼は私に話し続けるのだ。

　千代子というのが彼の愛人なのである。愛人という言葉は少し変だが、実を云えば、彼と惚れ合ってる芸者の本名なのである。

「もうとてもいかんよ。僕は死のうかと思ってる。」と彼は微笑しながら云った。すると彼女は、別段驚きもせず、彼にいらえてやはり微笑している。あと一週間か十日だよ、と彼が云うと、彼女は答えた。

「ではあたしも、それまでに用意しておくわ。」

簡単至極である。その時彼女は電気スタンドの紐をいじくっていたが、ふいに、ぽつりと一粒の涙を眼に浮べて、それをまぎらすように、また微笑してみせた。

ひどく冷かなものを彼は感じたのだった。普通ならば、どうしていけないのか、どれくらいの借金があるのか、どれくらい財産があるのか、収入はどれほどか、そうしたことをいろいろ尋ねて、果して死なねばならぬほどであるかどうかを確める筈である。そして愛する者を生かしたい、お互に生きたい、生きて愛したい、そう思うのが人情であろう。然るに彼女は、何一つ尋ねなかった。彼の状態について何一つはっきりしたことは知っていなかった。金銭上の事柄については彼は何にも話してはいなかった。そして彼がいきなり、もうだめだから死のうかと思ってると言い出すと、微笑を浮べながら云い出すと、あたしも用意しておこうと云うのだ。それ以上の冷淡さがあろうか。彼が冷りとして眺めると、彼女は涙を浮べながら微笑してみせるのだ。

　その冷淡さを彼は考えまわしたのだった。そしてはっきりした解釈がつかないうちに、いつのまにか、彼女と一緒に死のうという決心になっていった。これまでぼんやり死のことを考えていた時、彼は一度も彼女と一緒に死ぬなどという気持にはならなかった。死ぬのは自分一人のことだった。ところがふいに、彼女の冷淡な言葉にふれて、彼は彼女と一緒に死のうという気になった。

「それが、発見なのだ。」と彼は私に云った。

これはもうどうも仕様がないことかも知れない、そんな気持に私もなって、彼に連れられて、彼女――千代子に逢いにいったのである。

廊下が際立って美しく拭きこまれ、床の間の活花がばかに新鮮で、掛軸の長押の額が古風な、奥の一室で、私と彼とは酒を飲み初めた。二人ともかなり酔っていたが、まだだいぶ飲めそうだった。杯を見ると彼は嬉しそうににこにこしていた。私はともすると考えこみがちだった。

随分待たしておいてから、千代子は息を切らしてやってきた。「おう苦しい。」それが彼への挨拶で、とたんに坐りなおして、しばらくと私に挨拶をした。私は彼と一緒に何度か彼女に逢ったことがある。この前から見ると、彼女はだいぶ痩せていた。それが、大柄な彼女の肉体をいくらか清澄に見せていた。それでも私はともすると彼女に反感を懐《いだ》きがちだった。彼が怠惰な日々を送って経済上の難局に当面してる一半の責任は、彼女にありはすまいかと疑ってもみた。その上、酒の酔は人を饒舌に無遠慮になす。彼に余り苦労をかけてはいけないよ、と私は彼女に云った。苦労なんか……さも可笑しいというように、彼女はちらりと彼の方を見た。ばか、彼は生きるとか死ぬとかいってるんだ、と私は彼女に云った。あら、あたしだってそうよ、と彼女は事もなげに云って、彼の方をちらと見た。君と一緒に死ぬともいってるよ、と私は彼女に云った。そんなら嬉しい、と彼女は素直に受けて、彼の方をちらと見た。私はばかばかしくなった。彼女はただ上の空の返事ばかりしていて、私の言葉は彼女の視線に乗って彼へぶつかってゆくのである。その彼はただにやにや薄ら笑いを浮べて、嬉しそうに酒を飲んでいる……。

私は腹が立ってきた。こんな奴、殴ってしまうに限る、と思って立上ると、彼もふらりと立ってきて、私たちは取組み合った。尤も、酔狂の上のことで、千代子が笑って見ていたほどふざけたものだったが、それでも私が一押しすると、彼はよろよろとくじけて、千代子の肩にすがり、その花模様の膝にすべり落ちた。島田に結った髪の大きな影が、彼をすっぽり包みこんだ。

彼等をそこに残して、私は立去った。不安が湧いてきた。彼の弱々しさと窶《やつ》れ方とが頭に残っていた。凡てを投げ出しているような千代子の態度も気になった。彼女の冷淡な言葉と彼は云っていたが、恐らく彼はそれによって、文字の意味とはちがったものを表現していたのだろう。危い、と私は思った。然し彼のような男が自殺する……。この考えは私には、何だか滑稽にさえ思われた。いつ死んでもいいということは、いつまで生きていてもいいということに外ならない。それは自然に任せるということだ。自然に任せるということは、意志的な自殺などとは凡そ対照的だ。

忘れよう。私は忙しかった。

然しともすると、彼の姿が頭に浮んでくるのだった。それが仕事の邪魔となった。私は眉をしかめて、彼に詰問した。

――お前は、あんな女のどこがいいんだ。単純な無智なああいう種類の女は、生に対して盲目であると共に、死に対しても盲目だ。流れにのった浮草だ。その浮草にすがって一緒に押し流されることについて、お前は一体何を発見したのだ。つまらない感傷を捨てろ。

――君が説いているのはすべて理屈だ。僕はただ事実だけを知っている。僕と彼女とは愛し合っているのだ。愛は理知的なものではなく、肉体的な秘密だ。例えば、抱き合って唇を合わして見給え。そのままで三十分も一時間も、じっともちこたえられて、なお名残りが惜しまれたら、本当にお互が愛し合える。嫌気がさすようだったら、愛し合えない証拠だ。性慾的行為などは問題ではない。肉体の体質、そこに愛の秘密がある。この秘密を摑んでる者にとっては、生か死かは問題ではない。それを僕は発見したのだ。物理的でしかも運命的な愛が世にはある。

――それにしても、お前自身はどうだ。仕事をしたい、生きたい、そのための経済的整理ではないか。生か死かは問題でない愛があるなら、それを自然に生き延させるためにでも、なぜ働かないんだ。お前のような日々を送っていては、経済上の行詰りに当面するのは初めから分っていたことだ。行詰ってから慌てても間に合わない。他人の助力によろうとするのは、卑怯な態度だ。

――またも君は理屈をしか説かない。僕はもう理屈には倦き倦きした。人間の生産力……精神的生産力には、潮に似た干満がある。その干満と外部的な不幸とが重った時に、多くの芸術家は餓死し或は自殺した。僕がもし干潮の状態のままであったら、経済上の整理などは図らなかったろう。満潮にさしかかったとの自信があったればこそ、仕事をするために、不愉快な奔走もしたのだ。僕がかなりでたらめな日々を送ったというのも、早く満潮を来させるためであった。ただ、時機が少しくいちがったのだ。このくいちがいがどうにも出来ないような世の中なら、むりに齷齪《あくせく》することはない。僕に本当に働かしてくれないような世の中なら、こちらから御免を蒙るだけだ。

――よろしい、分った。だが、お前は本当に死ぬ意志をもってるかどうか、それだけの決意がお前に出来るかどうか、はっきり云ってみろ。

そこで、返事はなく、私は一人取残された。彼の姿は消えてしまっていた。私は余り残酷な言葉を発したのだろうか。こういう風に使われた意志とか決意とかいう言葉が、私自身につき戻されると、私は或る憤りを感じて不機嫌になったのである。死ぬための……おう、私は彼にあやまりたい気さえした。

逢う度毎に、彼が次第に元気をなくしてゆくのが見えた。沈痛な陰翳が彼にかぶさって、次第に濃くなってゆくようだった。私は心配になって、彼の経済状態をいろいろ調べてみた。そして驚いた。思ったよりひどかった。あちらこちらに不義理が重っていたし、卑屈だと思えるような負債もあったし、殊に私の注意を惹いたのは、他人の借金を引受けて負担していたもののあることと、次第に専門の金貸からの負債へ他の負債を移してゆきつつある傾向だった。尤も、彼の身分地位上、全部の負債を合してもそう多額に上るものではなかったが、然しまたそれだけ、専門の高利の負債へ移し替えようとする傾向は、先の見通しをつけない無謀なものに思われた。或る捨鉢なものがそこに見られるようだった。古くからの状態を調べて見ると、一寸借金をした第一歩がいけなかったらしく、信用制度の経済組織の穽《おとしあな》にずるずると深くはまりこんでいったものらしい。せめて現金制度を堅守していたら、精神的生産力の干潮に際して、彼は果して餓死したであろうか。

先の見通しのない無謀なやり方について、彼の考えをなおはっきり確めるために、私は千代子の方をそれとなく探ってみた。彼女もひどく困ってるようで、呉服屋への支払いなども滞りがちだし、質屋の門もくぐっているらしかった。ただ私によく腑におちなかったのは、近頃彼女がひどく身体を大事にしてることで、酒をつつしみ、食物に気をつけ、指先のささくれにも手当をしていた。この点では彼も同様で、不如意のためからばかりでなく、好きな酒を節し、煙草も節しようと努力していた。これは見方によっていろいろに考えられることだった。

然し私は彼のことにばかりかかわってはいられなかった。彼のために仕事の邪魔をされることさえ困るのだ。心配にはなるが、もう暫く様子を見てるより外はなかった。

仕事について考えながら、池のふちを歩いていると、おい、と私の肩を叩いた者がある。池にはまだ蓮も藻も芽を出さず、平らにしっとり淀んでる水面に、森影と街の灯とが半々に映って、ちぐはぐな瞑想を誘うのだったが、それから眼をあげて、振向いてみると、彼が立っていた。

「君でもこんな所を散歩することがあるのか。」

不思議そうに私の顔を見て微笑した。が私にも、彼のその晴れやかな顔が不思議に思えた。この前よりひどく瘠せていたが、陰翳がとれたようで、眼の光が澄んでいた。どうしたのだと聞くと、十日間ばかり徹夜の形で或る仕事をすましたと云う。

「仕事の義務だけは果したいのだ。」

それが、彼の所謂本当の仕事かどうか聞きたかったが、彼の晴れやかな表情だけで満足して、私は黙っていた。すると面白い発見をしたといって、彼は嬉しそうに微笑している。私はまたかと思ったが、全く別なことだった。

徹夜をして、夜がほんのりと明けてくる時、雀の声をきくのが実に嬉しかった、と彼は話す。彼の書斎の窓際に大きな椎の木があって、それに沢山雀がきた。夜明けに一番早く眼をさますのは雀らしい。そして、眼をさますとすぐに楽しく囀《さえず》り交わす。彼はその雀たちのために、窓の外の庇《ひさし》に米粒をまいてやった。いつのまにか食べてしまう。然し人が覗いているうちには決して近寄らない。いくら馴らそうとしても馴れない。ところが仕事をすました朝、彼が放心のていでつっ立って、ぼんやり夜明の空を眺めていると、雀がすぐ側まで来て米粒をひろっているのだった。気がついて眼をやると、雀がぱっと逃げてしまった。

「偶然の一致だろう。」と私は云った。

「偶然じゃない。自然界はそうしたものだ。」

　彼はそれを信じきっているらしかった。そしてその発見がとても嬉しいという。そんなことを話しながら、彼は私を誘った、支那料理のさっぱりしたものだけで老酒《ラオチュウ》を飲むのだと。金が少しはいったから心配はないという。そして連れだって歩いているうちに、ばったりと、まるで足の骨が折れでもしたように、彼は躓《つまず》いて倒れた。手をかしてやると、すぐに起き上ったが、眼に一杯涙ぐんでいた。私は眼を外らした。芝居や映画などで、いつも私のことを泣き虫だと笑っていた彼だ。かつて涙を見せたことのない彼だ。気がついてみると、彼の歩き方はふらふらして力がなかった。よほど無理をして仕事をしたに違いなかった。

　普通の日本座敷で紫檀の卓で、二、三の料理に老酒を飲んでるうち、彼は淋しい顔をして、呼んでもいいかときいた。千代子のことだ。私は分ってはいたが黙っていたのだった。

　彼女は黒襟のかかった平素着《ふだんぎ》でやってきた。やはり朗かそうだった。一体私は、ひどく頼りない感銘を彼女から受けるのだ。何だか磨きの足りない、伝法肌《でんぽうはだ》の気まぐれな朗かさが、そうした感銘を与えるのかも知れないが、私はそれを飛行機だと冗談に云っていた。いつも飛行機に乗っているような彼女と、元来はのんびりした物にこだわりのない彼とは、調子が合うのかも知れないが、それがどちらからも一図に心を寄せ合うと、これはどうにもいけないと私にも危ぶまれるのだった。彼は雀の話を彼女にもしてきかせた。彼女は何か心を打たれたようで、暫く考えこんでしまった。

四、五日か一週間旅をしよう、と彼は如何にも呑気そうに云っていた。大丈夫ですかと彼女は尋ね、大丈夫だと彼は答える。お金のことらしい。そうしてもう相談がきまってしまった。これはめちゃだと私は思うのだった。そんな場合じゃあるまい。然し……漠然とした危懼《きく》が私を囚えていった。その危懼を打消すことで私は憂鬱になった。

そこを出て、池のまわりを散歩するという二人に別れて、一人になると、私はなぜか首垂《うなだ》れて考えこんで歩いていた。あの二人を幸福にしてやりたい、勝手なことをしてる彼等ではあるけれど、真面目な仕事と生活とをなし得る彼等だ……そんなことを私は思い、漠然とした反撥心を世の中に対して懐いていた。社会の制度が重すぎるのではないか。

その夜遅く、彼が姿を現わした時、私はひどく悲しい気持になっていた。それは別離の悲しみに似ていた。

——旅に行くのか。

——行こうと思っている。

——死ぬのではあるまいね。

——安心し給え。僕には死ぬというような意志や決心は持てないのだ。然し、自然の死は致し方がない。

――反撥しようという気はないのか。

――何に対してだ。僕は自然を尊ぶ。反撥によって自然を歪めたくはない。

――自然に逃げこむのは卑怯だろう。

――或はそうかも知れない。人生は人為だからね。然し、いろいろなことに面倒くさくなると、純粋な自然というものが考えられてくる。

――それは意志の喪失だ。

――僕にとって大切なのは、意力より感性だ。

――禽獣《きんじゅう》になれ。

――よりも、赤ん坊になりたい。

そこで彼は、非常に微妙な笑みを浮べた。私はそれに見覚えがあった。一時間も二時間も寝そべって、空の雲を見てる時、庭の蟻を見てる時、遠い昔の夢をでも思い出したらしい時、彼が無心にもらす微笑だった。また、ふくらんだ紙入を懐にした時の微笑だった。そんな時彼は、実用的なものよりも、不用なものを多く買った。或る時彼は、高さ一丈余の大きな自然石――見様によっては狸が立ったようにも見える得体の知れぬ石を、しきりに買いたがったことがある。何にするのかときくと、やはりこの微笑をもらした。私はそれに対して、ともすると苛立たしい気持になるのだ。

今も私は、或る苛立たしさを以て、彼の顔をじっと眺めた。彼の晴れやかだった顔が、急に悲しそうになった。取っつきを失いながら立去りかねてる悲しみだ。ばか、と私は怒鳴った。そして消えてゆく彼の後から叫んだ。

——死ね、死んでしまえ。

泣き虫だと彼から笑われた私は、不覚にもまた涙をこぼした。厄介な彼、邪魔な彼、自分の半身の彼を、私は愛していたのだ。

駈込み訴え

太宰 治

■だざい・おさむ　一九〇九～一九四九
青森県生まれ。東京帝国大学文学部仏文科中退。小説家。
初　出「中央公論」一九四〇年二月
底　本『太宰治全集　第三巻』ちくま文庫、一九八八年申し上げます。申し上げます。旦那さま。あの人は、酷《ひど》い。酷い。はい。厭《いや》な奴です。悪い人です。ああ。我慢ならない。生かして置けねえ。

はい、はい。落ちついて申し上げます。あの人を、生かして置いてはなりません。世の中の仇《かたき》です。はい、何もかも、すっかり、全部、申し上げます。私は、あの人の居所を知っています。すぐに御案内申します。ずたずたに切りさいなんで、殺して下さい。あの人は、私の師です。主です。けれども私と同じ年です。三十四であります。私は、あの人よりたった二月《ふたつき》おそく生れただけなのです。たいした違いが無い筈《はず》だ。人と人との間に、そんなにひどい差別は無い筈だ。それなのに私はきょう迄あの人に、どれほど意地悪くこき使われて来たことか。どんなに嘲弄《ちょうろう》されて来たことか。ああ、もう、いやだ。堪えられるところ迄は、堪えて来たのだ。怒る時に怒らなければ、人間の甲斐がありません。私は今まであの人を、どんなにこっそり庇《かば》ってあげたか。誰も、ご存じ無いのです。あの人ご自身だって、それに気がついていないのだ。いや、あの人は知っているのだ。ちゃんと知っています。知っているからこそ、尚更あの人は私を意地悪く軽蔑するのだ。あの人は傲慢《ごうまん》だ。私から大きに世話を受けているので、それがご自身に口惜《くや》しいのだ。あの人は、阿呆なくらいに自惚《うぬぼ》れ屋だ。私などから世話を受けている、ということを、何かご自身の、ひどい引目ででもあるかのように思い込んでいなさるのです。あの人は、なんでもご自身で出来るかのように、ひとから見られたくてたまらないのだ。ばかな話だ。世の中はそんなものじゃ無いんだ。この世に暮して行くからには、どうしても誰かに、ぺこぺこ頭を下げなければいけないのだし、そうして歩一歩、苦労して人を抑えてゆくより他に仕様がないのだ。あの人に一体、何が出来ましょう。なんにも出来やしないのです。私から見れば青二才だ。私がもし居らなかったらあの人は、もう、とうの昔、あの無能でとんまの弟子たちと、どこかの野原でのたれ死《じに》していたに違いない。「狐には穴あり、鳥には塒《ねぐら》、されども人の子には枕するところ無し。」それ、それ、それだ。ちゃんと白状していやがるのだ。ペテロに何が出来ますか。ヤコブ、ヨハネ、アンデレ、トマス、痴《こけ》の集り、ぞろぞろあの人について歩いて、背筋が寒くなるような、甘ったるいお世辞を申し、天国だなんて馬鹿げたことを夢中で信じて熱狂し、その天国が近づいたなら、あいつらみんな右大臣、左大臣にでもなるつもりなのか、馬鹿な奴らだ。その日のパンにも困っていて、私がやりくりしてあげないことには、みんな飢え死してしまうだけじゃないのか。私はあの人に説教させ、群集からこっそり賽銭《さいせん》を巻き上げ、また、村の物持ちから供物を取り立て、宿舎の世話から日常衣食の購求まで、煩をいとわず、してあげていたのに、あの人はもとより弟子の馬鹿どもまで、私に一言のお礼も言わない。お礼を言わぬどころか、あの人は、私のこんな隠れた日々の苦労をも知らぬ振りして、いつでも大変な贅沢《ぜいたく》を言い、五つのパンと魚が二つ在るきりの時でさえ、目前の大群集みなに食物を与えよ、などと無理難題を言いつけなさって、私は陰で実に苦しいやり繰りをして、どうやら、その命じられた食いものを、まあ、買い調えることが出来るのです。謂《い》わば、私はあの人の奇蹟の手伝いを、危い手品の助手を、これまで幾度となく勤めて来たのだ。私はこう見えても、決して吝嗇《りんしょく》の男じゃ無い。それどころか私は、よっぽど高い趣味家なのです。私はあの人を、美しい人だと思っている。私から見れば、子供のように慾が無く、私が日々のパンを得るために、お金をせっせと貯めたっても、すぐにそれを一厘《いちりん》残さず、むだな事に使わせてしまって。けれども私は、それを恨みに思いません。あの人は美しい人なのだ。私は、もともと貧しい商人ではありますが、それでも精神家というものを理解していると思っています。だから、あの人が、私の辛苦して貯めて置いた粒々の小金を、どんなに馬鹿らしくむだ使いしても、私は、なんとも思いません。思いませんけれども、それならば、たまには私にも、優しい言葉の一つ位は掛けてくれてもよさそうなのに、あの人は、いつでも私に意地悪くしむけるのです。一度、あの人が、春の海辺をぶらぶら歩きながら、ふと、私の名を呼び、

「おまえにも、お世話になるね。おまえの寂しさは、わかっている。けれども、そんなにいつも不機嫌な顔をしていては、いけない。寂しいときに、寂しそうな面容《おももち》をするのは、それは偽善者のすることなのだ。寂しさを人にわかって貰おうとして、ことさらに顔色を

変えて見せているだけなのだ。まことに神を信じているならば、おまえは、寂しい時でも素知らぬ振りして顔を綺麗《きれい》に洗い、頭に膏《あぶら》を塗り、微笑んでいなさるがよい。わからないかね。寂しさを、人にわかって貰わなくても、どこか眼に見えないところにいるお前の誠の父だけが、わかっていて下さったなら、それでよいではないか。そうではないかね。寂しさは、誰にだって在るのだよ。」そうおっしゃってくれて、私はそれを聞いてなぜだか声出して泣きたくなり、いいえ、私は天の父にわかって戴かなくても、また世間の者に知られなくても、ただ、あなたお一人さえ、おわかりになっていて下さったら、それでもう、よいのです。私はあなたを愛しています。ほかの弟子たちが、どんなに深くあなたを愛していたって、それとは較べものにならないほどに愛しています。誰よりも愛しています。ペテロやヤコブたちは、ただ、あなたについて歩いて、何かいいこともあるかと、そればかりを考えているのです。けれども、私だけは知っています。あなたについて歩いたって、なんの得するところも無いということを知っています。それでいながら、私はあなたから離れることが出来ません。どうしたのでしょう。あなたが此の世にいなくなったら、私もすぐに死にます。生きていることが出来ません。私には、いつでも一人でこっそり考えていることが在るんです。それはあなたが、くだらない弟子たち全部から離れて、また天の父の御教えとやらを説かれることもお止《よ》しになり、つつましい民のひとりとして、お母のマリヤ様と、私と、それだけで静かな一生を、永く暮して行くことであります。私の村には、まだ私の小さい家が残って在ります。年老いた父も母も居ります。ずいぶん広い桃畠もあります。春、いまごろは、桃の花が咲いて見事であります。一生、安楽にお暮しできます。私がいつでもお傍について、御奉公申し上げたく思います。よい奥さまをおもらいなさいまし。そう私が言ったら、あの人は、薄くお笑いになり、「ペテロやシモンは漁人《すなどり》だ。美しい桃の畠も無い。ヤコブもヨハネも赤貧の漁人だ。あのひとたちには、そんな、一生を安楽に暮せるような土地が、どこにも無いのだ。」と低く独りごとのように呟《つぶや》いて、また海辺を静かに歩きつづけたのでしたが、後にもさきにも、あの人と、しんみりお話できたのは、そのとき一度だけで、あとは、決して私に打ち解けて下さったことが無かった。私はあの人を愛している。あの人が死ねば、私も一緒に死ぬのだ。あの人は、誰のものでもない。私のものだ。あの人を他人に手渡すくらいなら、手渡すまえに、私はあの人を殺してあげる。父を捨て、母を捨て、生れた土地を捨てて、私はきょう迄、あの人について歩いて来たのだ。私は天国を信じない。神も信じない。あの人の復活も信じない。なんであの人が、イスラエルの王なものか。馬鹿な弟子どもは、あの人を神の御子だと信じていて、そうして神の国の福音とかいうものを、あの人から伝え聞いては、浅間《あさま》しくも、欣喜雀躍している。今にがっかりするのが、私にはわかっています。おのれを高うする者は卑《ひく》うせられ、おのれを卑うする者は高うせられると、あの人は約束なさったが、世の中、そんなに甘くいってたまるものか。あの人は嘘つきだ。言うこと言うこと、一から十まで出《で》鱈目《たらめ》だ。私はてんで信じていない。けれども私は、あの人の美しさだけは信じている。あんな美しい人はこの世に無い。私はあの人の美しさを、純粋に愛している。それだけだ。私は、なんの報酬も考えていない。あの人について歩いて、やがて天国が近づき、その時こそは、あっぱれ右大臣、左大臣になってやろうなどと、そんなさもしい根性は持っていない。私は、ただ、あの人から離れたくないのだ。ただ、あの人の傍にいて、あの人の声を聞き、あの人の姿を眺めておればそれでよいのだ。そうして、出来ればあの人に説教などを止してもらい、私とたった二人きりで一生永く生きていてもらいたいのだ。あああ、そうなったら！　私はどんなに仕合せだろう。私は今の、この、現世の喜びだけを信じる。次の世の審判など、私は少しも怖れていない。あの人は、私のこの無報酬の、純粋の愛情を、どうして受け取って下さらぬのか。ああ、あの人を殺して下さい。旦那さま。私はあの人の居所を知っております。御案内申し上げます。あの人は私を賤《いや》しめ、憎悪しております。私は、きらわれております。私はあの人や、弟子たちのパンのお世話を申し、日々の飢渇から救ってあげているのに、どうして私を、あんなに意地悪く軽蔑するのでしょう。お聞き下さい。六日まえのことでした。あの人はベタニヤのシモンの家で食事をなさっていたとき、あの村のマルタ奴《め》の妹のマリヤが、ナルドの香油を一ぱい満たして在る石膏《せっこう》の壺をかかえて饗宴の室にこっそり這入って来て、だしぬけに、その油をあの人の頭にざぶと注いで御足まで濡らしてしまって、それでも、その失礼を詫《わ》びるどころか、落ちついてしゃがみ、マリヤ自身の髪の毛で、あの人の濡れた両足をていねいに拭ってあげて、香油の匂いが室に立ちこもり、まことに異様な風景でありましたので、私は、なんだか無性に腹が立って来て、失礼なことをするな！　と、その妹娘に怒鳴ってやりました。これ、このようにお着物が濡れてしまったではないか、それに、こんな高価な油をぶちまけてしまって、もったいないと思わないか、なんというお前は馬鹿な奴だ。これだけの油だったら、三百デナリもするではないか、この油を売って、三百デナリ儲《もう》けて、その金をば貧乏人に施してやったら、どんなに貧乏人が喜ぶか知れない。無駄なことをしては困るね、と私は、さんざ叱ってやりました。すると、あの人は、私のほうを屹《き》っと見て、「この女を叱ってはいけない。この女のひとは、大変いいことをしてくれたのだ。貧しい人にお金を施すのは、おまえたちには、これからあとあと、いくらでも出来ることではないか。私には、もう施しが出来なくなっているのだ。そのわけは言うまい。この女のひとだけは知っている。この女が私のからだに香油を注いだのは、私の葬いの備えをしてくれたのだ。おまえたちも覚えて置くがよい。全世界、どこの土地でも、私の短い一生を言い伝えられる処には、必ず、この女の今日の仕草も記念として語り伝えられるであろう。」そう言い結んだ時に、あの人の青白い頬は幾分、上気して赤くなっていました。私は、あの人の言葉を信じません。れいに依《よ》って大袈裟なお芝居であると思い、平気で聞き流すことが出来ましたが、それよりも、その時、あの人の声に、また、あの人の瞳の色に、いままで嘗《か》つて無かった程の異様なものが感じられ、私は瞬時戸惑いして、更にあの人の幽《かす》かに赤らんだ頰と、うすく涙に潤んでいる瞳とを、つくづく見直し、はッと思い当ることがありました。ああ、いまわしい、口に出すさえ無念至極のことであります。あの人は、こんな貧しい百姓女に恋、では無いが、まさか、そんな事は絶対に無いのですが、でも、危い、それに似たあやしい感情を抱いたのではないか？　あの人ともあろうものが。あんな無智な百姓女ふぜいに、そよとでも特殊な愛を感じたとあれば、それは、なんという失態。取りかえしの出来ぬ大醜聞。私は、ひとの恥辱となるような感情を嗅ぎわけるのが、生れつき巧みな男であります。自分でもそれを下品な嗅覚だと思い、いやでありますが、ちらと一目見ただけで、人の弱点を、あやまたず見届けてしまう鋭敏の才能を持っております。あの人が、たとえ微弱にでも、あの無学の百姓女に、特別の感情を動かしたということは、やっぱり間違いありません。私の眼には狂いが無い筈だ。たしかにそうだ。ああ、我慢ならない。堪忍ならない。私は、あの人も、こんな体《てい》たらくでは、もはや駄目だと思いました。醜態の極だと思いました。あの人はこれまで、どんなに女に好かれても、いつでも美しく、水のように静かであった。いささかも取り乱すことが無かったのだ。ヤキがまわった。だらしが無《ね》え。あの人だってまだ若いのだし、それは無理もないと言えるかも知れぬけれど、そんなら私だって同じ年だ。しかも、あの人より二月おそく生れているのだ。若さに変りは無い筈だ。それでも私は堪えている。あの人ひとりに心を捧げ、これ迄どんな女にも心を動かしたことは無いのだ。マルタの妹のマリヤは、姉のマルタが骨組頑丈で牛のように大きく、気象も荒く、どたばた立ち働くのだけが取柄で、なんの見どころも無い百姓女でありますが、あれは違って骨も細く、皮膚は透きとおる程の青白さで、手足もふっくらして小さく、湖水のように深く澄んだ大きい眼が、いつも夢みるように、うっとり遠くを眺めていて、あの村では皆、不思議がっているほどの気高い娘でありました。私だって思っていたのだ。町へ出たとき、何か白絹でも、こっそり買って来てやろうと思っていたのだ。ああ、もう、わからなくなりました。私は何を言っているのだ。そうだ、私は口惜《くや》しいのです。なんのわけだか、わからない。地団駄踏むほど無念なのです。あの人が若いなら、私だって若い。私は才能ある、家も畠もある立派な青年です。それでも私は、あの人のために私の特権全部を捨てて来たのです。だまされた。あの人は、嘘つきだ。旦那さま。あの人は、私の女をとったのだ。いや、ちがった！　あの女が、私からあの人を奪ったのだ。ああ、それもちがう。私の言うことは、みんな出鱈目だ。一言も信じないで下さい。わからなくなりました。ごめん下さいまし。ついつい根も葉も無いことを申しました。そんな浅墓《あさはか》な事実なぞ、みじんも無いのです。醜いことを口走りました。だけれども、私は、口惜しいのです。胸を掻きむしりたいほど、口惜しかったのです。なんのわけだか、わかりませぬ。ああ、ジェラシイというのは、なんてやりきれない悪徳だ。私がこんなに、命を捨てるほどの思いであの人を慕い、きょうまでつき随って来たのに、私には一つの優しい言葉も下さらず、かえってあんな賤しい百姓女の身の上を、御頬を染めて迄かばっておやりなさった。ああ、やっぱり、あの人はだらしない。ヤキがまわった。もう、あの人には見込みがない。凡夫だ。ただの人だ。死んだって惜しくはない。そう思ったら私は、ふいと恐ろしいことを考えるようになりました。悪魔に魅《み》こまれたのかも知れませぬ。そのとき以来、あの人を、いっそ私の手で殺してあげようと思いました。いずれは殺されるお方にちがいない。またあの人だって、無理に自分を殺させるように仕向けているみたいな様子が、ちらちら見える。私の手で殺してあげる。他人の手で殺させたくはない。あの人を殺して私も死ぬ。旦那さま、泣いたりしてお恥ずかしゅう思います。はい、もう泣きませぬ。はい、はい。落ちついて申し上げます。そのあくる日、私たちは愈々《いよいよ》あこがれのエルサレムに向い、出発いたしました。大群集、老いも若きも、あの人のあとにつき従い、やがて、エルサレムの宮が間近になったころ、あの人は、一匹の老いぼれた驢馬《ろば》を道ばたで見つけて、微笑してそれに打ち乗り、これこそは、「シオンの娘よ、懼《おそ》るな、視《み》よ、なんじの王は驢馬の子に乗りて来り給う。」と予言されてある通りの形なのだと、弟子たちに晴れがましい顔をして教えましたが、私ひとりは、なんだか浮かぬ気持でありました。なんという、あわれな姿であったでしょう。待ちに待った過越《すぎこし》の祭、エルサレム宮に乗り込む、これが、あのダビデの御子の姿であったのか。あの人の一生の念願とした晴れの姿は、この老いぼれた驢馬に跨《またが》り、とぼとぼ進むあわれな景観であったのか。私には、もはや、憐憫《れんびん》以外のものは感じられなくなりました。実に悲惨な、愚かしい茶番狂言を見ているような気がして、ああ、もう、この人も落目だ。一日生き延びれば、生き延びただけ、あさはかな醜態をさらすだけだ。花は、しぼまぬうちこそ、花である。美しい間に、剪《き》らなければならぬ。あの人を、一ばん愛しているのは私だ。どのように人から憎まれてもいい。一日も早くあの人を殺してあげなければならぬと、私は、いよいよこのつらい決心を固めるだけでありました。群集は、刻一刻とその数を増し、あの人の通る道々に、赤、青、黄、色とりどりの彼等の着物をほうり投げ、あるいは棕櫚《しゅろ》の枝を伐《き》って、その行く道に敷きつめてあげて、歓呼にどよめき迎えるのでした。かつ前にゆき、あとに従い、右から、左から、まつわりつくようにして果ては大浪の如く、驢馬とあの人をゆさぶり、ゆさぶり、「ダビデの子にホサナ、讃《ほ》むべきかな、主の御名によりて来る者、いと高き処にて、ホサナ。」と熱狂して口々に歌うのでした。ペテロやヨハネやバルトロマイ、そのほか全部の弟子共は、ばかなやつ、すでに天国を目のまえに見たかのように、まるで凱旋《がいせん》の将軍につき従っているかのように、有頂天の歓喜で互いに抱き合い、涙に濡れた接吻を交し、一徹者のペテロなど、ヨハネを抱きかかえたまま、わあわあ大声で嬉し泣きに泣き崩れていました。その有様を見ているうちに、さすがに私も、この弟子たちと一緒に艱難《かんなん》を冒して布教に歩いて来た、その忍苦困窮の日々を思い出し、不覚にも、目がしらが熱くなって来ました。かくしてあの人は宮に入り、驢馬から降りて、何思ったか、縄を拾い之を振りまわし、宮の境内の、両替する者の台やら、鳩売る者の腰掛けやらを打ち倒し、また、売り物に出ている牛、羊をも、その縄の鞭でもって全部、宮から追い出して、境内にいる大勢の商人たちに向い、「おまえたち、みな出て失《う》せろ、私の父の家を、商いの家にしてはならぬ。」と甲高《かんだか》い声で怒鳴るのでした。あの優しいお方が、こんな酔っぱらいのような、つまらぬ乱暴を働くとは、どうしても少し気がふれているとしか、私には思われませんでした。傍の人もみな驚いて、これはどうしたことですか、とあの人に訊ねると、あの人の息せき切って答えるには、「おまえたち、この宮をこわしてしまえ、私は三日の間に、また建て直してあげるから。」ということだったので、さすが愚直の弟子たちも、あまりに無鉄砲なその言葉には、信じかねて、ぽかんとしてしまいました。けれども私は知っていました。所詮はあの人の、幼い強がりにちがいない。あの人の信仰とやらでもって、万事成らざるは無しという気概のほどを、人々に見せたかったのに違いないのです。それにしても、縄の鞭を振りあげて、無力な商人を追い廻したりなんかして、なんて、まあ、けちな強がりなんでしょう。あなたに出来る精一ぱいの反抗は、たったそれだけなのですか、鳩売りの腰掛けを蹴散らすだけのことなのですか、と私は憫笑《びんしょう》しておたずねしてみたいとさえ思いました。もはやこの人は駄目なのです。破れかぶれなのです。自重自愛を忘れてしまった。自分の力では、この上もう何も出来ぬということをこの頃そろそろ知り始めた様子ゆえ、あまりボロの出ぬうちに、わざと祭司長に捕えられ、この世からおさらばしたくなって来たのでありましょう。私は、それを思った時、はっきりあの人を諦めることが出来ました。そうして、あんな気取り屋の坊ちゃんを、これまで一途に愛して来た私自身の愚かさをも、容易に笑うことが出来ました。やがてあの人は宮に集る大群の民を前にして、これまで述べた言葉のうちで一ばんひどい、無礼傲慢の暴言を、滅茶苦茶に、わめき散らしてしまったのです。左様、たしかに、やけくそです。私はその姿を薄汚くさえ思いました。殺されたがって、うずうずしていやがる。「禍害《わざわい》なるかな、偽善なる学者、パリサイ人《びと》よ、汝らは酒杯《さかずき》と皿との外を潔《きよ》くす、然《さ》れども内は貪慾と放縦とにて満つるなり。禍害なるかな、偽善なる学者、パリサイ人よ、汝らは白く塗りたる墓に似たり、外は美しく見ゆれども、内は死人の骨とさまざまの穢《けがれ》とに満つ。斯《かく》のごとく汝らも外は正しく見ゆれども、内は偽善と不法とにて満つるなり。蛇よ、蝮《まむし》の裔《すえ》よ、なんじら争《いか》で、ゲヘナの刑罰を避け得んや。ああエルサレム、エルサレム、予言者たちを殺し、遣《つかわ》されたる人々を石にて撃つ者よ、牝鶏《めんどり》のその雛《ひな》を翼の下に集むるごとく、我なんじの子らを集めんと為《せ》しこと幾度ぞや、然《さ》れど、汝らは好まざりき。」馬鹿なことです。噴飯ものだ。口真似するのさえ、いまわしい。たいへんな事を言う奴だ。あの人は、狂ったのです。まだそのほかに、饑饉があるの、地震が起るの、星は空より堕《お》ち、月は光を放たず、地に満つ人の死骸のまわりに、それをついばむ鷲《わし》が集るの、人はそのとき哀哭《なげき》、切歯《はがみ》することがあろうだの、実に、とんでも無い暴言を口から出まかせに言い放ったのです。なんという思慮のないことを、言うのでしょう。思い上りも甚しい。ばかだ。身のほど知らぬ。いい気なものだ。もはや、あの人の罪は、まぬかれぬ。必ず十字架。それにきまった。

　祭司長や民の長老たちが、大祭司カヤパの中庭にこっそり集って、あの人を殺すことを決議したとか、私はそれを、きのう町の物売りから聞きました。もし群集の目前であの人を捕えたならば、あるいは群集が暴動を起すかも知れないから、あの人と弟子たちとだけのいるところを見つけて役所に知らせてくれた者には銀三十を与えるということをも、耳にしました。もはや猶予の時ではない。あの人は、どうせ死ぬのだ。ほかの人の手で、下《した》役《やく》たちに引き渡すよりは、私が、それを為そう。きょうまで私の、あの人に捧げた一すじなる愛情の、これが最後の挨拶だ。私の義務です。私があの人を売ってやる。つらい立場だ。誰がこの私のひたむきの愛の行為を、正当に理解してくれることか。いや、誰に理解されなくてもいいのだ。私の愛は純粋の愛だ。人に理解してもらうための愛では無い。そんなさもしい愛では無いのだ。私は永遠に、人の憎しみを買うだろう。けれども、この純粋の愛の貪慾のまえには、どんな刑罰も、どんな地獄の業火《ごうか》も問題でない。私は私の生き方を生き抜く。身震いするほどに固く決意しました。私は、ひそかによき折を、うかがっていたのであります。いよいよ、お祭りの当日になりました。私たち師弟十三人は丘の上の古い料理屋の、薄暗い二階座敷を借りてお祭りの宴会を開くことにいたしました。みんな食卓に着いて、いざお祭りの夕餐《ゆうげ》を始めようとしたとき、あの人は、つと立ち上り、黙って上衣を脱いだので、私たちは一体なにをお始めなさるのだろうと不審に思って見ているうちに、あの人は卓の上の水甕《みずがめ》を手にとり、その水甕の水を、部屋の隅に在った小さい盥《たらい》に注ぎ入れ、それから純白の手巾をご自身の腰にまとい、盥の水で弟子たちの足を順々に洗って下さったのであります。弟子たちには、その理由がわからず、度を失って、うろうろするばかりでありましたけれど、私には何やら、あの人の秘めた思いがわかるような気持でありました。あの人は、寂しいのだ。極度に気が弱って、いまは、無智な頑迷の弟子たちにさえ縋《すが》りつきたい気持になっているのにちがいない。可哀想に。あの人は自分の逃れ難い運命を知っていたのだ。その有様を見ているうちに、私は、突然、強力な嗚咽《おえつ》が喉《のど》につき上げて来るのを覚えた。矢庭《やにわ》にあの人を抱きしめ、共に泣きたく思いました。おう可哀想に、あなたを罪してなるものか。あなたは、いつでも優しかった。あなたは、いつでも正しかった。あなたは、いつでも貧しい者の味方だった。そうしてあなたは、いつでも光るばかりに美しかった。あなたは、まさしく神の御子《みこ》だ。私はそれを知っています。おゆるし下さい。私はあなたを売ろうとしてこの二、三日、機会をねらっていたのです。もう今はいやだ。あなたを売るなんて、なんという私は無法なことを考えていたのでしょう。御安心なさいまし。もう今からは、五百の役人、千の兵隊が来たとても、あなたのおからだに指一本ふれさせることは無い。あなたは、いま、つけねらわれているのです。危い。いますぐ、ここから逃げましょう。ペテロも来い、ヤコブも来い、ヨハネも来い、みんな来い。われらの優しい主を護り、一生永く暮して行こう、と心の底からの愛の言葉が、口に出しては言えなかったけれど、胸に沸きかえっておりました。きょうまで感じたことの無かった一種崇高な霊感に打たれ、熱いお詫びの涙が気持よく頬を伝って流れて、やがてあの人は私の足をも静かに、ていねいに洗って下され、腰にまとって在った手巾で柔かく拭いて、ああ、そのときの感触は。そうだ、私はあのとき、天国を見たのかも知れない。私の次には、ピリポの足を、その次にはアンデレの足を、そうして、次に、ペテロの足を洗って下さる順番になったのですが、ペテロは、あのように愚かな正直者でありますから、不審の気持を隠して置くことが出来ず、主よ、あなたはどうして私の足などお洗いになるのです、と多少不満げに口を尖《とが》らして尋ねました。あの人は、「ああ、私のすることは、おまえには、わかるまい。あとで、思い当ることもあるだろう。」と穏かに言いさとし、ペテロの足もとにしゃがんだのだが、ペテロは尚《なお》も頑強にそれを拒んで、いいえ、いけません。永遠に私の足などお洗いになってはなりませぬ。もったいない、とその足をひっこめて言い張りました。すると、あの人は少し声を張り上げて、「私がもし、おまえの足を洗わないなら、おまえと私とは、もう何の関係も無いことになるのだ。」と随分、思い切った強いことを言いましたので、ペテロは大あわてにあわて、ああ、ごめんなさい、それならば、私の足だけでなく、手も頭も思う存分に洗って下さい、と平身低頭して頼みいりましたので、私は思わず噴き出してしまい、ほかの弟子たちも、そっと微笑み、なんだか部屋が明るくなったようでした。あの人も少し笑いながら、「ペテロよ、足だけ洗えば、もうそれで、おまえの全身は潔いのだ、ああ、おまえだけでなく、ヤコブも、ヨハネも、みんな汚れの無い、潔いからだになったのだ。けれども、」と言いかけてすっと腰を伸ばし、瞬時、苦痛に耐えかねるような、とても悲しい眼つきをなされ、すぐにその眼をぎゅっと固くつぶり、つぶったままで言いました。「みんなが潔ければいいのだが。」はッと思った。やられた！　私のことを言っているのだ。私があの人を売ろうとたくらんでいた寸刻以前までの暗い気持を見抜いていたのだ。けれども、その時は、ちがっていたのだ。断然、私は、ちがっていたのだ！　私は潔くなっていたのだ。私の心は変っていたのだ。ああ、あの人はそれを知らない。それを知らない。ちがう！　ちがいます、と喉まで出かかった絶叫を、私の弱い卑屈な心が、唾を呑みこむように、呑みくだしてしまった。言えない。何も言えない。あの人からそう言われてみれば、私はやはり潔くなっていないのかも知れないと気弱く肯定する僻《ひが》んだ気持が頭をもたげ、とみるみるその卑屈の反省が、醜く、黒くふくれあがり、私の五臓六腑を駈けめぐって、逆にむらむら憤怒の念が炎を挙げて噴出したのだ。ええっ、だめだ。私は、だめだ。あの人に心の底から、きらわれている。売ろう。売ろう。あの人を、殺そう。そうして私も共に死ぬのだ、と前からの決意に再び眼覚め、私はいまは完全に、復讐《ふくしゅう》の鬼になりました。あの人は、私の内心の、ふたたび三たび、どんでん返しして変化した大動乱には、お気づきなさることの無かった様子で、やがて上衣をまとい服装を正し、ゆったりと席に坐り、実に蒼ざめた顔をして、「私がおまえたちの足を洗ってやったわけを知っているか。おまえたちは私を主と称《たた》え、また師と称えているようだが、それは間違いないことだ。私はおまえたちの主、または師なのに、それでもなお、おまえたちの足を洗ってやったのだから、おまえたちもこれからは互いに仲好く足を洗い合ってやるように心がけなければなるまい。私は、おまえたちと、いつ迄も一緒にいることが出来ないかも知れぬから、いま、この機会に、おまえたちに模範を示してやったのだ。私のやったとおりに、おまえたちも行うように心がけなければならぬ。師は必ず弟子より優れたものなのだから、よく私の言うことを聞いて忘れぬようになさい。」ひどく物憂そうな口調で言って、音無しく食事を始め、ふっと、「おまえたちのうちの、一人が、私を売る。」と顔を伏せ、呻《うめ》くような、歔欷《きょき》なさるような苦しげの声で言い出したので、弟子たちすべて、のけぞらんばかりに驚き、一斉に席を蹴って立ち、あの人のまわりに集っておのおの、主よ、私のことですか、主よ、それは私のことですかと、罵《ののし》り騒ぎ、あの人は死ぬる人のように幽《かす》かに首を振り、「私がいま、その人に一つまみのパンを与えます。その人は、ずいぶん不仕合せな男なのです。ほんとうに、その人は、生れて来なかったほうが、よかった。」と意外にはっきりした語調で言って、一つまみのパンをとり腕をのばし、あやまたず私の口にひたと押し当てました。私も、もうすでに度胸がついていたのだ。恥じるよりは憎んだ。あの人の今更ながらの意地悪さを憎んだ。このように弟子たち皆の前で公然と私を辱《はず》かしめるのが、あの人の之《これ》までの仕来《しきた》りなのだ。火と水と。永遠に解け合う事の無い宿命が、私とあいつとの間に在るのだ。犬か猫に与えるように、一つまみのパン屑を私の口に押し入れて、それがあいつのせめてもの腹いせだったのか。ははん。ばかな奴だ。旦那さま、あいつは私に、おまえの為すことを速かに為せと言いました。私はすぐに料亭から走り出て、夕闇の道をひた走りに走り、ただいまここに参りました。そうして急ぎ、このとおり訴え申し上げました。さあ、あの人を罰して下さい。どうとも勝手に、罰して下さい。捕えて、棒で殴って素裸にして殺すがよい。もう、もう私は我慢ならない。あれは、いやな奴です。ひどい人だ。私を今まで、あんなにいじめた。はははは、ちきしょうめ。あの人はいま、ケデロンの小川の彼方、ゲッセマネの園にいます。もうはや、あの二階座敷の夕餐もすみ、弟子たちと共にゲッセマネの園に行き、いまごろは、きっと天へお祈りを捧げている時刻です。弟子たちのほかには誰もおりません。今なら難なくあの人を捕えることが出来ます。ああ、小鳥が啼《な》いて、うるさい。今夜はどうしてこんなに夜鳥の声が耳につくのでしょう。私がここへ駈け込む途中の森でも、小鳥がピイチク啼いておりました。夜に囀《さえず》る小鳥は、めずらしい。私は子供のような好奇心でもって、その小鳥の正体を一目見たいと思いました。立ちどまって首をかしげ、樹々の梢をすかして見ました。ああ、私はつまらないことを言っています。ごめん下さい。旦那さま、お仕度は出来ましたか。ああ楽しい。いい気持。今夜は私にとっても最後の夜だ。旦那さま、旦那さま、今夜これから私とあの人と立派に肩を接して立ち並ぶ光景を、よく見て置いて下さいまし。私は今夜あの人と、ちゃんと肩を並べて立ってみせます。あの人を怖れることは無いんだ。卑下することは無いんだ。私はあの人と同じ年だ。同じ、すぐれた若いものだ。ああ、小鳥の声が、うるさい。耳についてうるさい。どうして、こんなに小鳥が騒ぎまわっているのだろう。ピイチクピイチク、何を騒いでいるのでしょう。おや、そのお金は？　私に下さるのですか、あの、私に、三十銀。なる程、ははは。いや、お断り申しましょう。殴られぬうちに、その金ひっこめたらいいでしょう。金が欲しくて訴え出たのでは無いんだ。ひっこめろ！　いいえ、ごめんなさい、いただきましょう。そうだ、私は商人だったのだ。金銭ゆえに、私は優美なあの人から、いつも軽蔑されて来たのだっけ。いただきましょう。私は所詮、商人だ。いやしめられている金銭で、あの人に見事、復讐してやるのだ。これが私に、一ばんふさわしい復讐の手段だ。ざまあみろ！　銀三十で、あいつは売られる。私は、ちっとも泣いてやしない。私は、あの人を愛していない。はじめから、みじんも愛していなかった。はい、旦那さま。私は嘘ばかり申し上げました。私は、金が欲しさにあの人について歩いていたのです。おお、それにちがい無い。あの人が、ちっとも私に儲けさせてくれないと今夜見極めがついたから、そこは商人、素速く寝返りを打ったのだ。金。世の中は金だけだ。銀三十、なんと素晴らしい。いただきましょう。私は、けちな商人です。欲しくてならぬ。はい、有難う存じます。はい、はい。

申しおくれました。私の名は、商人のユダ。へっへ。イスカリオテのユダ。

泥棒と若殿

山本周五郎

■やまもと・しゅうごろう　一九〇三～一九六七

山梨県生まれ。横浜市立尋常西前小学校卒。小説家。

初　出「講談倶楽部」一九四九年十二月

底　本『山本周五郎全集　第二十二巻』新潮社、一九八三年

一

その物音は初め広縁のあたりから聞えた。縁側の板がぎしっとかなり高く鳴ったのである、成信《しげのぶ》は本能的に枕許の刀へ手をのばした、しかし指が鞘《さや》に触れると、いまさらなんだという気持になって手をひっこめた。

——もうたくさんだ、どうにでも好きなようにするがいい、飽き飽きした。

こう思いながら、仰向きに寝たまま腹の上で手を組み合せた。右がわの壁に切ってある高窓の戸の隙間から、月の光が青白い細布を曳《ひ》いたように三条《みすじ》ながれこんでいる。ついさっきまで夜具の裾のほうにあったのが、今はずっと短かくなって、破《や》れ畳の中ほどまでを染めているにすぎない、するともう三時ころなのだなと思った。

物音は広縁からとのいの間へはいった。ひどく用心ぶかい足つきである。床板の落ちているところが多いから、そこでもときおりぎしっぎしっと軋《きし》むが、そのたびに物音はぴたりと止って、暫らくは息をひそめているようすだった。そのうちにあまり用心しすぎたせいだろう、畳の破れめにでも躓《つまず》いたらしく、どさどさとよろけざま、なにかを踏みぬく激しい音が聞えた。

——切炉へ踏みこんだな。

成信はこう思ってついにやにやした。うろたえた相手の顔が見えるようである。へまな人間をよこしたものだと、苦笑いをもらしたとき、そっちでぶつぶつ呟《つぶ》やくのが聞えた。

「おう痛え、擦り剝《む》いちまった、ちきしょう、なんてえ家だ、どこもかしこもぎしぎし鳴りあがって、こんな陥し穴みてえなものまで有りあがって、――へっ、おまけにすっからかんで、どこになにがあるかわかりあしねえ、ちきしょう、まるで化物屋敷だ」

擦り剝いたところを縛るのだろう。手拭かなにか裂く音がした。こんどは人がいないものと信じたか、独りでしきりにぐちや不平をこぼしながら、暫らくそこらをごそごそやっていた。それからやがて襖《ふすま》をあけ、この寝所へとはいって来た。

ずんぐりと小柄の男だった。短かい半纏《はんてん》のようなものを着て、股引《ももひき》をはき、素足で、頰かぶりをしていた。もちろん武士ではないし、刺客などというものとも類の違う人間だ。

――とするとこれは、ことによると盗人というやつかもしれぬ。

そう思うと可笑《おかし》くなって、成信はついくすくす笑いだした。相手はぎょっとしたらしい。こっちへふり返り、眼をすぼめて、そこに敷いてある夜具を眺め、その中に人間の寝ているのを見た。それからとつぜん「ひょう」というような奇声をあげてとびのいた。

「だ、誰だ、――なんだ」

男はこう叫びながら、及び腰になってこちらを覗《のぞ》いた。成信は黙っていた、仰向けに寝たまま身動きもしない、――男は迷って、逃げようかどうしようかと考え、そのあげくやっと決心したのだろう、やおら片手の出刃庖丁《ぼうちょう》を持ちなおし、それを前方へつき出してどなった。

「やい起きろ、金を出せ、起きて来い野郎」

「――――」

「金を出せってんだ、おとなしく有り金を出しあよし四の五のぬかすと唯あおかねえ、どてっ腹へこいつをおんめえ申すぞ」

成信はやっぱり黙っていた。男はじっとようすをうかがい、ひと足そろっと前へ出た。

「ふてえ野郎だ、狸ねえりなんぞしやあがって、それとも何か計略でも考げえてやがるのか、へっ、こっちあな、表に三十人から待ってるんだぞ、ぴいとひとつ呼笛《よびこ》を吹きあよ、へっ、命知らずの野郎どもがだんびら物をひからしてとびこんで来るんだ、じたばたすると命あねえぞ」

「――面白いな、ひとつそれを吹いてみろ」

「なにょう、な、なんだと野郎」

「――その呼笛を吹いてみろと云うんだ」

含み笑いをしながら成信がそう云うと、男はうっと詰り、それから出刃庖丁をゆらゆらさせ、精いっぱい凄《すご》んで喚《わめ》きたてた。

「ふざけるな、しゃらくせえや、なにょうぬかす。笑あせるな野郎、ちきしょうめ、――

やい、なんでもいいから金を出せ」

「——気の毒だが金はない」

「てめえおれを素人だと思ってるのか、これだけの大屋敷で金がねえ、へっ、金はないってやがる、ばかにするなってんだ、やい起きろ、こっちあちゃんとめどをつけて来たんだ、四の五のぬかすと家捜しをするぞ」

「それはいい思いつきだ、遠慮はいらないからすぐやってみろ」

　成信はさらに、こうつけ加えた。

「捜してみてもし有ったらおれにも少し分けてくれ」

「ふざけたことを云いやがる、しゃらくせえや、ばかにしやあがるな、野郎、みていろ、そこを動くと命あねえぞ」

　こう脅迫して、こちらがじっとしているのを認め、そろそろ家捜しにとりかかった。しかしそれはそう安楽にはゆかなかった。襖はすぐ倒れるし、戸棚の戸はあけるなりおっこちた。がらがらとなにかが倒れ、「痛え」という声がしたと思うと、またどこかを踏みぬいたとみえ、板のへし折れるはげしい音が聞えた。

「ええいめえましい、こんちきしょう、なんてえ家だ、なんてひでえ家だ」

　こう云ったとたん、男はばりばりどすんとどこかへ落ちこんだ。

二

　助けてくれと云ったようでもある。だがそうではないかもしれない、「やい」とか「しゃらくせえまねをするな」というような罵《のの》しり声は、慥《たし》かに床下のほうから聞えて来た。――それから暫らくごそごそやっていたが、間もなく這《は》いあがったのだろう、そこでまたぶつぶつ不平をこぼした。

「とんでもねえ家へへえっちゃった、がたがたですっからかんで、満足な建具ひとつ有りあしねえ、うっ、――ぺっぺっ、ちきしょう、なにか口ん中へとびこみあがった」

　だがまだ諦らめきれないとみえ、納戸のほうへいってなにか掻《か》きまわしていた。そのうちに天床から大きな石でも落ちたように、がらがらずしんめりめりと凄《すさ》まじい物音がした。男は悲鳴をあげ、とびのくとたんに柱へ頭でもぶっつけたものか、ごつんという音がして、こんどはもっと大きな悲鳴が聞えた。

「おい、たくさんだ、もうよせ」成信はふきだしながらこう呼んだ、「――本当になにも有りあしない、捜してもむだだからやめるがいい」

　ああ吃驚《びっくり》した、とんだめにあった、ひでえ家だ、なっちゃねえや。こんなことを云いながら男はこっちへ戻って来た。

「やい、本当になんにもねえのか」

「おまえの云うとおりすっからかんだ、おれも始めにそう云ったではないか」

「笑いごっちあねえや、おお痛え」

男は方々を撫《な》でまわしながら、夜具のそばへ来て坐った。右足の股引を捲《まく》りあげて、そこを布切で縛ってある。さっき擦り剝いたところなんだろう。――男はあたりを眺めやり、溜息《ためいき》をついた。するとそのとき彼の腹の中でくうくうぐるぐると妙な音がした。

「腹がへってるんだが、なにか食う物はねえか」

「ないようだな」

「晩飯の残りでいいんだ、なにか食わしてくれ」

「――それがないんだ」

舌打ちをして男は立上った。それから厨《くりや》のほうへいったが、なにかがたがたやりながら、ひどく腹を立てたように、「だだっ広くってなにがどこに有るかわからねえ」とか、「ここに竈《かまど》があるとすれば」とか、「ちぇっ、こいつも空っぽだ」とか、いろいろ独り言を云ったのち、がっかりしてまた夜具のそばへ戻って来た。

「米櫃《こめびつ》も空っぽみてえだが、米もねえのか」

「――おれは嘘は云わない」

「じあおめえどうしてるんだ」

「——ごらんのとおりさ」

「だって飯は食ってるんだろう」

「——今日で三日、なにも口へは入れない」

「しようがねえなあ」

男は太息をついてこちらを眺めた。するとまた腹がくうくうと鳴ったので、なま睡をのみながら立ち、なにか考えていたが、もういちど、「しようがねえなあ」と呟やき、広縁からどこか外へと出ていった。

成信は間もなく眠ったらしい、誰かゆり起す者があるので眼をさますと、障子が仄明《ほのあか》るくなり、すぐ側にさっきの男が立っていた。

「起きて顔を洗わねえか、飯ができたぜ」

「——飯、……どうしたんだ」

「どうしたっていいや、早く起きねえ」

男は厨のほうへ去った。年は三十四、五だろうか、色のくろい愚直そうな顔で、ちから仕事をした者に特有の、こごんだ逞《たくま》しい肩と外へ曲った太い足とが眼立った。

——それも面白い。にが笑いをして成信は起き、少しばかりふらふらするが、嗽《すす》ぎ口の廊下から井戸のほうへと出ていった。

表のほうは正門から段下りに、畑や田のある村里へとひらけているが、裏は二千坪にあまる庭がそのまま、片ほうは黒谷の深い渓流へさがり、奥へゆけばしぜんと鬼塚山へつづいている。そちらにも昔は柵をまわしてあったのだが、ずっとまえに朽ち倒れて、今では山との境界がなにもない。それで鹿とか猪《いのしし》とか、ときには熊などまでのこのこはいって来るし、狐や狸などは常住の巣をもっているようだ。――二十年以上も人が住まず、もちろん手入れなどもながくしないので、樹という樹は勝手なほうへ伸びたいだけ伸び、お互いの枝と枝、葉と葉をさし交わし重ねあうところへ、藪枯《やぶか》らしや藤や葛《くず》などがむやみに絡みついているから、どれが松どれが梅とも差別がつかなかった。……もちろん見るかぎり夏草の繁みで、地面のみえるところはごく僅かしかない。そのひとところ、ちょうど厨口の外に当るところに井戸があり、その四、五間さきには山水を集めたほそい流れが、夏でも指のこごえるほど冷たい水を湛えて屋敷の内をよこぎっていた。

　顔を洗って戻ると、夜具があげてあり、広縁のほうへ寄って男が膳《ぜん》ごしらえをしている。大きな鍋《なべ》からはこうばしい味噌汁の匂いがひろがり、蓋をとった釜《かま》から飯の湯気が立っていた。「顔を洗ったか、じあここへ坐んねえ」男はこう云って膳のそっちを指さした。

三

坐って箸《はし》をとったものの、成信はちょっとそこで躊躇《ちゅうちょ》した。つまらないようなはなしだが、渇《かっ》しても盗泉《とうせん》の水をのまずということが頭にうかんだのである。

「どうしたんだ、食わねえのか」

「——いや、食わなくは、ないが」

「じあさっさとやんねえな、ちっとも遠慮するこたあねえんだ、ひもじいときあお互いさまよ、にんげん三日も食わずにいて堪るもんか」

こう云ったが、やはり成信は食べようとしない。どうしたんだ、と、男は訝《いぶ》かしげにこちらを見まもった。それからふいに肩をいからせ、

「そうか、おめえこの米や味噌をおれが盗んで来たと思ってるんだな、冗談じゃあねえ、そんなべらぼうな、おめえ、とんでもねえこった」

本気に怒った顔で口をとがらした。

「おらあ身銭を出して、この米も味噌もちゃんと買って来たんだぜ、嘘だと思うならいってきいてみねえ、この下の柘榴《ざくろ》の花の咲いている百姓家だ、石臼《いしうす》みてえに肥えたかみさんからちゃんと買って来たんだから」

「いや勘弁してくれ、おれが悪かった、それでは馳走になる」

ほっとして成信は茶碗を持った。

終ると男は膳をさげ、厨口から出ていって、向うの流れでよごれものを洗うらしい。成信は風とおしのよい小書院へいって横になり、ぼんやり庭の樹立を眺めやった。——まも

なく男がやって来た。手を拭きながらあたりを見まわし、さてと云ったが、なにか迷うようにこちらを見て、ぶしょう鬚《ひげ》の伸びた顎《あご》を撫でたり、ぼんのくぼを掻いたりした。

「じあこれでおらあゆくが、おめえまだずっとここにいるのか」

「――まあ、そうだ」

「それでその、飯なんぞどうするんだ、なにか当はあるのか」

「――なんにも、ない」

「ないったって、そんなおめえ、それじあかつえて死んじまうぜ」

「――まあそうだろう」

男はまた頤《おとがい》を撫で、ぼんのくぼを掻いた。こちらを見たり、肩をゆすったりして、なにかあいまいなことを云って、不決断にいちど出てゆこうとした。が、すぐ引返して来て、

「しようがねえ、冗談じあねえ」

こう云って赤児の頭ほどの風呂敷包を腰からとり、成信の前へどさりと置いた。

「まさかおめえが飢死にをするってえのに、おれがみすてててゆかれるもんじあねえ、とんだところへへえっちまった、こんなべらぼうなはなしがあるもんか、――だが、まあしようがねえ、なんとかするから、これでも食べて待っていねえ」

「――おまえそれで、どうするんだ」

「どうするったってどうしようもねえじゃねえか、なんとかするよりしようがねえ、まあ

いいから此処に待っていねえ」

男は怒ったような顔でどこかへ出ていった。

――土地の人間ではないな。

成信はこう思った。この附近はいうまでもない、城下町の者でさえ、この鬼塚山の御殿が廃屋であり、近づくことを禁じられ、それを犯すと罰せられることを知っている。ときおり百姓とか猟人とか樵《きこり》などにやつして、まわりをうろうろする者があるが、それは滝沢一派の監視者たちで、そのなかには成信の命をちぢめる役を受持った人間もいるのである。

三年まえに此処へ幽閉されるまで、成信は江戸の京橋木挽町《こびきちょう》にある中屋敷にいた。彼は大炊頭《おおいのかみ》成豊《しげとよ》の二男に生れ、成豊の側室である生母とともに、ずっと中屋敷で育った。大炊頭はいちど大坂城代で五年ちかく江戸を留守にしたが、その他のときは寺社奉行とか、若年寄とか、勘定奉行とか老中などとかいうぐあいに、重職の席からはなれることが少なく、参覲《さんきん》のいとまで領地へ帰るのもごく稀《まれ》であった。――そういう多忙なためでもあろう、成信は二十歳になるまで数えるほどしか父に会っていない。また丸の内にある上屋敷には、長男の成武《しげたけ》のほかに女姉妹が三人いて、兄とは定日には挨拶にゆくので話しもしたが、姉や妹たちは名まえを聞くだけで顔を見たこともなかった。

成信は十五の年に他家から養子にのぞまれた、殆どまとまりかかったらしいが、父の成豊がどうしても承知せず、その後も二、三そういうはなしがあったのに、みんな断わったそうである。——これが思わぬ紛争の原因になったわけだが、成信としては、自分をはなさないのは父が自分を愛しているからだと思い、ひじょうに感動したことをおぼえている。……だが父の大炊頭は彼が二十一歳のとき卒中で倒れ、兄の成武と彼をめぐって、家督問題のはげしいあらそいが始まった。

四

まえにも記したように、大炊頭はつねづね公務に追われるため、藩の政治は老臣にまかせきりのようなかたちだった。その首班は江戸の筆頭家老で、滝沢図書助といい、風貌も才腕もずばぬけた、ひところ名執政という評の高い人物でもあった。——図書助は十五年ちかくその席にいた、それだけの能力と人望があったのだろう、しかし一方では彼に反感をもち、その政策に不満をいだく者も少なくなかった。うがちずきな人たちに云わせると、大炊頭そのひとがすでに図書助を嫌っていたそうである。……反滝沢派の中心は梶田重右衛門であるが、彼が大炊頭の側用人だったところから考えると、案外それが事実であったかもしれない。

滝沢派は兵部成武の家督をいい張った。もちろんそれが正論である。成武は長男であるし、八歳のとき将軍にめみえも済んでいる。ただ十三歳のとき脳をひどく病んでから、躯《からだ》だけは丈夫であるが頭がわるく、ときどきおかしな挙動をしたり、言語がはっきりしないようなところがある、それが問題であった。

　梶田派は成信を擁立しようとした。

——成武が脳を病んだ直後から、大炊頭は成信に家督をなおすつもりであった。幾たびも養子のはなしがあったのを、大炊頭が断わりとおしたのはそのためである。

かれらはこう主張し、その反面、成武が白痴であるということを、幕府の閣老のあいだに宣伝したらしい。……大炊頭は卒中で倒れて寝たきりだった。全身の麻痺で、口をきくこともできなかったようだ。

　成信は詳しいゆくたては知らない。知りたいとも思わなかったが、三年まえの二月のはじめのある夜、いつも側に仕えている鮫島平馬という者が来て、——梶田重右衛門がとつぜん謹慎になったこと、その一派のおもだった者はみな職を免ぜられ、三人ほど追放になった者があること、そして若殿の身にも累が及ぶかもしれないので、充分に注意して貰いたいことなどを顔色を変えてあわただしく申し述べた。

　注意するもしないもなかった。その翌朝、成信はみしらぬ侍たちにとり囲まれ、本所の下屋敷へと移された。そしてひと月すると上屋敷から使者が来て、大炊頭の名でつぎのようなことを申し渡された。

——おまえは一部の奸臣《かんしん》と謀《はか》って、兄、成武をさし越し、自分が家督になおろうと企だてた、この事実はわが家法の重過であって、とうていゆるすわけにゆかない。そのため国もとへ長の蟄居《ちっきょ》を申しつけるものである。

成信はいちど父に会いたいと云ったが、かれらは耳にもいれなかったし、中屋敷にいる生母と別れをつげるひまもなく、すぐさま領地へ送られてしまった。——この鬼塚山の御殿というのはまえの領主の山荘だったそうで、松平家が移封して来てから、成信の祖父にあたる大炊頭成光というひとが、暫らく隠居所に使ったことがある。それもごく短かい期間のことで、あまりに荒れているし、城と五里も離れていて不便なため間もなくやめたらしい。それからのちは番人も置かず、荒廃するままにしてあったというが、……国もとへ着くとすぐ成信はここへ入れられたのであった。

初めのうちは侍五人と、下僕が数人ついていた。そのうちに侍が一人ずつ減ってゆき、下僕も去り、今年の春から成信ひとりだけとり残された。しかし米だけはどうにか届いていたのだが、それもだんだん間遠になり、ついには米も来なくなった。——城からはときどきようすを視に来るし、この屋敷まわりには妙な人間がつねにうろうろしている、三度ばかり成信を刺しに忍びこんだ者もあった。ごく最近も表の門番所のかげから、広縁にいる彼に矢を射かけたことがある。

城からようすを視に来る役人に、従者の欲しいこと、食糧の届かないこと、また刺客のことなど、たびたび訴えてみた。すると役人は、自分たちはすべて江戸からの申しつけどおりにしているが、貴方《あなた》のおこないがあまりに粗暴で、従者がみな逃げだしてしまうのである、食糧はきちんと届いている筈であると答え、また刺客の件についてはつぎのように云った。

――そんなことは有ろうとも思えないが、もし事実とすれば梶田一派のまわし者であろう、貴方のお命をちぢめて、継嗣問題の密謀をやみに葬むるつもりではないか。

成信はやんぬるかなと思った。

――餓死か暗殺か、もう運命はきまった。

じたばたするだけむだである。こう覚悟をきめ、すべてを投げ出した気持で、米が一粒もなくなると共に、そこで飢え死ぬつもりで寝ていたのであった。

こういう状態のところへ賊がはいった。おそらく他国から来たもので、なんにも事情を知らないのであろうが、選《え》りにえってこんなところへはいるというのは皮肉すぎる。――おれを素人だと思うかなどと威張ったが、おそらくそのとおりに違いない。ひとがらも悪人にはみえないし、自分の銭で米味噌を買い、煮炊きをして食わせさえした。

「家来たちがおれの命をちぢめようとしているのに、盗賊はおれに飯を食わせてくれた、妙な世のなかだ」

成信はこう呟やいて、男の置いていった包をあけてみた。中には味噌をまぶした大きな握り飯が三つはいっていた。

五

うす暗くなってから男が帰って来た。

「おう今けえったぜ」男は広縁のところからそう叫んだ、「おそくなっちまった、腹が減ったろう、いますぐ飯にするからな」

裏へまわってゆく男のうしろ姿をみおくりながら、成信はふと胸の温たまるような感動をそそわれた、自分では理解しがたい、温たかく胸のうるおうような感動である。彼は久しぶりで机に向い、それへ両肱《りょうひじ》をついて、厨口のもの音をなつかしいような気持で聞いていた。

食膳は味噌汁と飯のほかに、鉢いっぱいの梅干が出ていた。

「これもみんな買って来たものか」

「よせやい、いやなことを云うな」男は眼を三角にし、口をとがらした、「にんげんひとり抱えて、おめえ、泥棒なんぞでやってゆけるもんじゃあねえや」

「――はあ、そういうものか」

「独り身ならそれあ、まあ泥棒でも食っていけるかもしれねえ、けれどもおめえという者を抱えてみりあ、まじめに稼《かせ》がなくっちゃあ追っつきあしねえや」

「――はあ、それは気の毒だな」

「いやな挨拶をするなよ、気の毒だったってべつに、おれだってそんなに泥棒なんぞしたかあねえや、まあ食おう、――飯が少しかてえかもしれねえ」

夜になると夜具を並べて寝た。おそろしく疲れたとみえて、男は横になるとすぐ眠りこんだ。大きな鼾《いびき》をかいたり、どたんばたんと手足を投げだしたり、夜具の外へころげ出たり、無作法きわまる寝かたであった。――成信はいつもの癖で、蚊遣《かや》り火を焚《た》きながら、燈火をひき寄せて夜半すぎまで本を読んだ。

明くる朝も男はどこかへでかけたが、出てゆくとき成信に昼食のあるところを教え、今日はなにか魚の干物でも買って来ようと云った。

「ところで名めえが知れねえで不便なんだが、おらあ伝九郎てえんだ、伝九ってえばいいんだが、おめえの名はなんていうんだ」

「――おれか、おれの名は……信《のぶ》だ」

「ただ信だけかい、お侍らしくないじゃねえか、なんのなに信てえわけじゃねえのか」

「――いやそれでいい、信でいいんだ」

「ただの信、さとうただのぶか」

芝居ですれあ碇《いかり》を背負ってくる役だ、などとまちがったしゃれを云いながら出ていった。

伝九郎は云ったとおり、その日はちめという魚の干物を買って帰った。ここへ幽閉されてから初めての魚といってもよい、成信は幾たびも、「うまい」と云いそうになっては口をつぐんだ。——こうして三日、四日と経った。伝九郎は大妻川の堤防工事で働らいているという。それはいいが、いつも厳しい監視者はどうしたのか、伝九郎のような人間が出はいりしているのに、どうしてすてておくのか、そこが成信には不審に思われた。

「この屋敷へ出はいりして、誰かに咎《とが》められたことはなかったか」

いちどそうきいてみたところ、

「おらあそんなへまなこたあしねえよ」

伝九郎はさも猜《ず》るそうに笑った。

「この近所の百姓だって、おれたちが此処にいるこたあ知っちあいめえ、工事場の者なんざ云うまでもねえさ、そこはおれだって考げえてらあな」

ほの暗いうちに出て昏《く》れてから帰る。往来《ゆきき》とも黒谷の谿流《けいりゅう》に沿った杣道《そまみち》をとるので、まだ途中で人にであったこともないと云った。これまでの監視ぶりは、そんなことでごまかされるような、なまぬるいものではなかった。とすれば、あるいは監視がゆるんだのかもしれない。

——そういえば城からのみまわりも暫らく来ないようだが。

成信はこんなふうに考えていた。

はなはだ奇妙な、一種の共同生活が、こうして続いていった。男は言葉つきこそ対等であるが、そのほかのことは主人に仕える召使いのようだった。労働をして稼ぎ、煮炊きをして成信に喰べさせ、洗濯までするのである。——家臣に仕えられて育った成信すら、ときには済まないと思い、なぜこんなにしてくれるのかと、訝《いぶ》かしくなることもあった。

「おめえってひとはじつにふしぎだ」伝九郎は伝九郎でそんなことを云った、「おらあ生れてからこんな気持になったなあ初めてだが、おめえを見ているとへんに楽しいような、うれしいような、——こう、なんと云えばいいか、その、世のなかも案外いいもんだっていうような気持かな……ふしぎにそんな気持がするんだ」

「——これまではそうではなかったのか」

「そうでねえからこそ、泥棒にでもなっちめえてえ量見にもなったのよ、思いだしてもはらわたの煮えるような、ひでえめにばかりあって来たからな」

六

伝九郎はごくたまに、それもきわめて断片的に、自分の身の上ばなしをした。生活の環境がちがうし、こまかい部分は話さないから、ごくあらましのことしかわからなかったが、ぜんたいとして、その過去はいたましいほど運が悪く、聞くほうでも暗然となるようなことが多かった。——彼は江戸の下町の生れで、家はちょっとした乾物屋だった。父親はおとなしい好人物であったが、酒を飲むとひとが変り、あるだけの金を持ってとびだしたきり、五日も六日も帰らないようなことがしばしばあった。結局は店を飲みつぶしてしまい、親子三人で長屋へひっこむと、まもなく父親は急死した。急死といっても酔って川へおちて死んだのである。

「おらあそれで七つの年から蜆《しじみ》を売りに出たもんだ」

母親が後夫をむかえ、彼は日本橋のほうの海産物の問屋へ小僧にいった。義理の父というひとがまたずぬけた酒のみで、母親はずいぶん苦労したらしい、そのためか三年ばかりして亡くなった。

「だから十三でおらあみなしごになったわけだ、本当はみなしごなんだが残ったその義理のおやじてえのがいる、こいつがおれの厄病神になりあがった」

新三というその男は、妻に死なれてから三日にあげず店へ来た。伝九郎をよびだして小遣い銭をねだる、いつもひどく酔っていて、大きな声をあげたり、ときには暴れたりした。なにかの職人だということだが、もうまえから仕事などはしないらしい。博奕《ばくち》うちにでもなっているのか、風態も悪いしいやな人相だった。——問屋の主人もそんな人間にしげしげ来られるのは迷惑だったろう、新三がたびたび、「こんな給金の安いところへ置くわけにあいかねえ」などと云うのを幸わい、二年たらずで態よく店からひまをだされた。

伝九郎は樽《たる》ひろいをした。子守りもした。石屋、左官、車屋、米屋、いろいろな家へ小僧にいった。だがそれは職をおぼえるためではない、年季奉公の約束で、さきに幾ら幾らと養父が金を取る、そうして少し経つとそこを逃げだすのである。つまり先取りの金が目的なのだ、——なかには奉公さきがよくって、逃げたくない、この家で暮したい、そう思うことがある。すると日本橋の問屋の例で、養父が毎日のように酔っぱらって来て、前借を増せとか、給金が安いとか喚《わめ》きたて、店さきへ寝たり、暴れまわったりする、それでたいてい向うからひまがでた。

二十五で妻をもらったとき、伝九郎は本所で左官のてつだいをしていた。妻は居酒屋などにいた女らしく、養父が伴《つ》れて来ていつくようにさせたのであるが、以来、その長屋のひと間は博奕場のようになった。いつも妙な人間が出いりをし、夜どおし賽《さい》ころや花札の音がしていた。妻は伝九郎などそっちのけで、そのなかまと博奕を打ったり、酒の相手をして騒いだり、まるで夫婦というようなものではなかった。

「その女は百日もいたかな、まもなくそのなかまの一人とどこかへいっちまった、じつはそれがその女の本当の亭主だったらしい」

養父は彼を搾れるだけ搾りとおした。そして胃を病んで死んだのであるが、寝こんでから息をひきとるまで、半年以上ものあいだ彼を「不孝者」といって罵《のの》しり続けた。——伝九郎は三十になっていた、はじめて自分ひとりの、好きなように生きられるときが来た。そう思ったのであるが、これといって手に職があるわけではないし、年がもう年で、そのときどきの仕事を転々と稼ぐよりほかにしかたがなかった。

三十一で二度めの妻をもった。もう二十三になる気の強い女でいちど嫁にいったことがあるらしい、こまめに働らくのはいいが、口やかましいうえにぐちっぽくて、おそろしい吝嗇《りんしょく》で、しかも平気で嘘をついた。

「そのじぶんおらあ車力をしていたが、親方にみこまれて古石場の近くへ帳場を持たせてもらった、堅いところをみこまれたんだろう、車を十二台と曳き子を三人あずかった、貸し車もするわけなんだが、――その曳き子のなかに吉五郎という男がいて、こいつはおれより古株なんだが、……悪い野郎で、三月と経たねえうちに帳場の金をさらってずらかりあがった、そればかりならいいが、十二台の車もひとに売る約束で、その金も持ってきあがったにはびっくりした」

もちろん彼はその親方とは縁が切れた。一方では妻の吝嗇と嘘つきと口やかましいのにあいそをつかしていた、がみがみと云いたいほうだいのことを云って、それこそ三杯の飯を二杯に詰めて、そうして自分はへそくりを溜めるというふうだった。――もう顔を見るのも声を聞くのもいやらしくなったので、古石場の帳場がつぶれるとすぐ、彼は江戸を逃げだした。

七

「この土地へ来るまでにあずいぶんほうぼう渡り歩いたが、どこにもおちつく場所はなかった、世間はせちがれえし、にんげんは猜《ず》るくて不人情で、おらあ小股《こまた》をすくわれたり陥し穴へつきおとされたり、ひでえめにあいどおしだった、――さすがのおれも業が煮えて、やけっぱちになって、そうして、……ええくそ、そっちがそうならこっちもと思って――だが智恵のねえやつはしようがねえ、泥棒にへえったのがこの化物屋敷だよ、……へっ、まったくのところうまく出来てやがる」

話しはごくとびとびで前後がとり違ったり、同じことをなんども繰り返したりした。そのうえ成信には理解のつかないところがたくさんある、樽ひろいとか蜆売りとか、そのほか日傭《ひよう》とりの暮しなどは殆んどわからなかった。――しかし成信にはその話しは楽しかった、楽しいといっては違うかもしれない、事実はいたましく哀れなのだ、聞いて思わず歎《ため》息《いき》のでるようなことがしばしばであった。けれどもそこには成信などの知らない、活き活きした生活があり、人間のあからさまなすがたが感じられた。

夜半に眼がさめて、隣りに熟睡している伝九郎の寝息を聞きながら、成信はしみじみとしたおもいで、酔って川へはまって死んだという彼の実父のことを想像した。七つという年で蜆を売り歩いたという、霜のおりた、寒い、早朝の街のひっそりとした景色を、眼にえがいてみた。

——このおれがもしそのような身の上だったら。

成信は彼と自分とを置き替えてみた。すると置き替えたほうが人間らしく、生き甲斐《がい》のあるように感じられた。

古石場の帳場から金をさらって逃げたという男。吝嗇で嘘つきで口やかましい女房。彼を苦しめ、搾れるだけ搾りながら、死ぬまで彼を「親不孝者」と罵しったという養父。妻とは名ばかりで、博奕を打ち酒を飲んで騒ぎ、じつはほかに本当の亭主があったという初めの女。——みんなそれぞれ狡猾《こうかつ》でいやらしい、だがそうやって伝九郎をいためつけ、彼を騙《だま》し、彼を憎み、彼からくすねたり奪ったりしながら、かれら自身もそれほど恵まれはしなかったであろう。……今でもどこか世間の隅のほうで、それぞれの苦しい生活に追われ、ときにつくねんと溜息でもついているのではないだろうか。

——みんな気の毒な、哀れな本当はよき人たちなんだ。少なくともおれの周囲にいる人間よりは人間らしい。

二十日《はつか》あまりいっしょに暮すうち、成信はすっかり伝九郎が好きになった。彼の軀には生きた世のなかの匂いが附いている、良いところも醜いところも、卑しさも清らかさもひっくるめた、正直なあるがままの人間の呼吸が感じられた。

「おう信さん、おめえどじょう汁を食うか」

「――よく知らないが食うだろう」

「食うだろうってどじょう汁も知らねえのか、へえ、おめえ知らねえものばかりじゃねえか」

「――うん、まあそんなところだ」

「よっぽど家が貧乏か、それともお大名の若さまみてえだぜ」

こんなふうで、まだ口にしたことのないものもいろいろ喰べた。武家の生活とは違って、無作法な下品なような感じであるが、すべてに情があり真実がこもっていた。――炊きたての飯に熱い汁をかけて食ううまさ、肌ぬぎの茶漬け、青じその香をきかした冷奴、さらに釜底の狐色に焦げたところへ塩をふった握り飯など、品も作法もなくうまかった。これが本当の喰べものだという気がした。

「おもしれえことがあるぜ、信さん」

ある夜、夕餉《ゆうげ》をとりながら伝九郎がこう云った。

「世のなかは広大だ、おれがどじだと思ったら、おれに輪をかけた野郎がいやあがる」

「――それはいることは、いるだろう」

「いるったって、それがおめえ、泥棒だぜ」

「――ばかなことを、まさか……」

「それがそうらしいんだ、百姓みてえな恰好なんだが、表の塀のまわりや、裏庭の奥のほうをときどきうろついている、おらあ気がつかねえふうで見ているが、さっき飯を炊いてるときもちらっとしやがった、――厩《うまや》のぶっ壊れたのがある、あのかげのところだ」

成信は顔を俯《うつ》むけた。表情の変るのをみられたくなかったのである。伝九郎はまるで気がつかず、にやにやしながら面白そうに云った。

「今夜あたりへえって来るかもしれねえ、そうしたらこんだあおれが見物する番だ、へっ、つんのめったり、踏みぬいたり、どたんばたん独りで暴れて、埃《ほこり》まみれの汗だくんなって、それですっからかんのなんにも無しとくらあ、――へっ、野郎びっくらして馬鹿にでもなっちまうな」

だがその夜はなにごともなかった。

八

「どうしようてんだ、あの野郎、なにをいつまでまごまごしてるんだ、まだへえる決心がつかねえのかな」

伝九郎はもどかしそうに舌打ちをした。

「思いきってへえりあいいじゃねえかなあ、こっちは手出しはしねえんだ、見ていて笑ってやろうってだけなんだ、八方あけっ放しで待ってるんだ、よっぽどの臆病者にちげえねえ」

彼がいくら不平を云っても、やっぱり泥棒のはいるようすはなかった。——するとある日、伝九郎がその話をしてから七日ほど経っていたが、曇り日のむしむしする午後、成信が小書院で横になって本をみていると、まえ庭のほうで「若殿、若殿——」という声がした。成信は頭だけそっちへ向けて、誰だ、と、もの憂げに答えた。

「平馬でございます、鮫島平馬でございます」

成信はだるそうに本を投げた。鮫島平馬、ああ江戸の中屋敷にいた男か、そう思ったが、起きてゆく気持にはなれなかった。

「——なんだ、おれになにか用か」

「急ぎますので、要点だけ申しあげます、大殿には御他界にございます、御承知でいらっしゃいますか」

「——知らない、初めて聞いた」

五月十日に逝去したと云うのを聞きながら、成信は眼をつむって、口のなかでそっと、「父上」と呟いた。平馬はさらに、梶田重右衛門が家老に就任し、滝沢図書助が待命になったこと、つまり情勢が大きく変化し始めたことを述べた。しかし成信にはもうそんなことは興味がない、誰が勝ち誰が負けようと、権力の席がどう変ろうと、彼にはなんの関わりもないことだ。

――そうか、父上はお亡くなりなすったのか、御臨終は平安だったろうか、中屋敷の母上はおなごりを申しにあがれたろうか。

平馬はなお続けていた。この山荘は早くから自分たち同志の者で護って来た。すでに滝沢家の監視はゆるんでいるが、情勢がはっきり決定するまでは油断ができない。非常手段を打たれる心配もあるから、いま暫らくこのままかげから守護をしている、若殿にもそのつもりで辛抱して頂きたい、などとも云った。

そのなかで一つ意外なことがあった。それは三度あらわれた刺客も、ふいに矢を射かけた者も、みな梶田一派の人間だったということで、これには成信もびっくりした。

「まことにやむを得ぬ、苦肉の策でございました」

平馬は歯をくいしばった声でそう云った。

「滝沢党ではかねてから、若殿のお命をおちぢめ申すてだてにあいみえました、それで逆手を打ったのですが、かれらは幸いこれをみやぶることができず、手を濡らさずして目的を達すると思ったようすでございました、――かような事情で、万やむを得ない窮余の策ですから、不礼のだんはどうぞ幾重にもお赦《ゆる》しを願います」

成信はしまいまで横になっていた。そうして平馬が去ろうとしたとき、

「――みんなにそう云え、もうおれに構うな、いいか、おれのことは放っておけと」

刺客が自分のみかただったということは、なにより成信を不愉快にした。それは愚弄《ぐろう》ではないか、そのとき成信はしんけんであった。本当に暗殺されるかもしれないと思った。枕のそばへ刀を置く習慣も、夜よく熟睡のできない癖も、みんなそれ以来身についたものである。

——刺客などが来るとすれば梶田一派のまわし者であろう。

城からみまわりに来た役人が、そう云って冷笑したことを思いだす。かれらは裏を掻かれていたわけであるが、成信の身にすれば、「裏を掻く」ことのほうがずっと恥かしかった。

「いやだ、つくづくいやな世界だ」

成信はこう呟やき、なにもかも忘れたいというように、頭をはげしく左右に振った。

「——伝九、二人でどこかへゆくか」

成信はその夜そう云った。

「悪くはねえな、おめえさえいてくれりあ、おらあどこでどんな苦労でもするぜ」

「——なに、おれだって、なにか、するさ」

「それあさきゆきあそうさ、にんげん遊んで食ってちあ天道さまに申しわけがねえ、けれどもせくこたあねえぜ、おめえの軀が丈夫になり、そういう気持が出てからのはなしさ」

「——おれは、軀は丈夫だよ」

「自分じあそのつもりだろうがそうじあねえ、おめえの軀は病んでる、病気てえものじあねえかもしれねえが」

伝九郎はきまじめな顔でこちらを見た。

「そうよ、軀か心んなかかわからねえが、とにかくどこか相当いたんでる、おらあこれでそういう勘はわりかた慥《たし》かなんだ」

「——ほう、そんなふうにみえるかな」

「心配するこたあねえんだぜ、信さん、おれがついてるからな、大船……ってえわけにあいかねえが、おれにできるだけのこたあするつもりだ、まあいいから、当分おめえは暢気《のんき》にしていねえ」

九

成信は本気であった。伝九郎といっしょにここを出奔し、どこでもいい、この身で働いて、人間らしい慎ましい生活をしよう。伝九郎を騙し、搾り、くすね、罵しり辱しめたような人間はどこにでもいるに違いない。しかしそれもさして悪くはない、権力争奪の傀儡《かいらい》にされるより、はるかに人間らしく、生き甲斐もありそうだ。

——出てゆこう、伝九郎といっしょに、自分で働いて生きよう。

成信がそう決心するのと反対に、伝九郎はなかなか動くけしきがなかった。堤防工事の人足の親方がだいぶ彼に執心で、その頃はもう小頭にひきあげていた。さきへいってはひと現場まかせてもいいような口ぶりらしい。

「自分でもいやなんだが、どうもおれにあそういうところがあるらしい」

伝九郎はてれくさいような眼つきをした。

「おらあ嫌えなんだ、そういうことはいやなんだけれども、――古石場のときもそうなんだが、へんに信用されるところがあるらしい、べつにおべっかを遣うようなこたあねえつもりなんだが」

しかし信用されてみれば悪い気持ではないし、こちらもそれだけのことをする義理はある。伝九郎はそういうつもりのようだ。

「此処はこのとおりぶっ壊れの化物屋敷で、誰に邪魔をされる心配もねえ、閑静で暢気で、おれたちがこうしているにあ持って来いだぜ、――とにかくもうちっといてみようや」

こんなふうに云っているうちに、十日ばかり経ってしまった。

その日はよく晴れて、秋をおもわせるような、爽やかな、ややつよい西風が、朝からしきりに樹々の枝を鳴らしていた。伝九郎がでかけて一刻《とき》あまり経ったろうか、遠くから馬《ば》蹄《てい》の音が近づいて来て、表門のところで停った。――五、六騎はいるらしい、成信はどきっとし、刀をひきよせてそっちを見た。平馬が云ったように、滝沢派で非常手段を打ちに来たのかもしれない。

——もうやみやみと討たれはしないぞ。

こう思っていると、前栽《せんざい》をまわって五人の武士がはいって来た。なかに一人、塗笠を冠った者がいて、その者だけがそこで笠をぬぎ、刀を侍者に渡して、こちらへ進んで来た。他の四人はその場に膝をついて控えたが、鮫島平馬の顔もそのなかにみえた。

こちらへ来たのは榁《むろ》久《きゅう》左《ざ》衛門《えもん》という者だった。江戸の上屋敷でたびたび会ったことがある、中老格で、慥かずっと馬廻り支配をしていた筈だ。年は四十三、四、柳生流の達者だと聞いたように思うが、——今みるとたいそう痩《や》せて、左右の鬢《びん》が白くなったし、日にやけて、とがったような顔に、おちくぼんだ眼だけが強い光りを帯びていた。

「おみ忘れでございましょうか、榁久左衛門にございます」

縁さきに片膝をついて彼はこう云った。そうして、頭を下げたまま、成信にながい辛労をさせたことを詫《わ》び、城へ迎えるために来たこと、詳しい事情は城へいってから申しあげよう、御乗馬を曳いて来てあるから、すぐしたくをしてお立ち下さるようにと云った。

「——おれに構うな、平馬にそう申した筈だ」

成信は正坐して静かにそう答えた。

「——城へはゆかぬ、いやだ」

「わたくしは五日まえに江戸からこちらへ到着いたしました、当地におきましてのおいたわしい御日常は、江戸でもあらまし承知しておりましたが、こちらへまいり、三年以来の詳しいことを聞きまして、おそれながら五体も砕けまじい、心魂の消えるおもいにございました」

「――おれが飢えていたことも聞いたか」

成信は寧《むし》ろほほ笑みながら云った。

「――おれが泥棒に食わせて貰っていることも聞いたか」

「おそれながらすべて承知いたしております、その者とのお暮しぶりも、そのお暮しぶりが御意にめしたというごようすも、また、御身分をすてて世に隠れるおぼしめしのことも、すべて承知いたしております」

これは成信には思いがけない言葉だった。平馬か、とも思ったが、平馬にもそこまでわかる筈はない、出奔して庶民のなかへはいろうという思案は、伝九郎のほかに知る者はない筈である。――では伝九郎か、そう考えてきて成信ははっと眼をあげた。

「――伝九郎の足をとめたのはそのほうどもか」

「当地の者どもが計らいました、知れざるように手をまわして、賃銀も多く遣わし、役もつけ、今後もながく当地にいて、身の立つようにとも計らってございます」

「――それでおれが城へ帰ると思うのだな」

成信は冷やかな、しかし強い調子でこう云った。

「――おれはいやだ、もうおれに構うな、おまえたちの傀儡になるのはもうごめんだ、おれは人間らしく生きることを知った、おれは人間らしく生きる」

「その仰せは覚悟のうえでまいりました」

久左衛門はこう云って静かにこちらを見あげた。

十

「おぼしめしどおり市井《しせい》のひととなり、御意のままにお暮しなされば、御身おひとつなんのお心づかいもなく、無事安穏におすごしあそばすことができましょう、しかしそれだけでようございましょうか、御自分だけ気まま安楽におすごしあそばせば、他のことはどうなろうと構わぬ、そうお思いなされますか」

久左衛門の眼はきらきらと光った。

「ただいまそのほうどもの傀儡と仰せられましたが、このたびの御継嗣問題では三名の者が切腹しております、梶田どのをはじめ同志の者ども、みないのちをなげだし、肝胆を砕いて奔走いたしました、――こんにちまでの若殿のながい御艱難《かんなん》は、申すもおそれおおいしだいですが、われらもまた死ぬ覚悟でやってまいったのです、……滝沢どの一党が兵部さま御相続をしいましたのは、おそれながら御瘋疾《ふうしつ》にわたらせらるるを幸い、おのれの権勢をほしいままにし、専制、事をおこなう手段でございました」

　しだいに声が激しく、調子もぐんぐん強くなった。

「これまでも滝沢どの一党の専断は眼にあまるものがあり、大殿にもよほど御心痛あそばされたとうかがっております、兵部さま御瘋疾のあとより、若殿を御世子になおし、それによって重職の交替と、政治の更新とを御思案あったと承わりました、――さればこそ梶田どのはじめわれら同志の者は、骨を砕き肉を削るおもいでやってまいったのです、御家のため、政治を建てなおすため、ひいては七万五千石の領民のために、……そうしてようやく今日という時がまいりました、この日のためにみな身命をなげだして働いたのです、――若殿、こなたさまはこれらの者を捨てて、自分おひとりだけ安穏に暮したいとおぼしめしますか」

　いつか成信は眼を伏せていた。久左衛門は声をやわらげ、そっと息をついて続けた。

――人間には身分のいかんを問わずそれぞれの責任がある、庶民には庶民の、侍には侍の、そして領主には領主の、それぞれが各自の責任を果してこそ世のなかが動いてゆく。領主となって一藩の家臣をたばね、領民の生活をやすんずるよき政治を執《と》るということは、市井のひとになるよりは困難で苦しい。しかし大殿も先大殿も、その苦しい困難な責任を果された。……気まま安楽に生きたいと思うまえに、自分の責任ということも考えなければならぬであろう。われわれ同志ばかりでなく、一藩をあげてあなたを待っている。みんな手をさしのべるおもいで待っているのである。——久左衛門はこう云って、涙でうるんだ眼でじっとこちらを見まもった。

「お帰り下さい、若殿、お願いでございます」

眼を伏せたまま成信はやや暫らく黙っていた。さっきからみると頬がこけ、眉のあたりに一種の気宇のあらわれがみえる、彼はやがて静かに顔をあげ、あるかなきかに頷《うな》ずきながら云った。

「——わかった、城へ帰ろう」

それが聞えたのだろう、前栽の脇につくばっていた四人の者達が、いっせいに芝の上へ手をつき、耐えかねた様に、啜り泣きの声をあげた。

「——伝九郎はおれにとっては、恩人ともいうべき者だ、ゆくすえをくれぐれも頼む」

「必らず御意どおりにつかまつります」

「——おれは明日ひとりで帰る、彼とひと夜なごりをおしみたい、今日はこれでひきとるように」

成信はかれらが去ってからも、ながいことそこに坐っていた。それから庭へ出てゆき、荒れはてた邸内をあちらこちら歩き廻った。彼の相貌はひきしまり、あたりを見廻す眼には強い意志のいろがあらわれた。

「——伝九、……おれは帰るよ」

口のなかでそっと呟やき、風のわたる晴れあがった空へと、かなしげに眼をやった。

伝九郎が帰って来たとき、成信は竈《かまど》で汁を拵《こしら》えていた。頭から灰まみれで、煙にまかれたのだろう、眼のまわりを黒く汚していた。伝九郎はびっくりし、とんで来て、彼の手から火吹き竹をひったくった。

「なにをこんな、おめえがなにもこんなことをするこたあねえじゃねえか、冗談じゃねえ、お天気が変らあ」

「――今日はおれがするよ、わけがあるんだ」

「わけがあったっておめえに出来るこっちあねえ、おれが代るから向うへいって」

「――いや、もう済んだんだ」

成信は鍋の蓋をとり、笊《ざる》にあげてあった刻み大根を入れた。

「――飯も炊けたし、魚も焼いてある」

「こいつあびっくり仰天だ、冗談じゃあねえ、せっかく続いていた日和が、これできっとおじゃんになるぜ」

「――まあ足を洗え、そして飯にしよう」

十一

食膳に向うと伝九郎はもういちど驚ろいた。

「おめえこれあ、これあどうして、ちゃんとしたもんじあねえか」

「――ちゃんとしたもの、とは、なにがだ」

「飯も上出来だし魚の焼きかたもいいし、おまけに芹《せり》のしたしたあ驚いた、こいつあたいした驚きだ、兜《かぶと》をぬいだぜ」

成信は笑ってなにも云わなかった。

「お侍は恐えてえことを云うがまったくだな、すまして肩肱《かたひじ》を張ってるが、いざとなれあこんなこともできるんだ、やっぱり修業てえものが違うんだな」

「――そう褒めるな、まぐれ当りだ」

「御謙遜《けんそん》にあ及ばねえ、と、思いだしたんだが、おめえさっきこれにあわけがあるとか云ったようだが、あれあなんだ」

「――うん、しかしそれは、喰べてからに、しよう」

「気をもたせねえでくれ、心配になるぜ」

食事をしながら話すつもりだった。しかし箸をとってみると口がきれない、それでいっとき延ばしたわけであるが、食事が済み、あと片づけが終って、いつもの炉端へ坐ってからも、胸さきの詰るような気持で、どうにも話しができなかった。

「どうしたんだ、わけてえのはなんだ」

「——なに、たいしたことでは、ないさ」

「たいしたことでねえにしても、話しを聞かなくちあおちつかねえ、云ってくんねえな」

成信は蚊遣りの煙にむせて、咳をしながら脇へ向き、笑いながら、じつはわけもなにもない、あのときのでまかせだと云った。

「冗談じあねえ本当かいそれあ、本当になんにもわけあねえのかい」

「——いちどぐらいは、おれが煮炊きをして、伝九に喰べて貰いたかった、おまえにはずいぶんながいあいだ、世話になったから」

「やめたやめた、そんな水臭えこたあ聞きたくあねえ、おらあ横にならして貰うぜ」

伝九郎はそこへ寝ころび、手足をうーんと思いきり踏みのばした。——いつもそうして、その日の仕事場の出来ごとなどを話し、終りのほうは舌がもつれて、欠伸《あくび》が欠伸につぐようになると、そのままそこで眠ってしまう。夜中になって気温の下るじぶん、成信が起して寝床へいれてやるのだが、その夜はいつもより早く、十時頃にはゆり起した。

「——さあ寝るんだ、風邪をひくぞ」

伝九郎は殆んど夢中のようで、這って夜具までゆくとそれなり、手足を投げだして眠りこけた。——成信はその寝姿を、やや暫らく見まもっていたが、裏庭の樹をわたる風の音を聞いて、われに返ったように立上った。——今だ、今ゆかぬと気が挫《くじ》ける。時が経つほどみれんが強くなる。朝までというつもりだったが。早いほうがまちがいなしと思い切って、なにもかもそのまま、立っていってすばやく身仕度をした。——袴《はかま》をはき、刀を持てばよい、広縁のきしみを除けて、沓脱《くつぬ》ぎの草履をさぐり当てた。そうして前庭へ出てゆくとたん、うしろから伝九郎の声がした。

「おめえいっちまうのか、信さん」

成信は身の竦《すく》む思いで立停った。

「おれを置いて、いっちまうのか」

「——伝九郎、堪忍してくれ」成信は頭を垂れ、声をころして云った、「——おまえはこの土地でりっぱに生きてゆける、おれも生きたい、おれも武士として生きたくなった、おまえがおまえらしく生きるように、おれもおれらしく生きたくなったんだ、……世話になり放しで済まない、まことに済まないがおれをゆかせてくれ」

「晩の飯はこのためだったんだな」伝九郎は広縁の柱を抱いたまま云った、「おらあ信さんといっしょにいたかった、一生ふたりで暮せると思ってたんだ、信さんと暮すようになってから、初めておらあ生きる張合ができ、世のなかが明るくみえてきた、ようやっと人間らしい気持になれたのに、——いまんなっておめえにいかれちまう、信さんてえものがいなくなる、……伝九が可哀そうだたあ、思っちあくれねえのか」

成信は夜の空をふり仰いだ、頭をはげしく左右に振り、きっぱりと力をこめて云った。

「——また会おう、伝九、人間にはそれぞれの道がある、おれはおれの道をゆくんだ、達者でいてくれ、さらばだ」

成信は思いきって、大股にぐんぐん歩きだした。

「それじあ、いっちまうんだな、信さん」伝九郎の声がうしろから追って来た、「おらあもうとめねえよ、——どうかりっぱに出世してくんな、……祈ってるからな、病まねえようにして、——いつか、もしできたら、会いに来てくんな、信さん、おらあ待ってるぜ」

歯をくいしばり、耳をふさぐおもいで、成信はずんずん門の外へ出た。するとそこに誰かいてつくばった。

「お供をつかまつります」

鮫島平馬である。成信は頷ずいて、そのまま道を下っていった。

まだ西風が強く、夜空はちりばめたような星であった。

——信さん、いっちまうのか信さん。

成信の耳には伝九郎のかなしい声がいつまでも聞えていた。

解説

佐伯順子

江戸以前の日本社会においては、男どうしの性愛を含む男色は、「色道ふたつ」（女色と男色）という表現があるように「色道」のひとつとみなされていた。特に、男中心の集団であった中世寺院、武家社会、歌舞伎役者の世界を舞台にした男色の恋物語は、中世、近世文学の重要な一分野であった。

本書におさめられた明治期から昭和にかけての近代文学の作品群は、こうした過去の文学的モチーフを歴史的に継承する面もあるが、近代文学ならではの主人公の「内面」描写、当事者意識を丁寧に描きこんでいる点に特徴がある。

倉田啓明『若衆歌舞伎』（一九一二／明治四十五年）、室生犀星『お小姓児太郎』（一九二〇／大正九年）『美小童』（一九二六／大正十五年）、山本周五郎『泥棒と若殿』（一九四九／昭和二十四年）は、武家、歌舞伎役者の男色という歴史的情景に依拠している。

美少年役者と彼に憧れる少年の十代半ばの恋模様を描く『若衆歌舞伎』は、自身の美貌に酔うナルシシズムや、川船の中での江戸情緒あふれる逢瀬など、雑誌『ＪＵＮＥ』（一九七三年に『ＣＯＭＩＣ　ＪＵＮ』として創刊した、主に女性読者むけ男性同性愛漫画と関連情報雑誌）にも実質的に継承される耽美趣味と少年愛との融合をみせる。

一方、武家と僧房の男色を描く室生犀星『お小姓小太郎』『美小童』は、主君と家臣、僧と寺小姓という江戸以前の男色関係にのっとりながらも、殿や僧の寵愛をほしいままにしていた美少年が、より若く美しい少年に寵愛の対象が移ったときの内的悲哀を描く。殿のサド的欲望の対象であった心身の抑圧を髪結いの弥吉へ嗜虐的に発散していた児太郎が、最終的に殿にも弥吉にも見捨てられる展開は、十代半ばをすぎると「葉桜」と容赦なく揶揄された江戸の美少年の末路を描きつつ、権力者側ではなく、性的に搾取される弱者側の内面の〈声〉を表現する意味で、権力や身分の上下関係と結びついていた男色の暗黒面を明るみに出し、この世の栄華に対する諦念も含めた近代的な人間論となっている。

やはり武家の男子を主人公としながらも、昭和期の『泥棒と若殿』は、お家騒動の結果幽閉された若殿・成信と、泥棒に入った伝九郎の間に芽生える家族的な愛情を描いて、身分の差を越えたより対等な男どうしの関係性を浮上させる。お家の継承を決意してやむなく成信が伝九郎と別れる結末には、身分的に優位の男性が下位の男性を捨てるという男色的上下関係の残滓がみえるものの、武士としての立場を優先せざるをえない成信の無念も描くことで、個人としてのそれぞれの苦悩を描きわける。飢えそうになっていた成信に伝九郎が飲食を提供し、最後に成信が逆に伝九郎に料理を整えることで、二人が食を通じた家族的愛情をはぐくむ様子は、マンガ原作の人気テレビドラマ『きのう何食べた?』(よしながふみ原作、テレビ東京系、二〇一九年放送)を髣髴させる。『泥棒と若殿』では、二人の間に性愛描写はないものの、共食と同居によってはぐくまれる男同士の家族的絆は、社会学者アンソニー・ギデンズが論じた、血縁や制度的結婚に依らない人間の親密性の多様な可能性を示す。

　近代社会を舞台にした山崎俊夫『執念』(一九一八/大正七年)も、江戸の男色の記憶を利用している。語り手は、作中の村田(モデルは倉田啓明)から「夢結若衆歌舞伎」の美貌の主人公になぞらえられる。「相手を虐待して限りなき快感を覚える変態心理」に耽溺する、住所不定、虚言癖のある「悪人」のストーカー的執着を最終的には逃れつつ、内心、また相手の口から虚言をきいてみたいとの欲望にかられる主人公の複雑な心理は、近代日本で「変態性欲」として周縁化された「同性愛」をサド・マゾヒズムと融合させる点に特色がある。

　エロ・グロ・ナンセンス、サド・マゾヒズムへの関心を背景として、日下諗『給仕の室』(一九一〇/明治四十三年)では色白で「女の子のような腕」をした知的に障害がある少年をサド的に苛む主人公たちの姿が、また豊島与志雄『死ね!』(一九三四/昭和九年)では借金だらけの生活をし、芸者との心中も口にする友人の文学者に対する「愛」を最後に内的に告白する主人公が描かれる。

サド・マゾ的欲望と男性同士のセクシュアリティが重なるのは、後の少女漫画の名作・萩尾望都『トーマの心臓』（一九七四年）のユリスモールと上級生・サイフリートらとの関係にも通じる。男どうしの欲望が暴力や放蕩などの反社会的要素と露悪的に結びつくのは、同性愛や犯罪をひとしなみに「変態心理」とみなし、同題の雑誌（日本精神脳学会編『変態心理』一九一七／大正六年～一九二六／大正十五年）さえ発行されていた時期を経て、文学や漫画の表象が、人間の暗部を描くことで社会の常識や良識を問う試みを続けてきた結果といえる。明治以降、隠すべき暗部とされた「性欲」の告白をあえて世に出した田山花袋『蒲団』（一九〇七／明治四十年）や森鷗外『ウィタ・セクスアリス』（一九〇九／明治四十二年）に近い文学的営為である一方、同性愛を犯罪やアウトロー的ライフスタイルと同列に描くことで、同性愛的欲望への偏見を促す懸念があることにも注意が必要であろう。

　その意味で、綿貫六助『小松林』（一九二三／大正十二年）は、こうした文学的問いとは距離をとり、作者自身の男色経験も背景に、漁村の六十代の男性・倉吉とその愛人・おたつ、主人公の将校・哲二の三角関係を描く。哲二はおたつの性的誘惑をうけて肉体関係をもつ一方、「同性の愛に浸って、（……）海に尋ね」「倉吉を愛する情は燃え」と、年上の漁師・倉吉への思慕も失わず、接吻や抱擁という濃厚な身体的接触をもつ。哲二が軍人である点は、男社会である軍隊とホモセクシュアリティとの結びつきを示唆するものの、同性間の性愛を「性倒錯」として知識人的に認識するのではなく、庶民の日常的性行動として描いており、男色女色にこだわらない一般市民の、江戸の性風俗を継承する実態を写実的に捉える社会的証言となっている。

　国木田独歩『画の悲しみ』（一九〇二／明治三十五年）、秋田雨雀『同性の恋』（一九〇七／明治四十年）、木下杢太郎『船室の夜』（一九一六／大正五年）も、文学作品であると同時に、当時の男子校の生活や男子生徒どうしの間に実際に存在していた思慕を描いている。十七歳で病死した「色の白い柔和な、女にしてみたいような少年」志村との思い出がセンチメンタルに回想される『画の悲しみ』、「五年前に死んだ、この美しい立派な友達」を「一緒に死にたいとまで決心」するほど慕い、病床の彼を熱心に看病する自分を「まるで女でした」と思い出す主人公の一人称語りでつづられる『同性の恋』、地方出身の男子生徒が、東京で出会った「美貌」の同級生を「愛する井上」と慕い、井上と親し気にする秋元と決闘しようかと思いつめたり、上着を脱いだ井上の姿に魅了されつつ、悪書生たちの圧力によって心ならずも堕落しながら、井上と「涙を流し合って」人生を語り合う主人公の若き日の思い出を描く『船室の夜』は、当時の思春期の男子に共有されていた経験の記録である。

　一度しか会わなかった井上の姉に聖母マリアに対するような憧れを抱いたり、寄席芸人の経歴ある女性と関係したりする『船室の夜』の主人公や、女性男性ともに肉体的接触をする『小松林』の登場人物らの性的志向は、現在でいう「バイセクシュアル」という表現に近いものの、魅力的な対象であればジェンダーを問わず心身ともに惹かれる心性は、歴史的には江戸期の「色道ふたつ」の継承でもあり、近代的な「バイセクシュアル」の概念とは厳密には同一視できない。なぜなら、自身が「同性愛者」であるという近代的な性自認や性的アイデンティティは、彼らには稀薄だからである。

収録作のうち唯一の女性作家・岡本かの子による『過去世』（一九三七／昭和十二年）は、女性の視点から描く男性の欲望という点で、前述『トーマの心臓』をはじめとする後の少年愛漫画やBLものの実質的先駆けとなっている。旧幕臣である強権的父親Yの息子二人が、近親相姦的なサド・マゾ的欲望に耽溺した末に、父の死後に心中する過程が、当事者ではなくY家に同居した雪子による女性の友人に対する回想の語りとして表現される。「感冒から肋膜の気」になった脆弱な弟、針仕事にたけた兄、弟の美貌にミケランジェロのダビデ像を重ねるギリシア的同性愛の想起と、病、夭折、自死、涙、ステレオタイプな〈女性性〉といった、映画や漫画における男性同性愛表象の多くを特徴づける要素（詳しくは拙著『〈男の絆〉の比較文化史　桜と少年』）がほぼすべて盛り込まれているが、女性がこれらを〈見る〉〈語る＝表現する〉ことで、男性の悦楽を女性たちの視覚的快楽の源とする女性表現者の主体性が前面に出ている。

一方、同い年のイエスの「美しさ」を「純粋に愛」し、「命を捨てるほどの思い」に燃え、イエスを女性に奪われたとの被害妄想的嫉妬にかられてイエスを死に追いやるユダの心境を一人称独白体でつづる太宰治『駈込み訴え』（一九四〇／昭和十五年）は、よく知られた作品だが、江戸以前の男色文学と近代男性作家の作品には、ホモソーシャル（男だけの社会的関係、集団）とホモセクシュアル（男どうしの性愛を伴う関係）の連続性（イヴ・K・セジウィック『男同士の絆』）がもたらす自覚的・無自覚的な女性嫌悪が付随する傾向がある。それに対し、女性作者は、太宰らが描く男たちの恋模様を〈表現する〉主体となることで、男色文学や同性愛文学が含む女性への抑圧を撃っている。

竹宮惠子『風と木の詩』（一九八一～八四年連載）のように、女性漫画家による初期の少年愛ものは、海外の架空の男子校を舞台とするファンタジー的要素も強いが、本書所収の田中貢太郎『ある神主の話』（一九二〇／大正九年頃）、小川未明『野薔薇』（同年）は、童話的・神話的設定で非現実的幻想性を備えつつ、露骨な性愛を伴わない男性どうしの親密性を描く。『ある神主の話』の「水の男」、『野薔薇』の老人は、それぞれ、不漁を嘆く勘作に釣果を与え、あるいは自分を殺して手柄にせよと青年に提案し、半ば片思い的に好意を抱く相手に自己犠牲的に尽くす。非現実性という点において、実写ドラマではなくアニメや漫画に近いともいえる両作品は、後の少年愛漫画の問いに通じる、人が人を慕うとはどういうことか、暴力や和解とは何かという、人間の生についての普遍的な問いをなげかける。

歴史もの、現代ものを通じて、本書収録作品には、夭折、病、男の涙、芸術や文学、哲学的内省、美への執着、潜在的・顕在的な女性嫌悪、海の男や水のモチーフ（『若衆歌舞伎』終盤でボートの寒稽古をする「たくましい海国男子」、『小松林』の漁師）が含まれる。「美しく生まれたものはその美しさを全うするためには、是非とも夭折しなくてはならぬ」（『執念』）という美意識もあわせ、トーマス・マン『ヴェニスに死す』（一九一二年）のような海外文学の描く男の恋にも共鳴する美意識や感受性を備えている。江戸の男色文学を継承する要素もみられるものの、「文学」というよりは同時代の日本社会における男色風俗のルポルタージュに近い井原西鶴『男色大鑑』（一六八七／貞享四年）や寺院での男色実践を背景にした中世稚児物語とは異なり、近代作家としての創作意図、作品にこめた「作家」という自覚にもとづく主体的メッセージは、江戸以前の男色文学とは一線を画す人間存在への問いという新機軸を打ち出している。

谷崎潤一郎、折口信夫、三島由紀夫ら、著名な近代作家の作例については既に紹介や議論も少なからずあるが、本書は、多様な作者の小品と著名作家の作品をあわせて収録することで、近代日本の作家たちが描いてきた同性愛的欲望の広がりを理解できる貴重なアンソロジーとなっている。

（さえき・じゅんこ／比較文化史）

本書中、山崎俊夫「執念」は令和四年七月二十五日に著作権法第六七条の二第一項の裁定を受け収録したものです。

中公文庫

給仕《きゅうじ》の室《へや》
——日本近代《にほんきんだい》プレＢＬ短篇選《たんぺんせん》

2022年8月25日　初版発行

編　者　中央公論新社《ちゅうおうこうろんしんしゃ》

発行者　安部順一

発行所　中央公論新社
〒100-8152　東京都千代田区大手町1-7-1
電話　販売 03-5299-1730　編集 03-5299-1890
URL https://www.chuko.co.jp/

ＤＴＰ　ハンズ・ミケ
印　刷　三晃印刷
製　本　小泉製本

Published by CHUOKORON-SHINSHA, INC.
Printed in Japan　ISBN978-4-12-207247-3 C1193